*El intenso
calor de
la luna*

GIOCONDA BELLI

El intenso calor de la luna

Seix Barral

Obra editada en colaboración con Grupo Editorial Planeta S.A.I.C. - Argentina

Diseño original de la colección: Josep Bagà Associats
Diseño de portada: Departamento de Arte de Grupo Editorial Planeta S.A.I.C.

Primera edición impresa en Argentina: agosto de 2014
ISBN: 978-950-731-799-6

Primera edición impresa en México: agosto de 2014
ISBN: 978-607-07-2344-5

Impreso en los talleres de Litográfica Ingramex, S.A. de C.V.
Centeno núm. 162-1, colonia Granjas Esmeralda, México, D.F.
Impreso en México – *Printed in Mexico*

Para Desireé Elizondo, Salvadora Navas
y Sofía Montenegro, queridísimas.

Capítulo 1

De un momento a otro puede cambiarle a uno la vida. Es algo sabido que preferimos ignorar. Suficiente lidiar con las incertidumbres cotidianas. Si encima nos mortificáramos con la idea de cuánto puede suceder de forma inusitada, viviríamos titubeando. Sin embargo algo de embriaguez tiene la noción de que todo lo que nos parece seguro y sólido puede desaparecer en un instante. Se vive a ras de esa percepción leve que aletea como pequeño insecto en la conciencia. Uno prefiere la engañosa certidumbre con que la vida dispensa mañanas y noches iguales; prefiere creer que la existencia es un manso y predecible río. Cuando oímos las historias de súbitos sobresaltos nos anclamos en la fe de que a nosotros no nos sucederá lo mismo, pero ¿quiénes somos para estar seguros?

Tomemos el caso de Emma. Va conduciendo su

coche. Lleva gafas oscuras grandes, de moda. Luce absorta en la carretera. Las manos que aferran el volante son finas y cuidadas. En la izquierda lleva anillo de matrimonio haciendo juego con el de diamante de compromiso. Su mirada fija nos engaña. Parece mirar el camino, pero va mirándose por dentro. Desde hace cuatro días espera que le baje la regla, y ésta no llega. Emma es una mujer exacta. Su regla suele llegar puntual a los treinta días del mes. Porque conoce perfectamente las costumbres de su cuerpo, en la fecha precisa ella se inserta en la trusa una toalla sanitaria después de bañarse. Hacia las doce o la una, sin fallar, siente la humedad y sonríe para sus adentros. La exactitud de su ciclo y su manera de adivinarlo la complacen enormemente. Contraria a muchas de sus amigas que soportan estoicas esos días, sufriendo a menudo de dolores y malestares de espalda, Emma experimenta un sentimiento de ligereza y alivio que la pone de buen humor. Ella jamás, ni siquiera en su adolescencia, ha sufrido de los signos que a otras afligen. El presagio de su ciclo no le produce granitos en la cara, hinchazón en los pies o irritabilidad. Lo que ella siente en los días precedentes al acontecimiento es una sensación de energía acumulada, una intensa subida de voltaje. Cuando toca la ropa de nylon, a pesar de vivir en el trópico, se electriza igual que sucede en los inviernos de los países fríos. No se explica el fenómeno de que su cuerpo produzca electricidad estática, pero que le pasa, le pasa. Se ríe de que a su marido se le alcen los vellos del brazo al acercarse y siempre le advierte que mejor se mantenga alejado para evitar terminar como pararrayos celeste. Después de varios días de sacudidas eléctricas al abrir el refrigerador o la puerta de su coche y de verse obligada a usar gel en el pelo para bajarse el friz, el rumor de alambre de alta tensión empieza a zumbarle en los oídos afectando su concentración. Es mucha la electricidad que Emma carga y cuando la puntual humedad por fin hace su aparición antes o después del almuerzo de la fecha señalada, ella cumple el ritual de encerrarse en el baño, cerciorarse del hecho y dejar que la embargue la deliciosa distensión que experimenta cuando músculo por músculo su cuerpo, como si al fin hiciese polo a tierra, se descarga de su magnética energía.

Los últimos cuatro días de esperar sin resultado que su cuerpo haga lo suyo la han alterado sobremanera. Recién cumplió cuarenta y ocho pero la madurez no ha hecho más que acentuar su aire juvenil de mujer hermosa a quien no arredran los pocos kilitos de más que bien disimula destacando sus mejores atributos: el cuello largo, los brazos bien torneados, el escote que revela los pechos tersos. El rostro es dulce, ovalado con ojos más bien pequeños de largas pestañas, nariz mediana y una boca larga, sensual con un arco de cupido atrevidamente delineado con lápiz rosa oscuro. El cabello es abundante, liso, y le cae un poco por debajo de la oreja. El gusto que exuda por estar en el mundo le hace emanar una fuerza sensual, muy femenina. La idea de la vejez la espanta, pero su espanto está dirigido a la vejez lejana de los ancianos arterioescleróticos, olvidadizos, temblorosos, dependientes y ajados. Nunca antes ha pensado en cómo empieza aquello, en cómo se llega de la juventud a ese estado de ruina. Se ha sentido capaz de controlar alguno que otro dolor o rigidez en la espalda, pero esta vez no encuentra remedio. Este asunto de su regla es diferente. Conoce teóricamente que existe algo llamado menopausia, pero no quiere pensar que sea eso. Sin embargo, su mente —ese camino por el que viaja su imaginación, mientras circula por el barrio quieto en su coche— la lleva por una senda oscura llena de señales de alerta, de grandes rótulos iluminados encendiéndose intermitentes que anuncian MENOPAUSIA, el fin de su feminidad.

Ernesto Arrola tampoco mira por dónde va. Ha salido a buscar a un colega carpintero para pedirle prestada la cola para madera que requiere para terminar un par de sillas que fabrica por encargo. Está corto de dinero y él y el amigo se ayudan en situaciones similares. Encuentra el taller del otro cerrado y va de regreso pensando en la clienta que llegará mañana. Imagina lo que le dirá cuando, a pesar de lo prometido, él no pueda cumplir a tiempo.

No lo intimidan sus clientes, en general, pero esta doña en particular es especialmente altanera y sabe cómo hacerlo sentir pequeño, incapaz. Le recuerda a su madre. Le saca el niño malcriado que lleva dentro. Tendrá que soportar su diatriba y se pregunta si podrá hacerlo sin que la propia arrogancia lo lleve a pedirle que jamás vuelva a poner pie en su taller, lo cual sería una lástima pues es una buena clienta a pesar de todo y él la necesita, necesita que ella le pague las sillas. Fibroso, delgado, alto, lleva dos o tres días de barba sobre una cara precisa de escultura clásica; los rasgos estilizados, la nariz larga y recta, los pómulos altos y la piel como azúcar quemada. Confiado de sí, cómodo en su cuerpo, transmite en su andar una cierta desfachatez, un aire despreocupado. No sonríe pero se adivina que lo hace con facilidad por el trasfondo de ironía con que miran sus ojos. Del pelo oscuro abundante le cae un mechón sobre la frente. Sólo las manos inquietas, los brazos tensos revelan un carácter acostumbrado a enfrentar con determinación cualquier cosa que le sirva la vida. Recién nota que dejó el taller sin cambiarse los zapatos y que calza las sandalias de cuero viejo que un cliente italiano dejó olvidadas dentro de un baúl antiguo que llevó a reparar pero que nunca recogió. Ernesto no posee mucho pero es pulcro. No le gusta salir desharrapado. En fin, se consuela, es poca la gente que se fija en los pies de los demás, pocos son los que tienen miradas entrenadas como la suya. Los pies de la gente lo llaman como magnetos, los de las mujeres sobre todo. No podría vivir con una mujer de pies feos, por muy linda que fuera. En cambio, los pies lindos lo excitan. Más de un domingo va al muelle del lago a ver pasar los pies de las paseantes. Le basta que pase un par hermoso para tener sus fantasías eróticas cubiertas para la semana. En su barrio sólo hay una mujer de pies bonitos. Se pregunta si estará de turno en la farmacia. Piensa que pasará a verla antes de regresar a su casa. Se encamina hacia el semáforo para cruzar la calle, pero decide que no vale la pena, más rápido cruzar allí mismo.

Margarita de los pies bonitos está atendiendo a un cliente cuando mira a Ernesto al otro lado de la acera. Encuentra sus ojos. Él le sonríe y camina hacia ella.

—Yo vi el accidente —declarará ella después al policía—. Él venía para la farmacia. Me saludó y cruzó, pero apenas había puesto el pie en la calle cuando la camioneta lo levantó por los aires, lo atropelló y Ernesto salió volando sobre el capó y fue a dar detrás del coche, al pavimento (aquí la muchacha empezará a llorar).

A Emma le gusta conducir a buen paso cuando no a alta velocidad. Toma impulso para subir la cuesta y baja por la pendiente acelerada. El hombre surge frente a ella como saltan los payasos de la cajas de juguete. No tiene tiempo de reaccionar. Lo embiste mientras atina a empujar el freno hasta el fondo. La sensación de golpear huesos y piel, la instantánea de piernas y chancletas sobre el vidrio delantero, el grito despavorido de la chica de la farmacia, el impacto sordo del cuerpo cayendo detrás del vehículo, se encadenan como anillos de boa constrictor atenazándola toda. Se detiene bruscamente. Las manos rígidas sobre el timón no le responden, no quieren soltar la rueda. De golpe el atardecer que apenas empieza a suavizar las líneas ásperas de aquel barrio de casas modestas, zapaterías, vulcanizadoras, tiendas de abarrotes, aceras irregulares, sale de su impávida melancolía; se llena de rostros, de gritos, de gente corriendo. Emma intenta controlar los espasmos de sus piernas que empiezan a temblar. No atina a abrir la puerta. No cree que podrá caminar.

Un hombre se asoma al vidrio de la ventana. La llama «señora, señora» con una voz de día del juicio, instándola a responder por sus pecados. Lo mira y él sin duda nota la confusión, la parálisis de ella y hace intento de abrir la puerta. Emma al fin logra tocar el botón del seguro y sale apoyada en él, resbalándose hacia el suelo hasta tocar con los tacones el pavimento. Un grupo de gente la rodea, los demás están todos alrededor del hombre que yace más allá, ella no sabe si muerto o vivo. No quiere ni preguntar. Siente la onda de condena de los curiosos condensarse sobre su traje de lino verde claro, el saco holgado. La miran surgir indemne del vehículo. Perfecta, sin un rasguño. Ella vacila. Lleva zapatos de tacón de cinco pulgadas. Se siente como una gigante. No se le ocurre nada más que descalzarse con un gesto penitente. Tira los zapatos dentro del carro y avanza un poco tambaleante hacia su víctima. Mientras camina va poco a poco recuperando sus facultades. Se pregunta si alguien llamaría una ambulancia. Mete la mano en su bolso, tantea dentro buscando el celular. La ambulancia, dice, ¿llamaron a la ambulancia? Todavía no, dice alguien. Ella marca el número. La operadora pregunta la dirección. Ella le pasa el teléfono al hombre que la lleva del brazo. Dele la dirección por favor. Y ahora ya está en el círculo que se abre para que ella vea al hombre que gime y sangra de la cabeza, que está descalzo; un hombre joven, le calcula treinta o treinta y cinco años. No está muerto, pero el brazo derecho está torcido en un ángulo imposible, totalmente dislocado. Emma se pone la mano sobre la boca. Ay, Dios, exclama.

—¿Qué, acaso no vio dónde iba, señora?
—Casi lo mata.
—De milagro está vivo.
—Pobrecito.

Frases de los curiosos que oye abrumada. Se arrodilla al lado del herido. Perdóneme, perdóneme, dice, no lo vi, no lo vi. No se mueva, por favor, no se mueva, advierte cuando intuye que él trata de inclinarse. Le pone la mano sobre la frente para inmovilizarle la cabeza. Raro encontrarse a un hombre guapo en un barrio como ése. ¿De dónde saldría? Dígame, ¿siente las piernas? Sí, responde él. Ella le toca un brazo, después otro, le da pequeños pellizcos. ¿Siente? Otra vez la respuesta es afirmativa. Ella respira hondo, aliviada. Le herida de la frente mana abundante sangre, pero ella inserta la mano por detrás de su cuello, lo palpa.

—No me diga que es doctora… —musita Ernesto.

—No. Pero estudié unos años de medicina y sé primeros auxilios. Pero no se aflija. Llamamos a la ambulancia. Vendrá en camino. Tiene un fractura seria en el brazo, pero su cuello está bien, gracias a Dios.

El hombre abre los ojos y la mira fijo, curioso. Ella siente que las mejillas se le enrojecen, que su mirada la inhibe.

—¿Cómo se llama?

—Emma —dice ella.

—Creo que me desgració, Doña Emma, pero mucho gusto en conocerla —dice irónico, casi juguetón y sonríe.

Dentadura perfecta, los labios como dibujados, piensa Emma. Y buen humor, aún allí tirado en el suelo.

—El gusto es mío —responde también sonriendo, bajando los ojos, siguiéndole la corriente, el leve coqueteo—. ¿Le duele la pierna?

—Todo me duele. No sé dónde empieza o termina el dolor. Pero usted tiene manos suaves.

—Quédese quieto —sonríe ella, halagada, asombrada de que él pueda hasta coquetear en esas circunstancias—. Yo me voy a hacer cargo. Soy una persona responsable.

—A usted se la va a llevar la policía por irresponsable —dice un hombre fortachón, que viste una camiseta sin mangas sobre una barriga monumental.

—Si es que vienen —dice una mujer—. Nunca se aparecen por este barrio.

La muchacha de la farmacia aparece con algodones y unos trapos. Emma y ella se ocupan de vendar la cabeza de Ernesto, que no cesa de mirarla. Azorada, Emma revisa la herida de la pierna de la que mana sangre abundante. Toma una venda y hace un torniquete. La ambulancia no llega. Ernesto cierra los ojos. Ella le toma el pulso. Mira su reloj. No quiere que entre en shock, quiere protegerlo. Está impaciente. No es posible que tarden tanto en enviar la ambulancia, piensa. Habrá pasado media hora. Si no llegan, la pierna donde puso el torniquete se afectará. ¿Y si se desmaya? El herido está sangrando mucho y ha empezado a quejarse con los ojos cerrados. Ella, además de compasión, le ha tomado simpatía. Tan guapo, alto y larguirucho. Observa la ropa desleída, la camisa ploma floja, manga corta, una mata de pelo entre los botones del pecho. La gente sigue arremolinada, hablando al mismo tiempo. Junto a ella, la muchacha de la farmacia está calma: es una joven frágil, con un moño apretado en la nuca. El tiempo pasa muy despacio. Emma se percata de que está descalza y que a él eso no le pasó desapercibido. Tendría que haber llamado a Fernando, su marido, piensa. ¡Cómo no se le ocurrió antes! Fernando se le borró de la mente hasta ese momento. Él sí que es médico. La regañará de seguro. No es nada empático su marido. No pensará en lo asustada que está ella. Marca el número. La secretaria en la clínica modosa y perfecta contesta y ella le dice que es urgente. «El doctor está con un paciente, Doña Emma». Yo también, le dice ella, aguantándose la rabia, dígale que estoy en la calle con un hombre que se está desangrando frente a mis ojos. Fernando se pone al teléfono. ¿Cómo le diste? ¿No te fijaste? Fue un accidente, repite Emma, ya no importa cómo fue, ahora aconséjame qué hago. Llevamos rato aquí y nada de la ambulancia. Creo que lo voy a llevar yo, dice de pronto, ¿a qué hospital lo llevo? Vas a manchar el coche, dice Fernando. Tené paciencia. Ya tuve paciencia, dice ella, pero no pasa nada. ¿Cómo se le ocurre a Fernando pensar en la tapicería del carro? Decime a qué hospital lo llevo, repite. Al San Juan, dice él por fin. Allí hay buenos traumatólogos. Te alcanzo apenas termine aquí.

—Ayúdenme a ponerlo en el carro —dice Emma irguiéndose, tomando el control de la situación.

—Se llama Ernesto Arrola —dice la muchacha de la farmacia.

—¿Podés venir conmigo? ¿Cómo te llamás? —le pregunta Emma.

—Margarita —dice ella— Sí, claro, yo voy con usted. Ernesto es amigo mío. Sólo déjeme avisar en la farmacia.

—Perdoname —dice Emma, mirándola compungida—. De veras que no lo vi.

Cuando regresa Margarita, cuatro voluntarios se ofrecen para alzar al herido.

—Con cuidado —advierte Emma—. No lo muevan mucho. Háganlo con delicadeza.

Corre a destrabar los asientos de atrás de la camioneta, igual que hace cuando acarrea plantas o muebles, para que quepa el herido acostado. Ernesto se acomoda tratando de moverse lo menos posible. Margarita ocupa el asiento delantero. Ella cierra la puerta del valijero. Se pone al timón. Respira hondo. Ya no le tiemblan las manos, pero le falta el aire y está empapada en sudor. Se sopla las manos y se las pasa por el pelo. Enciende el aire acondicionado y arranca.

Capítulo 2

Tendido como fardo en la camioneta de Emma, Ernesto es una masa de dolores. De milagro estoy vivo, piensa. Se alegra de estar lúcido y trata de controlar los aullidos que proferiría de no ser por las damas porque siente el brazo derecho como un desgarre que le corta a todo lo largo. Cierra los ojos y se concentra en aguantar la desesperación del sufrimiento punzante. El accidente se repite incesante en su mente, la sensación repentina de salir por los aires, las mil cosas que pensó en segundos, el impacto al caer sobre el pavimento y el absurdo alivio de abrir los ojos y saberse vivo tras la certeza de que no soportaría semejante embestida. Si hasta me fijé en los pies de Doña Emma, piensa riéndose de sí. Qué pies, por Dios. Perfectos. Los mejores que he visto. Los vaivenes del vehículo lo atormentan y la cabeza empieza a dolerle con mayúscula. No quiere entregarse a los dolores pero apenas puede resistir. El cuerpo le grita por todas partes. Mi taller, piensa. ¡Cristo, qué mala suerte!

Emma se esmera en esquivar los baches del camino y en concentrarse en la ruta al hospital. Al fin ve el edificio y siente que se pondrá a llorar. Suspira, respira hondo intentando aliviar la opresión del pecho sin soltar el llanto. Sigue los rótulos que indican la entrada de emergencias. Se estaciona. Esperen aquí, dice a sus pasajeros (como si ellos pudieran hacer otra cosa, se increpa reclamándose la tontería de esas fórmulas corteses que no cesa de emplear como si se las hubiesen grabado en el ADN). Entra veloz. Pide ayuda. Al fin, hay un revuelo de médicos, de enfermeros que sacan al herido, lo colocan con cuidado en una camilla y desaparecen tras la puerta del salón de urgencias. Emma se ve en la salita pequeña, con las filas de sillas y un grupo de personas en una esquina, dormitando. Margarita le indica que tome asiento cuando la ve azorada sin atinar qué hacer. Emma se sienta a su lado.

—¿Sos su novia? —se sorprende preguntando.

—Noooo —sonríe la muchacha alargando la vocal, sonriendo—. Somos amigos. Va mucho por la farmacia. Es carpintero y vive en el barrio. Me alegra el día cuando aparece. Es muy bromista y dice que tengo los pies lindos. Así me llama: Margarita de los pies bonitos.

Emma se mira los suyos. Para entrar al hospital ha vuelto a calzar sus zapatos altos. Recuerda que lo vio mirándole los pies. ¡Increíble!

—Así que es carpintero.

—Ebanista. Hace muebles bellos. Es un artista, pero...

—Pero...

—No es muy cumplido. Tarda mucho y pierde los clientes.

—¿No tiene familia?

—Viven en Estados Unidos.

—¿Y sabés dónde vive él?

—En el barrio. Usted se va a hacer cargo de él, ¿verdad, Doña Emma? Ernesto no podrá trabajar en un buen rato y no sé de qué vivirá si no puede trabajar.

—Claro que sí. Claro que me haré cargo —repite.

El auto tiene un seguro que incluye daños a terceros. Daños a terceros. ¿Qué significará eso exactamente? se pregunta. Fernando tendrá que saberlo. Fernando llegaría pronto. Ella tendría que llamar a la policía, informar lo sucedido.

Precisamente en ese momento, un oficial de la policía de tránsito hace su entrada en la sala de emergencias. Mira a su alrededor. Emma se pone de pie sin pensarlo dos veces.

—Yo soy la del accidente —dice dirigiéndose

al uniformado—. ¿Anda aquí por el accidente en el Barrio San Judas?

El oficial la mira de arriba abajo.

—¿Era usted la que conducía la camioneta que embistió al Sr. Arrola?

—Sí.

—Vamos afuera —dice el oficial—, muéstreme su vehículo. ¿Tiene seguro?

Emma mira a Margarita inquiriendo con la mirada si está bien que salga y la deje esperando a que vuelvan los médicos y digan algo sobre el estado de Ernesto.

—Vaya usted, vaya —dice la muchacha—, yo aquí estaré.

Ha caído la noche. En el estacionamiento bajo la luz blanquecina de lámparas de neón, el oficial revisa los documentos del coche, la licencia de conducir de Emma. Examina los datos y la mira. Ella repite el gesto de meterse los dedos en el cabello y sacudírselo; es un gesto muy suyo. Lo hace a menudo.

—No parece nacida en esa fecha —le dice—. Se ve más joven.

—Gracias —dice ella apenas sonriendo. ¿Se verá joven? No le ha venido la regla. El oficial no entendería si le dijera que ese día andaba angustiada precisamente preguntándose qué pasaría cuando la juventud la abandonara. No pensaré en eso, se recrimina. Recuerda su estado mental mientras conducía. Vuelve a sentir el impacto del coche sobre Ernesto. Un escalofrío la recorre. El oficial requiere los datos del suceso. Emma se recompone. Intenta sonar tranquila, pero la voz se le quiebra aquí y allá. En ésas está cuando oye aproximarse los pasos de Fernando.

Él la divisa desde que está por estacionarse. El corazón le da un vuelco cuando la mira conversar con el policía. Emma no sabe manejar estas cosas, piensa. Hablará más de la cuenta. Se apresura a encontrar un sitio donde dejar el coche. Su mujer es impulsiva. Está hecha para otro mundo y no sabe el lío en que se ha metido. Él siempre ha temido un accidente de este tipo. Uno puede abollar los coches, pero embestir a un ser humano trae aparejado un sinfín de problemas. Lo sabe bien por su práctica médica. La gente suele abusar del sentimiento de culpa del responsable de la colisión, sacarle hasta el último peso. Baja y camina de prisa hacia donde dialogan Emma y el policía. No espera que ella lo presente. Interrumpe. Extiende la mano al oficial. Soy su marido, dice, poniendo un brazo protector sobre el hombro de ella. Yo respondo por ella. Soy el Doctor Fernando Puente.

Emma mira a Fernando hacerse cargo. Responde por mí, piensa, como si yo fuera una niña. Así es Fernando. Aún después de vivir con él veinte y seis años resiente su aire de superioridad masculina.

En este caso, sin embargo, se siente aliviada porque recién antes de que él apareciera, el oficial decía que tendría que acompañarlo a la comisaría, y permanecer detenida. Ella había quedado demudada, sin saber qué hacer, imaginándose en una jaula con maleantes. Se aprieta contra Fernando que ya está ultimando detalles con el oficial sobre el documento que firmará asumiendo la responsabilidad por los gastos médicos del lesionado.

—Tendrá que arreglarse con él —afirma el oficial— si es que el Sr. Arrola queda en condiciones de aceptar su propuesta, porque hasta ahora no ha aparecido ningún familiar, sólo esa señorita que acompañó a su esposa.

—No es familia —se apresura a decir Emma—, es una conocida de él. Me lo dijo ella.

—Si me acompañan, voy a tomarles la declaración a ambas. Usted, doctor, va a firmar el documento para el hospital.

Dentro del hospital, Fernando está en su elemento. El policía toma la declaración de Emma y luego sale con Margarita. Emma se queda sola en la sala de espera. Quiere lavarse las manos, orinar. Busca un baño. Bajo la luz blanca, ingrata, de una bujía ahorrativa, se mira el rostro. Parece un fantasma. Se le ha corrido el maquillaje de los ojos. Pero le gusté al muchacho, piensa, o serán ideas mías. Se pone colorete. Se peina. Se mira la piel. Tendrá que cuidarse. Estoy hecha un asco, piensa. La sangre le mancha la falda y no aguanta los zapatos. Qué día para tener un accidente, justo cuando ella iba lista para sólo caminar del carro a la mesa del restaurante donde acordó encontrarse con su amiga Diana. Sale del baño. Toma asiento. Después de un rato, regresa Margarita. Sale Fernando del interior del hospital. Están operando al paciente, dice. Saluda cortés a Margarita. Se la lleva a conversar afuera, quiere hacerle unas preguntas. Emma se queda sola. No sabe cuánto tiempo ha pasado, cuando un médico joven se asoma desde la puerta interna de las emergencias.

—¿Familiar del señor Arrola?

—¿Cómo está? —pregunta, ansiosa—. ¿Terminó la operación?

—Puede pasar a verlo —dice el médico—. Está despertando de la anestesia.

Emma lo sigue sin pensar. ¿Dónde estará Fernando? ¿Y Margarita? ¿De qué hablarán que han tardado tanto?

Ernesto tiene vendada la cabeza y del brazo derecho le salen dos varillas que le atraviesan la piel a la altura del hombro y una a la altura del codo. Está conectado a una bolsa de suero y a un monitor que marca los latidos de su corazón. Los latidos son fuertes, acompasados; es un corazón que no titubea.

—Tendrá que estar en reposo al menos dos meses —dice el médico—. Tiene dos fracturas muy serias en la clavícula y una en la juntura del radio con la articulación del codo. También tiene una costilla rota y un corte severo en la pierna. Le suturamos la herida de la cabeza, pero no es mayor cosa. No hay contusión. Es una persona fuerte. Si se cuida se recuperará completamente.

El médico la deja. Ella mira al hombre en la cama. Le cuesta creer que ella es la responsable de que él esté allí, maltrecho. Se acerca. Le habla.

—Ernesto, ¿me oye?, ¿cómo se siente?

Él parpadea. Abre y vuelve a cerrar los ojos. Ve doble, triple, pero la reconoce.

—¿Dónde dejó el coche? —dice arrastrando las palabras.

—Afuera —dice ella, desconcertada.

—Me alegro —dice él—. Me alegro de verla inofensiva.

Ella contiene la risa.

—Ernesto, quiero que sepa que mi esposo y yo nos haremos cargo de sus gastos en el hospital, de todo lo que necesite. No debe preocuparse de nada, sólo recuperarse.

Él le fija los ojos.

—¿Usted sabe de carpintería?

—No.

—Pues no veo cómo podrá hacerse cargo —sonríe.

Sólo entonces él ve los clavos que lo atraviesan y

exclama ¡Santo Dios! ¡Qué barbaridad! ¿Desde cuándo en vez de yeso ponen estas varillas?

—No se asuste —sonríe ella—. Son lo mejor. Lo sé porque mi esposo es médico. Ése es el método más moderno. El yeso pica mucho y no es tan efectivo.

—Pero es que parezco Frankenstein. Se van a reír de mí los jóvenes del barrio.

—¿Usted nunca se pone serio? Qué suerte tiene de tener ese sentido del humor.

—No se engañe —dice él—. No siempre soy risueño, pero imagínese, me pudo haber atropellado un viejo gordo y panzón. Usted al menos es de buen ver.

Fernando aparece en ese momento en la sala. Se acerca. Mira la escena de su mujer y el herido. Buena señal que simpaticen, piensa. Se presenta. Repite lo que Emma ha dicho. Ellos se harán cargo. Él no tendrá que preocuparse nada. Pagarán el hospital, la rehabilitación, las medicinas.

—Gracias, gracias —dice Ernesto.

—Y le ayudaremos con el dolor. Ahora está aún bajo el efecto del Demerol. Cuando la concentración se diluya en la sangre, sentirá bastante incomodidad —dice Fernando— pero no dude en pedir que le apliquen más. He orientado al médico de turno para que no lo deje sufrir. Soy especialista en manejo del dolor —dice muy profesional.

—¿Ah sí? ¡Ésa debe ser la mejor especialidad del mundo!

Se cruzan los ojos de Ernesto con los de Emma. Qué pícaro este muchacho, piensa y disfruta la cómplice burla con que él reacciona a la charla de Fernando.

—Cuidado me saca drogadicto de aquí, doctor. No tengo plata para esas cosas.

—No, por supuesto, claro que no. No lo voy a aburrir con explicaciones médicas, pero le aseguro que dos o tres días no le afectarán en nada y sí lo ayudarán a relajar los músculos y eso es importante en este tipo de lesiones para que los tejidos se regeneren alrededor de las fracturas. Está en buenas manos. El Dr. Pristen es un excelente traumatólogo. No tengo que decirle cuánto sentimos Emma y yo lo que ha pasado —añadió Fernando.

—Yo me crucé sin fijarme —dice Ernesto—. No la culpe sólo a ella.

Emma siente aflorar una sonrisa pero la atrapa con los dientes. Gracias, gracias, piensa y mira a Fernando afirmando el «te lo dije» con la mirada. Ernesto cierra los ojos. Se siente de pronto cansado, agobiado, pero al mismo tiempo liviano, como si flotara.

—¿Está bien que entre Margarita? —pregunta Emma—. Ella ha estado aquí todo el tiempo.

—Claro, claro —responde él.

—Hasta mañana, Ernesto —musita ella—. Descanse.

Salen Fernando y Emma y entra Margarita. No tarda mucho y luego la pareja ofrece llevarla de regreso. Emma la deja al lado de Fernando y se acomoda en el asiento de atrás. Está agotada. Durante el trayecto los escucha hablar, reír. Cuando se estacionan en la farmacia y ella mira el lugar del accidente cierra los ojos sin alivio porque revive cada instante. La regla, piensa. Fue por eso.

Capítulo 3

Esa noche mientras se desmaquilla frente al espejo, Emma piensa en Ernesto, en Margarita. Agradece en medio de la mala suerte, la decencia y bonhomía de ambos. La sonrisa de él, sobre todo, su boca tan perfecta y su buen humor. No lo defraudará. Fernando querrá darle dinero, pero ella quiere volver a verlo, ayudarle, cumplir la promesa que le hizo de hacerse responsable. Se ve los ojos irritados. Se echa colirio, una dosis extra de humectante. No hay cremas contra la preocupación que la hace verse desencajada, mayor. Mañana será otro día. Se tomará una pastilla para dormir bien. Fernando ha empezado a preocuparse por las consecuencias económicas del percance y en la cama le hace preguntas que, según él, tendrán que saber contestar a la aseguradora. Ha sacado la póliza del vehículo del archivador y la lee con cuidado. No creo que sea suficiente para cubrir todos los gastos, dice. Lo vamos a tener que mantener por dos meses. Para colmo, en dos semanas él tiene que marcharse al Congreso de Cirugía en Atlanta. Le tocará a ella finiquitar el interminable papeleo con la aseguradora.

Emma lo mira. A menudo Fernando la insulta sin percatarse. La trata como si fuese incapaz de lidiar con la vida.

—Puedo hacerlo yo sin ningún problema, le dice.

—Estuve hablando con la muchacha de la farmacia. Yo creo que con ella podemos arreglar lo del cuidado de él, hacer un presupuesto de sus necesidades. Es solo, lo cual es una ventaja.

—¿Así lo ves vos? Un asunto de darle plata y punto.

La mira sin comprender.

—Pues sí, la verdad. ¿Qué otra cosa se te ocurre?

—Todavía no sé, pero yo por lo menos me siento responsable. No es un gato al que atropellé, Fernando, es un ser humano. Lo dejé inválido por lo menos por dos meses. ¿Te imaginás cómo va a comer con esos clavos? Ya no se diga trabajar…

—Se lo voy a encargar muy bien al doctor Pristen, Emma, no te alterés.

—Yo me voy a encargar. Vos te vas tranquilo a tu Congreso.

—Si eso te hace feliz, pero no exagerés. No es

necesario. No te olvidés que sos otra clase de gente. No te pase que, por dar la mano, te agarren el codo.

Ya en la cama, con la luz apagada, Fernando se pone cariñoso. La abraza por la espalda. No puedo, dice ella, hoy no. Pero me dejás abrazarte, ¿no? Pobrecita, dice, te entiendo, menudo susto has pasado. Él no tarda mucho en dormir. Ella siente el cuerpo de él distenderse. Oye el cambio en su respiración, los pequeños ronquidos. Suavemente se aparta. Hubo un tiempo en que podía dormir abrazada con él, pero ese tiempo ya pasó. Ahora necesita su espacio, de lo contrario se acalora, no se relaja. Cuando se mete en la cama le lleva un rato acomodarse y si él la tiene en sus brazos, ella siente el imperativo de quedarse quieta para no molestarlo y al rato resiente que se aferre a ella. ¿Cuánto tiempo le tomó descubrir esa peculiar manera de querer de Fernando? Su manera de querer sin realmente pensar en ella, sin curiosidad por descubrirla. La abrazaba porque abrazarse de noche formaba parte de su concepción del amor. Que ella necesitara tiempo para acomodarse no entraba en la ecuación. Ya en su lado de la cama, se acuesta boca arriba. Por las altas ventanas de la habitación la luna brilla como un sol de plata alumbrando tenuemente la cómoda neoclásica, herencia de su abuela, sobre la que hay retrateras con fotos de familia. Los padres de ella y Fernando y los hijos: Elena y Leopoldo; fotografías de cuando eran bebés y las más recientes de jóvenes adultos, ambos ya independientes. Elena vive en su departamento propio y Leopoldo ha empezado la universidad. Hay una foto de Emma y Fernando pocos días antes de su matrimonio. Ella estaba impaciente porque llegara el día, por irse con él de luna de miel y perder la virginidad. Pero la realidad del sexo con su marido nunca le pareció merecedora de la anticipación con que esperó ese episodio de su vida. La verdad era que recordaba con más cariño la manera en que él la tocaba a escondidas cuando eran novios, que el propio hecho de acostarse con él por primera vez. Habían pasado la luna de miel en un hotel de montaña en San José, Costa Rica. La habitación era primorosa, decorada al estilo de un chalet suizo, con techos altos y una cama con cuatro pilares y un dosel de vuelitos. La botella de champán que la gerencia mandó poner en una mesa coqueta al lado de la ventana que miraba hacia unas montañas azules coronadas de estrellas, se la tomó el marido. Ella apenas bebió unos cuantos tragos de la alta copa sintiéndose muy adulta y extrañamente calma. Él en cambio se puso nervioso mientras terminaba el champán y en cierto momento se levantó, apagó todas las luces, la tomó de la mano y le dijo que no se preocupara por ponerse el camisón especial para la ocasión porque de todas formas él no haría otra cosa sino quitárselo, pues si algo deseaba era verla desnuda. Ella, que se había imaginado saliendo del baño, toda inocente, enfundada en su camisón de seda con breteles de tiritas, y que él le besaría los hombros desnudándola poco a poco, desempacando el esplendor de sus pechos redondos de pezones pálidos, superó la desilusión de su prisa diciéndose que tal apuro pintaba bien y revelaba en él un espíritu aventurero. Con las luces apagadas y apenas el resplandor de la noche sin luna por la ventana, él la dejó que se desvistiera de su ropa de viaje, mientras se afanaba en acomodar las almohadas como si se tratara de la mesa donde realizaría una complicada cirugía. Ella se sabía bonita, pero no perfecta. Le encantaban los helados, los chocolates. Se fue deslizando bajo la sábana, a medida que se quitaba las prendas, de manera que cuando quedó desnuda, no tuvo problemas de acomodarse bajo el edredón y cubrirse hasta la barbilla con el pretexto de que hacía frío. Apenas miró con el rabo del ojo la mesa de noche del marido pero se percató de que él había puesto allí su maletín de médico. No supo por qué pero el corazón le dio un vuelco. ¿Sabría él algo que ella no sabía sobre aquel procedimiento? Su madre le había explicado la mecánica de aquel trance de perder la virginidad mejor que los libros. Gritá si te duele, le dijo, pero lo mejor es dejar que el trago amargo pase lo más rápido posible. Que le dolió, le dolió. Le dolió tanto que empujó al marido con todas sus fuerzas para quitárselo de encima y que no siguiera empujando aquel barreno, que se le antojó enorme, dentro de ella. Parsimonioso y profesional, él dijo que tenía la solución: una pomada anestésica. Iba preparado anunció y ella no tenía de qué preocuparse, ni por qué sufrir si aquello le resultaba tan incómodo. Me arde como chile, dijo ella. Es normal, dijo él; es el tejido que se desgarra. La palabra desgarre le produjo a Emma una ola de aprehensión. Imaginó cortinas rotas. Voy al baño anunció con ganas de llorar. Espera, dijo él, extendiéndole un tubo de crema blanco con azul. Agarrás un poquito de esta pomada con tus deditos y la untás dentro del orificio de tu vagina. Procurá ponerla lo más hondo que te sea posible. Era la primera vez que alguien mencionaba su vagina con esa familiaridad y le chocó. Tomó con determinación el tubo que él le ofrecía y se metió al baño. Cuando regresó sentía todo su aparato reproductor inflamado como una fruta a punto de explotar de madura. Segundo intento, dijo él, sonriendo y acomodándose en la cama sin aspavientos. La hizo que se acostara de ladito, la abrazó pasándole el brazo cerca del ombligo y se le metió entre las piernas con una celeridad digna de mejor causa. Esta vez Emma aguantó la embestida y la extraña sensación de sentir y no sentir al mismo tiempo. Cuando él dijo «ahhhhhh» ella lo percibió en lo profundo de sí. Se le salieron las lágrimas, no de dolor, sino de una nostalgia vaga y tonta por la virginidad que esa noche había perdido para siempre.

Durante la luna de miel, el marido demostró sus

dotes de amante limitado y ella las suyas de artista consumada. No bien se dio cuenta de que a él todo el proceso se le aceleraba si ella pretendía ser Kim Bassinger en *Nueve semanas y media*, se esmeró en gemir y retorcerse y en irse en suspiros y exhalaciones. No le fue difícil fingir. Al contrario, habría querido que lo que ella imaginaba mientras él trajinaba fuera cierto. Desafortunadamente, no lo era. Fernando era un buen tipo. La hacía reír. Lo que más la enamoró, debía admitirlo, fue su insistencia: la llamaba todo el día, no sabía qué hacer sin ella, y le decía sin parar lo linda que era y cuánto la necesitaba y cuánto admiraba su viveza, su sentido práctico. Fue precisamente el sentido práctico de ella lo que la decidió a escogerlo entre los varios enamorados que la requerían. En alguna parte había leído que la más importante cualidad que una mujer debía buscar en un hombre era que la adorara sobre todas las cosas. Fernando además, era responsable, tenía una profesión y sin ser un hombre bello, poseía buena estampa porque era atlético y su pecho era ancho y sus piernas bien formadas. Lo que Emma empezó a descubrir en la luna de miel era que, quizás por ser cirujano, Fernando tenía una manera clínica de aproximarse al cuerpo. Seguro había leído sobre qué hacer para excitar a las mujeres, pero lo hacía como quien tocara botones, de manera metódica y medida. Más que entregarse al asunto, ella notó tras varios días de verlo actuar que seguía una suerte de protocolo: la besaba un rato, le mordía las orejas otro, luego los pezones, todo el tiempo mirando a ver si lo que hacía tenía en ella el efecto esperado. Lógicamente que ella reaccionaba porque no era de palo y recién casada claro que quería reaccionar, pero se le iba la pasión cuando lo miraba a él siempre levantando los ojos de lo que estaba haciendo para cerciorarse de que a ella se le estuvieran encendiendo las luces, como si en vez de besar pezones, ombligo y piernas, él estuviera accionando los controles de una consola de músico. Fue para no defraudarlo y para ayudarle a que se olvidara de su preocupación que ella empezó a desarrollar sus dotes de actriz. En el fondo, sin embargo, Emma captaba la mirada clínica de Fernando a la hora de hacer el amor. Y sufría porque, a pesar de ser tan metódico, él no lograra provocarle un orgasmo más que cada muerte de obispo. Cuando se aventuraba al sexo oral no atinaba a percatarse de cuán delicado era el clítoris femenino. Lo atacaba a mordiscos o a chupetazos, como si el solo hecho de atreverse a llegar a ese nivel de intimidad bastara para que ella explotara de placer.

Tras sus veintiséis años de casada, Emma se las había ingeniado para provocarse los orgasmos al gusto. No se le escapaba que era un arte y que había que saber mantener de manera constante la presión y estímulo justo para conseguirlo. A veces hasta ella misma se aburría de estarse masturbando y se maravillaba de que lo que era trabajoso alcanzar con su propio esfuerzo se hiciera tan fácil —demasiado fácil, incluso— con el vibrador sobre cuyo uso la catequizó su amiga Diana. Con el vibrador, Emma alcanzaba el orgasmo en segundos. Nunca lograba explicarse por qué la electricidad tenía semejantes facultades, pero con los años hasta decidió compartir su descubrimiento con Fernando, tanto para ahorrarle trabajo a él, como porque se cansaba de sus propias alharacas de actriz porno.

Según lo que oía hablar a sus amigas, a todas les iba más o menos parecido. Todas, sin faltar una, suspiraban en las películas excitantes y leían libros considerados elegantemente pornográficos cuando ocasionalmente aparecían en las librerías. Lo que ni Emma ni las otras lograban explicarse era por qué sus experiencias en la vida real tenían tan poco que ver con las maravillas de la ficción literaria o cinematográfica. ¿Por qué no lograban ellas con sus esposos remontarse a esas alturas? ¿Por qué, sin embargo, cuando leían las novelas o veían las películas aquéllas, sus cuerpos respondían como convencidos de que era posible sentir todo eso?

Emma no puede dormir pensando en Ernesto. Es digno de mejor trato que esa idea de Fernando de pagarle y olvidarse de él. Típica actitud de su marido. Pero los problemas del otro apenas empezarán cuando salga del hospital. Cómo hará la gente que no tiene ingresos fijos en una situación así, se pregunta. ¿Qué tan pobre sería Ernesto? ¿Cómo sería su vida? Le gustó su actitud. Los trató de igual a igual. Era alguien que sabía que el hábito no hace al monje. Nada que ver con la hosca y a menudo servil humildad común al personal doméstico o a los empleados de los restaurantes u oficinas públicas, una actitud que ella detesta. Ella se esmera en ser igualitaria, no autoritaria. Bromea dentro y fuera de su casa, usa la risa como aceite contra los chirridos producidos por las diferencias de clase o de educación. Su relación con Nora, la cocinera, de tan larga, es íntima. Con ella conversa no sólo sobre los menús de la comida o las compras del supermercado, sino sobre sus quejas de esposa, los hijos, o la madre anciana por la que Nora vive preocupada. Emma se hace la ilusión de que en su casa existe un espíritu amable, de equipo, pero sabe que no es posible evadir el rencor que a veces percibe en las miradas de refilón de los empleados.

Se pregunta si Margarita, la de la farmacia, ayudaría a Ernesto como afirmaba Fernando. Intuye que la joven querría que él se fijara en toda ella y no sólo en sus pies. Pero ¿qué sé yo? —sonríe en la oscuridad— si apenas conozco al pobre hombre. Cansada de estar insomne, se levanta y toma media pastilla de Lexotán. Sabe que, de no hacerlo, esa noche no pegará un ojo.

Cuando despierta adivina que debe ser de madrugada por el tinte lechoso que se filtra por las ranuras de las cortinas. Levanta las cobijas moviéndose con sigilo para no despertar a Fernando. Está acalorada. Muere de calor. Morir de calor en la madrugada es una contradicción, piensa, las madrugadas son frescas, frías a veces, pero ella está sudando a mares, tanto así que en el baño se da cuenta que no le quedará más que cambiarse el pijama. Se pregunta si estará febril, si el accidente al fin no le habrá afectado, se le habrán bajado las defensas sin duda. Busca el termómetro a tientas en la gaveta donde guarda medicinas pero no lo encuentra. Hace mucho que no lo necesita. Lo extraño es que no le duele la garganta, ni el cuerpo, ni percibe otro síntoma de gripe o resfrío que justifique el alza de la temperatura. Lo único que siente es el pecho encendido. ¿Será una infección viral? Se echa agua en la cara. Se quita el pijama y se seca el cuerpo con una toalla. Se queda desnuda, echándose aire con la toalla frente al espejo que le devuelve el rostro enrojecido, el pecho, los brazos. Se sienta sobre la tapa del inodoro y se sopla con una de las revistas que están al lado, una de las que lee Fernando en sus largas sesiones encerrado allí. No quiere oír el zumbido de moscardón con que la mente empieza a susurrarle líneas borrosas, secretos de la experiencia femenina. ¿Serán acaso los famosos calores? Se espanta. No puede imaginar cómo será sufrir aquello de improviso, durante el día. No. No puede ser. Es su sistema nervioso alterado por el accidente. ¿Cómo no iba a reaccionar su cuerpo? Se pasea por el baño, suprime la tentación de meterse bajo la ducha. Se desespera hasta que por encanto el sofoco se va como una ola que se retira. Con la cara entre las manos, se refugia en la posición fetal. Siente un escalofrío, ganas de taparse; el frescor entra por la alta ventana. Se mueve con cautela. Descuelga el albornoz y se lo pone. Del calor ha pasado al frío. Le castañetean los dientes, tiembla. Reconoce ese frío por su desmesura. Le recuerda el que sintió viendo morir a su madre o el que la hizo tiritar después de los partos, ese que los médicos atribuyen a una reacción a la anestesia epidural. Después del segundo hijo ella había llegado a la conclusión de que ese hielo se debía al miedo y no a reacciones químicas. Era el miedo a la muerte. Rechaza la idea de estar con miedo allí, arrebujada en su bata de toalla, metida en el baño. Insiste en decirse que es la tensión del accidente, pero hay un ruido que no cesa. Los calores amenazan su vida útil como hembra de la especie. Se imagina despojada de todos los signos de la feminidad, invisible, descartada y descartable. No concibe vivir sin sexualidad, sin las señas de identidad que han sido su insignia, su bandera de navegación hasta ahora. No y no. No quiero pasar por eso. No quiero pasar por eso, se repite. Y sin embargo, ¿con qué cuenta para detener el tiempo? Le caerá encima, la aplastará. Respira hondo. Practica la respiración que aprendió en clases de yoga. Todavía no, piensa. Es muy pronto aún. Saca de la gaveta un pijama limpio. ¿Lo notará Fernando? ¿Por qué tendría que importarle que él lo notara? Me da vergüenza, piensa. Me da vergüenza. No quiero que lo sepa, ni él, ni nadie.

Regresa a la cama. Se pone un antifaz para no ver el resplandor del día que abre sus párpados. Se hunde en la memoria. Se ve de diecisiete años corriendo en el mar. La miran al pasar. Cree oír lo que piensan: mujer linda, piernas perfectas, la gracia, el viento en el pelo. Ella corre más rápido, más erguida, gozando su belleza, saberse mujer, deseable, la arena, el sol. Tanto se divirtió con esos juegos; los vestidos que la costurera cómplice le ayudaba a diseñar con escotes insinuantes, tajos en las faldas, lo sugerente, lo que sin excesos baratos llamara la atención y la distinguiera del montón. Cuánto disfrutó de ese poder saliendo de un sitio profundo dentro de ella, llenándola toda de un flujo animal. Siguió usando ropa así después de casarse. Fernando nunca la reprimió. No parecía importarle. Como marido olvidó los elogios que abundaron en el noviazgo. Se tornó parco y seco en sus alabanzas pero le gustaba ver como *voyeur* el efecto de la belleza de su mujer en los demás.

—A vos te gustaría verme hacer el amor con otro hombre, ¿verdad? Te encanta cómo se me quedan mirando.

—No te niego que lo del *mènage à trois* me parece sexy —sonreía Fernando—. Pero soy yo el que me imagino con dos mujeres. ¿Verte con otro hombre? No sé si podría. Me fascina y repugna la idea, te soy sincero.

—Pero con otra mujer, ¿sí? Tendríamos que probarlo.

Ninguno de los dos se atrevió a poner en práctica sus fantasías eróticas. Era un asunto de logística, decía Fernando, no sólo del dónde sino de con quién. Él no podía arriesgarse por su carrera a hacerlo con alguien conocido que pudiese luego contarlo. Los cuentos como ésos tenían pies. Y, había que admitirlo, parte de la diversión era contarlo. ¿Sabés el chiste del hombre que naufraga en una isla desierta con Angelina Jolie? En una semana, ambos están haciendo el amor sobre la arena, sobre la grama, pasándola de maravilla. Un día el mar tira sobre la playa un cofre con ropa masculina. El hombre le dice a Angelina: ¿Te molestaría ponerte estos pantalones de hombre? Ella dice que no y se los pone; luego le pide que se ponga camisa, corbata, chaqueta, sombrero. Por último, le pregunta: ¿Te molestaría que te llamara Bob? No, dice ella, puedes llamarme Bob. Y entonces él se vuelve, la agarra del brazo, se le acerca al oído y le dice: Bob, ¿sabés con quién me estoy acostando?

A Emma el chiste la hizo reírse mucho. Era perfecto. Habría mujeres que alardearían de sus conquistas amorosas, pero para los hombres el alarde era consustancial a la aventura. Las mujeres tenían la fama del chisme, pero ella recordaba el asombro que le causó la primera vez que se sentó con los amigos de su padre y los escuchó chismear. Le pareció que lo disfrutaban sin las culpas que se cuelan por las ranuras cuando las mujeres se cuentan cosas. Frases como «no quisiera hablar mal, pero…» o «no me consta, pero», no existían en la plática de los hombres. Lo despiadado de las afirmaciones parecía ser parte del chiste.

Por esto o aquello, ni Emma, ni Fernando exploraron más allá de la cama matrimonial. Por un tiempo, sin embargo, Fernando logró que ella tuviera deslumbrantes orgasmos, haciéndole cerrar los ojos y susurrándole al oído escenas imaginarias en las que a ella otros hombres o mujeres o una combinación de ambos le hacían el amor. Él hablaba e iba acariciándola o metiéndose por los diversos orificios por sus propios medios o usando otros. Fue un tiempo en que los dos entraron en delicadezas suntuosas, untándose los cuerpos de maicena para tocarse como sedas, o aceite para resbalarse, o crema batida para lamerse. El sexo gourmet tuvo su período de auge pero después Fernando cortó por lo sano según él preocupado de si no estarían perdiendo la simple capacidad de amarse porque sí. Regresó a vigilar el placer que le causaba su régimen de movidas calculadas y ella se acomodó a la rutina que sólo rompían muy de vez en cuando. Emma concluyó que a fin de cuentas el desaforo y hasta el placer de sus inventos habían atemorizado al marido. Al atisbar el efecto de los instintos desatados en sí mismo y en ella, Fernando optó ante sí y porque sí, por cerrar las puertas del zoológico antes de que las fieras se salieran del dormitorio a rondar por sus plácidas vidas.

Capítulo 4

Por la mañana, en la farmacia, Margarita se ve asediada por los vecinos que requieren noticias sobre lo que sucedió con su amigo, el herido —algunos lo conocen y preguntan directamente por Ernesto—. San Judas es un barrio populoso de gente que con mucho esfuerzo saca la cabeza de la pobreza, educa a sus hijos, prospera con pequeños negocios, vende en los mercados y subsiste en familias donde tíos, abuelas o parientes del campo conviven apretados a veces bien, a veces soportándose sin otro remedio. En las calles desiguales, algunas a medio pavimentar, llama la atención el contraste de algún muro de bloques al lado de la barda de madera pintada en colores vivos o la casa maltrecha. El que logra un trabajo fijo siembra su pequeño jardín, pero el barrio carece del ánimo común que habría permitido líneas continuas de árboles en las aceras. Hay algún chilamate, almendro o eucalipto solitario entre la aglomeración; hay un ceibo enorme que sirve de punto de referencia para las direcciones. Los pájaros soportan mejor que los vecinos el paso de las rutas de buses en que los choferes mal encarados abusan de la docilidad de los pasajeros que carecen de recursos o autoridad para quejarse o reclamar mejor trato. Otrora San Judas era un barrio tranquilo pero su aire cambió cuando la municipalidad decidió partirlo por la mitad con una carretera que comunica el este de la ciudad con el oeste. Desde entonces los dueños de las casas de familia que bordean el camino o se han cambiado o han optado por aprovechar el tráfico de gente abriendo negocios que compiten inclementes entre sí. A pocos pasos de la farmacia donde trabaja Margarita, hay otra más. Ya existía cuando Julián, su jefe, salió de su retiro y aprovechó el título de farmacéutico del hijo, ahora propietario de una flotilla de taxis y desinteresado de los medicamentos, para obtener la licencia. De aguantar el intenso tráfico, las broncas de bares que también surgieron en la zona y los cambios introducidos por la súbita incorporación de esa parte del vecindario al ajetreo de la ciudad, los que permanecieron a los lados del trecho de carretera han desarrollado entre ellos la solidaria amistad de quienes sufren los cambios a falta de alternativas. La mayoría conocen a Ernesto, tanto por su amistad con Luis, que hace muebles, marcos y molduras, como por sus visitas a la cantina local y a la misma farmacia. A varios vecinos Ernesto, aunque es ebanista, les ha trabajado estanterías o reparaciones de carpintería en sus casas. Llega Doña Beatriz y Violeta la manicurista del salón de belleza en la siguiente cuadra; llega el del taller de autos y la que inyecta y su hija, que es costurera. A unas y otros Margarita tranquiliza con la noticia de que Ernesto se recuperará y de que la responsable del accidente y su marido parecen ser personas decentes puesto que han ofrecido hacerse cargo de los gastos médicos y de lo que sea necesario.

Cada quien rememora los pormenores. El del taller, con su cara siempre compungida y grave, pide papel y lápiz para dibujar un croquis y mostrarle a Violeta, la manicurista, que no vio el accidente, cómo fue que Ernesto voló por los aires.

—Esa mujer se salvó por rica —dice la muchacha—. Si he sido yo la que le doy, estaría presa.

—Vos presa y el pobre Ernesto bien jodido —dice el hombre—. A saber cuánto habría tardado la ambulancia y a qué hospital lo habrían llevado.

—Margarita —dice Doña Beatriz, que es su vecina—, alguien tiene que entrar a la casa de Ernesto. El gato ha pasado llorando y Dios guarde que se le pierda ese gato. Lo cuida como si fuera un hijo. Y de seguro lo dejó encerrado como siempre que sale.

—Doña Emma dijo que me pasaría llevando para ir al hospital al mediodía. Cuando vea a Ernesto le pediré la llave para entrar a darle de comer al gato. No se preocupe.

Margarita hace lo posible por continuar con su trabajo de desempolvar los estantes, vender y llevar las cuentas al tiempo que atiende la romería de vecinos pero está incómoda, consciente de la mirada de Julián que como es su costumbre está sentado al lado de la mesa redonda del corredor de su casa tras el arco de la puerta que alguna vez comunicó con el garaje que remodeló para alojar su pequeño negocio. El viejo se sienta allí desde muy temprano en la mañana. Hace crucigramas y solitarios pero sobre todo vigila, la vigila. Medirle las costillas es su deporte favorito. Margarita ha tratado de que el carácter agrio de él no le amargue el trabajo. No entiende por qué él ha optado por dudar de las motivaciones ajenas atribuyéndole a los demás un sinnúmero de perversas intenciones. Ella más bien se pasa de confiada, de buena, como le dicen sus amigas y no le sale fácil dudar de nadie a menos que la piel le avise. No desatiende el frío que le produce cierta gente con sólo mirarlos a los ojos o incluso verlos inclinarse sobre la vitrina de la farmacia. Una curvatura de espalda, una mirada de soslayo hacia el interior de la casa o la trastienda donde se acumulan cajas y donde adosado a una de las paredes se encuentra el escritorio donde ella guarda facturas y registros del inventario, la pone en guardia. No es de las que espera. Va y les pregunta en voz alta, como una gallina con las plumas alborotadas, qué quiere, en qué puedo servirle. Está advertida que a la anterior dependiente unos hombres haciéndose pasar por enfermos la obligaron a abrir la caja registradora y darles el dinero. Y sin embargo en el año que lleva trabajando allí nada de eso ha sucedido. Será porque ella los acobarda y se van después de comprarse una aspirina o un Alka Seltzer. O será, como piensa Julián, que la chica anterior era cómplice de los ladrones y se hacía la asaltada. Por eso me vas a perdonar, le había advertido al contratarla, pero no voy a confiar en vos. Ya se me acabó toda la confianza con la que vine al mundo. A ella esa afirmación no le importó demasiado. Pensó que era un viejo cascarrabias nada más, pero con el tiempo esa actitud de lince, de Sherlock Holmes, terminaba por ponerla nerviosa, por hacerla sentir culpable sin motivo. Puro maltrato psicológico, decía Ernesto. Él la entendía y desde que se percató de la maña del viejo de vigilarla se hizo el propósito de pasar por la farmacia y ponerlo en ascuas. Llegaba y preguntaba por algún medicamento que le funcionaba de maravilla para el dolor de cabeza pero cuyo nombre, aseguraba, haber olvidado... algo como mixina, livina, sirina... decía haciendo largas listas, pidiéndole a Margarita que le pasara ese frasco o aquél para leer los prospectos y poder dilucidar cuál era. Otras veces inventaba nombres o dolencias y pedía la asistencia de ella o del dueño para marcharse quince o veinte minutos más tarde, sin comprar nada, haciéndole a ella un guiño cómplice.

Hacia las once el tráfico de clientes disminuye porque empieza a llover. Se oye primero un trueno en seco y luego el viento sacude la basura de las aceras y el agua desciende imperativa oscureciendo el día y agitando las ramas de los árboles que valientemente sobreviven trasquiladas por las cuadrillas de la compañía eléctrica. Margarita se asoma a la puerta y recuerda al gato de Ernesto, un gato de listones grises, ámbar y negro, con cara de tira cómica que ella sólo ha visto una vez desde la puerta del taller cuando pasó dejando unas medicinas. ¿Por qué habría pensado Doña Emma que ella era novia de Ernesto? Desde la noche anterior anda preocupada preguntándose si será posible que se le note lo mucho que ella se ha encariñado con él a pesar de que entre ellos no hay nada más que un entendimiento risueño, una simpatía. Ella se ríe de los piropos con que celebra sus sandalias o la arquitectura de sus pies. Sabe que tiene manos y pies bonitos aunque no sea ninguna bella mujer, más bien flaquita, magra de todos lados, el pelo ralo lacio que siempre amarra en una coleta y la cara larga de su tía Gertrudis. Pero se consuela pensando en aquel refrán: «La suerte de la fea, la bonita la desea». Sin duda que hoy por hoy tiene más suerte que la señora Emma. Margarita mira su reloj. Son casi las doce. No tardará la señora en pasar por ella.

Capítulo 5

Después de desayunar temprano con Fernando, Emma habla por teléfono con su hija y luego con Diana. Tiene necesidad de hablar del accidente, de Fernando, de que le falte la regla, del herido, de su humor, de su apariencia de beduino.

—Hacé algo por vos esta mañana, andá date un masaje, distraete—le aconseja Diana.

Emma se mete al baño. Es la hora preferida de su día: bañarse largamente, dejar que el agua ruede sobre su piel, cerrar los ojos. Con frecuencia llora, como si el agua llamara las lágrimas. Su casa, desde que Leopoldo, su hijo menor se fue a la universidad, se le cae encima de silenciosa. Ha pensado comprarse un par de loras que hagan ruido, pájaros. Nunca pensó que la maternidad caducara, quedarse de pronto vacía y sin un propósito claro para seguir levantándose, vistiéndose. Lo único que le hace ilusión esa mañana es la idea de ir al hospital con Margarita. Pero faltan horas para el mediodía. Sale del baño con el pelo mojado. Se para frente al espejo. Se ve los brazos, las piernas, los pechos, el estómago, se revisa el vello del pubis. Alguien le ha dicho que allí también salen canas. Ay Dios, ¿me lo tendré que teñir? Le ha dado por comer y se mira con desaprobación. Últimamente ha perdido el interés por ella misma. Se ha engordado un poco de la cintura, sus piernas están más anchas. Los brazos —eso es lo que más le mortifica— empiezan a perder solidez. Es apenas perceptible, pero ella lo ve y se avergüenza de su descuido. Y ahora, ya no le vendrá la regla, le dolerá todo, piensa. Pero su rostro, quitando las arruguitas, es aún joven y hermoso. Se pone los brazos a los lados. Imagina cómo se vería con unas libras de menos. Se toma el pelo mojado con las manos. Lo alza sobre su cabeza. Un cambio, piensa. Necesito un cambio. Si hay calores, no puedo andar con este pelo así. Impulsiva, sale del baño. Va al teléfono y llama a su peluquera. De casualidad la mujer tiene espacio esa misma mañana.

—En media hora estoy allí.

Llega a la peluquería justo cuando empieza a llover. Hay poca gente. Le encanta el olor de las peluquerías. Las muchachas con sus uniformes atendiendo clientas la reciben sonrientes, levantando los ojos de las manos y pies en los que se esmeran. Diego, el dueño de la peluquería, joven, con el pelo teñido de rubio y unos pantalones negros ajustados, le estampa un sonoro beso, le ofrece café. Mercedes, su estilista, la lleva a cambiarse, le pone la capa negra sobre los hombros.

—¿Recorte? —le dice, ya cuando ella está sentada en la silla negra frente al espejo.

—Pasame una revista —dice Emma—. Quiero cambiar.

—¿Ya oíste, Diego? —ríe Mercedes—. Doña Emma quiere cambiar.

—¡Qué maravilla! Ya era hora, Emmita —Diego se acerca, le toca el cabello—. ¿Sabés qué te quedaría precioso? Un pixie.

Emma lo mira interrogante.

—Cortito, amor, cortísimo. Te vas a ver divina. Con esa cara tuya, nada queda mal. Además por tus pómulos altos y los ojos, vas a parecer artista de cine. Y te vas a ver más joven. Tenés que aprovechar que tu cuello es largo, que lo tenés liso. Es tu hora de lucirlo.

Ella ríe. Se entrega al experimento. Ha llevado su pelo rubio con el mismo corte y estilo por años. Recuerda la cita de una revista bajo la foto de una mujer mayor: «Hay que luchar contra la vejez hasta las últimas consecuencias». Claro que le parece absurdo imaginar que ya le ha llegado la hora de esas batallas. Tiene una energía que malgasta pero que está allí. La siente, le hace cosquillas en el cuerpo. Diego ha dicho que le conviene lucir el cuello. Claro que sí, piensa. Lo mira moverse por la peluquería con su aire de pájaro. Perdónalo, señor, porque no sabe lo que dice, piensa y sonríe para sus adentros, pero no dejará que la afecte. Se verá linda. Cierra los ojos oyendo el chasquido de las tijeras.

Ernesto despierta en la cama incómoda, angosta. Por la ventana de la habitación ve que hace un día nublado y lluvioso, un día con personalidad de Domingo. En épocas de poco trabajo él se inventa Domingos. Se encierra en su taller, disfruta del olor a tierra del pequeño jardín, del aroma a madera húmeda, a aserrín. Se tira en la cama con su gato Mefistófeles, lee revistas, periódicos de portada a portada incluyendo los clasificados o relee pasajes de alguno de sus libros: *Los Miserables*, *El Conde de Montecristo*. Los libros de Víctor Hugo y Alejandro Dumas de la colección de ediciones baratas de los clásicos que una de sus clientas le heredó, son sus favoritos. Nadie sabe en el barrio que él no siempre fue así de pobre, que su familia durante la revolución gozó de buenos ingresos y lo proveyó de una buena educación. Después que sus padres emigraron a Estados Unidos, él hizo incluso varios años de humanidades en la universidad, pero cuando se cerró la carrera no quiso ser más carga para ellos y se las agenció para aprender un oficio y salir adelante por sus propios medios. Se mueve con dificultad para apretar el botón y llamar a la enfermera. Tiene sed y el brazo le duele, un dolor sordo, molesto pero extrañamente tolerable. Está amodorrado y siente la conciencia dislocada, como si su cuerpo se hubiese convertido en un edificio de dos pisos y su mente desde lo alto viera el sufrimiento de su cuerpo en el piso de abajo. De seguro son las drogas que le han dado, piensa. Toda la noche ha tenido unos sueños fosforescentes donde ha visto la isla en medio del lago de Managua tornarse naranja vivo y las aguas resplandecer azul metálico. La casa a la orilla del lago con la que sueña a menudo ha vuelto a aparecer con su playa detrás de macizos de hibiscos, una playa misteriosa que en ese sueño él ve por la ventana blanca desde el interior de una casa donde no hay un solo mueble. La enfermera, mayor y con cara de cansancio, entra a preguntarle qué quiere, luego le dice que volverá con el agua a tomarle los signos vitales. Signos vitales, se repite él para sí, lindo nombre médico, podría servir para bautizar una colección de mesas que ha estado pensando hacer con unos muñones de árboles con raíces que recuperó de la poda de un parque en el centro de la ciudad. Se percata de que está tranquilo; demasiado tranquilo considerando su estado, ese giro repentino en su rutina. Sonríe. ¡Quién habría dicho que los pies de Margarita le cobrarían semejante cuenta! Menos mal que no debe preocuparse por pagar hospital, médicos, que le tocó en suerte la esposa

de un galeno y no un conductor de bus o un taxista...
La enfermera le lleva el desayuno, una bandeja de
plástico con un café aguado, un pedazo de pan con
mantequilla y un plato con trozos de papaya. ¿Puede
comer con su mano izquierda o necesita que le ayude?, dice la mujer dejando ver un lado amable detrás
de su rostro adusto, los ojos sin ánimo circundados
de ojeras. Le ha tocado un turno largo, le dice él,
conmiserándose. Sí, dice ella, dejando ir un suspiro,
pero ahora después que termine con usted me iré a
casa a dormir todo el día, sonríe. Él dice que probará
a comer con su mano izquierda, que deje la bandeja.
Ella se marcha y él ensarta el trozo de papaya con el
tenedor y siente el sabor dulce y cierra los ojos, haciendo un esfuerzo por contener el ademán del brazo
derecho y la punzada de dolor que le causa el intento
de moverlo. Come la papaya despacio, el pedazo de
pan y se queda dormido. Cuando despierta otra vez
ya no tiene frente a sí la bandeja del desayuno. Por
la ventana, la lluvia sigue salpicando los ventanales y
el aire de domingo lento lo envuelve todo. De súbito
se abre la puerta y Emma y Margarita se asoman a la
habitación y viéndolo despabilado se deslizan dentro
casi en puntillas y se acercan a la cama. Me morí y
me fui al cielo, les dice y ambas sonríen, pero él no
le quita los ojos a Emma.

—Con todo respeto —le dice—. Usted se ve des-
pampanante.

—¿Verdad que sí? —concuerda Margarita—. Le luce muchísimo el pelo cortito.

Emma se acalora.

—Me tocaba cambiar, pero me siento rarísima —sonríe complacida porque ella también admite que el cambio la favorece. Diego le ha puesto gelatina en las mechas de la parte superior de la cabeza y el peinado juvenil realza sus ojos almendrados. Se siente más alta, más erguida. Las miradas la han seguido mientras caminaba por el hospital y ahora Ernesto parece no cansarse de reconocerla.

—Tu gato ha estado llorando, —dice Margarita—, si me das las llaves de la casa, puedo entrar a darle de comer.

Hasta entonces Ernesto recuerda que el gato ha estado encerrado. Cuando él está en el taller deja que el minino deambule por el vecindario pero si va a salir lo llama y lo guarda dentro porque ya una vez se perdió por seis meses y él está seguro que sucedió porque Mefistófeles quiso regresar y encontró todo cerrado. La muchacha le da los saludos de los vecinos y le cuenta de la romería de esa mañana por la farmacia y de la incomodidad de Julián. Mientras tanto Emma los mira desde la silla sonriendo, observándolos, sintiéndose ajena, pero complacida de que él esté de buen ánimo. Se pregunta si él se habrá percatado de lo que Margarita siente. Su mirada al conversar con ella es impasible, mientras que la de ella rezuma coquetería. Emma tiene las piernas cruzadas y calza unas sandalias blancas. Ernesto se fija en sus pantorrillas, en los dedos de uñas rojas que asoman por su calzado. La mirada de él le halaga pero también le da un poco de vergüenza, la hace sentir extrañamente expuesta. El muchacho tiene ojos como faros vivos, de un color ámbar. Es muy varonil y tostado como un italiano de esos que salen en las revistas. Opta por ponerse de pie, asomarse a la ventana. Hay un temporal, dice, una onda de baja presión, lo anunciaron hoy en la televisión. Antes de que llegaran pensaba en que es un buen día para el ocio o para leer, dice Ernesto. De hecho si pudieran recoger del estante detrás de mi cama, *El Conde de Montecristo*, les estaría eternamente agradecido.

—Margarita— continúa—, asegurate que Mefistófeles no salga de la casa. Tiene donde hacer lo que necesite. Es un gato con clase ése —dice, mirando a Emma.

Le tienta la ironía de haberse tropezado con una benefactora así de bien vestida y arreglada. Dichosa es de tener los privilegios que le permiten pagar simplemente por el perjuicio causado sin tener que sufrir las consecuencias.

Al salir del hospital, Emma insiste en ir con Margarita a casa de Ernesto. Siente una gran curiosidad por ver cómo y dónde vive. Percibe una cierta incongruencia entre su comportamiento, su profesión y su entorno, una incongruencia que no logra definir pero que la desconcierta y hace que ella se sienta inhibida encima de culpable y apenada frente a él. En el camino, Margarita habla poco. Ella le pregunta sobre su trabajo en la farmacia; quiere saber dónde nació, cosas que le ayuden a entender la relación de los dos.

—¿Qué edad tenés, Margarita?

—Treinta años.

—Y Ernesto, ¿sabés qué edad tiene?

—Treinta y ocho.

—Decís que Ernesto no tiene familia. ¿Estás segura? Es muy inusual. ¿No tendrá primos, parientes?

—Dice que todos se fueron a Estados Unidos después de la revolución. Sólo él no quiso irse. Entró a trabajar en una mueblería y allí aprendió el oficio de ebanista. Pero mire, usted tiene que entender que yo a Ernesto no lo conozco mucho. Bromeamos cuando llega a la farmacia y cruzamos unas cuantas palabras porque él habla hasta con las piedras, pero eso es todo.

—Pues ahora sí que todo eso cambiará —sonríe cómplice Emma intentando invitar a la chica a una alianza. Nada mejor para enamorar un hombre que cuidarlo, piensa, y se ve ella misma con una bandeja acercándose a la cama donde yace él. Se quita la imagen como mal pensamiento.

—Es allí —señala Margarita una tapia con una verja blanca.

Emma se estaciona. Margarita rebusca en su bolso las llaves. Abre el candado y pasan las dos por un mínimo jardín donde una palmera perezosa bate sus alas cortas y espesas sobre un césped cuidado. El galpón que se alza tras el pequeño cuadro verde es alto, con un techo a dos aguas. La fachada es toda de zinc con vigas sobre las cuales se sostiene la armazón del techo, las rústicas paredes y una puerta de madera con un arco conteniendo una suerte de vitral de colores primarios. De la verja hasta la puerta hay un cable donde cuelgan botellas de vino cortadas por la mitad y convertidas en lámparas. Sobre el arco de la puerta hay un letrero blanco con letras rojas que anuncia «Ebanista. Muebles por encargo». Desde afuera escuchan el maullido del gato que las siente llegar y decide presentarse. Margarita abre otro candado. Entran las dos al recinto del taller. Es mediodía pero el cielo sigue nublado y a primera vista apenas logran divisar una aglomeración de cosas, máquinas, ramas de árboles y el desorden de un sitio sujeto a los designios de un espíritu que evidentemente disfruta la sopa primordial de un caos que debe ordenar, igual que Dios durante los siete días de la creación. Caminan en medio de sillas a medio terminar, un espejo de marco biselado recostado contra una biblioteca, tablones aquí y allá, mesas, un torno. Se les llena el olfato de ese olor acogedor y punzante a bosque cortado, un olor que aún conserva lluvia y trinos de pájaros, pero también un cierto aroma a jaula, a tristeza. Emma busca en la pared un interruptor de luz. La oscuridad le da claustrofobia. Tiene tan llena la mirada de sombras y volúmenes que no es sino hasta que Margarita pregunta dónde estará el gato, que ella atiende el maullido quejoso del animal y enfoca la mirada y retorna a estar presente, a caminar con la muchacha que se dirige al fondo, hacia un espacio separado del resto por delgadas paredes de madera donde también hay una puerta cerrada por un pequeño candado rojo, un candado que más bien parece de juguete. Margarita abre con precisión el candado y frente a ellas aparece la habitación de Ernesto. Por una ventana alta se filtra la luz blancuzca del día pálido. Ven la ancha cama, un colchón montado sobre una plataforma de madera y detrás anaqueles con libros, periódicos unos sobre otros, cuadernos, una lata de conserva llena de lápices. Sobre un tablón montado sobre caballetes a un lado, hay ropa doblada: pantalones, camisetas, ropa interior. Bajo la improvisada mesa que hace de closet, están alineados varios pares de zapatos. En la esquina hay un botellón de agua, una mesita con una cafetera y una hornalla, algunos trastos de cocina. En las paredes, como si se tratara de un mural, pegados con chinches, hay afiches sacados de periódicos y revistas, modelos de muebles, un póster del Che Guevara, fotos de árboles, diseños a lápiz, listas, y un verso sobre un papel blanco: «Pasaré la noche con el inmenso desierto/que hay entre mí y el estar CONMIGO». Emma se acerca porque la palabra «conmigo» está escrita con plumón negro sobre el poema original que lee «contigo» y no conmigo. El gato ha corrido a esconderse en otra esquina donde hay un tablón que hace de escritorio y una silla, pero no le es fácil ocultarse y además Margarita lo llama con palabras dulces y hace el sonido de eses con que se calla a los niños o a las personas asustadas y el gato al fin se le acerca, se le restriega a las piernas y ella se agacha, lo carga, le acaricia la cabeza y el lomo y el gato empieza a ronronear ya abandonado y pasivo. Emma explora aún y entra al pequeñísimo cuarto de baño, donde hay ducha, retrete y lavamanos. Le impresiona la nitidez, el original globo que pende del techo en la habitación, hecho de trozos de madera de diversos grosores y tamaños aglomerados en una esfera compacta y llena de agujeros a través de los cuales al menos una docena de pequeñas bujías entrometidas ingeniosamente por la estructura brindan al espacio una luz clara pero sin rayos acusadores que deslumbren o cieguen. Sobre la cama hay un ancho cobertor de tejido guatemalteco verde con listones azules. Emma recuerda el pedido de Ernesto de *El Conde de Montecristo* y lo busca y lo encuentra junto con *Los tres Mosqueteros*, *La Dama de las Camelias* y *Nuestra Señora de Notre Dame*. ¿Y qué hacemos con el gato? le pregunta a Margarita. Hay un balde donde tiene comida seca según me dijo Ernesto, pero no lo veo, dice ella. Quizás esté en el taller. La chica sale y enseguida Emma la ve inclinada cerca de la puerta de la habitación sirviéndole al gato un tazón lleno de comida y un plato con agua. Es lindo el gato, piensa Emma. Parece tener algún ancestro de Angora porque es elegante, magro sin ser flaco pero con el pelo brillante, con listones pardos y otros de un amarillo dorado. Le recuerda a Oso, uno que ella tuvo de niña. Curioso que el taller esté tan alborotado y el cuarto tan nítido, ¿verdad?, comenta Emma. Margarita asiente mirando fija al gato que come con fruición. Pobre, dice, se estaba muriendo de hambre. Añade que deben marcharse, ella debe regresar a la farmacia porque son casi las dos y el jefe esperará que abra pues ya pasó la hora del almuerzo.

Emma deja a Margarita en la farmacia y se acomoda en el asiento del pasajero al lado del conductor que Fernando ha contratado para que la acompañe unos días hasta que ella se sienta con confianza para tomar de nuevo el timón. Le incomodan los conductores, el silencio de ama y sirviente en el reducido espacio. Está tentada de iniciar una conversación pero le falla el ánimo. Decide tragarse por un rato la culpa de emplear a alguien para que haga un oficio para el que ella está capacitada.

La vida desconocida de un hombre como Ernesto, lanzado fortuitamente en su camino, la intriga y desconcierta. Debe reconocer que jamás esperó que una persona como él fuera carpintero. Admite con cierta incomodidad su prejuicio ante quienes practican oficios como ése. Ir a su casa fue como asomarse por el ojo de la cerradura a una intimidad que le hace meditar sobre la esencial similitud que une a los seres humanos más allá de los artificios y el dinero. Mientras mira las casas coloridas y modestas sucederse en la ventana del coche se pregunta qué otros pequeños cuartos revelarán personalidades interesantes allí mismo en ese barrio. Le ha conmovido la pulcritud de la habitación, la dignidad quieta de esas paredes llenas de notas y dibujos pero sobre todo el poema extraño: «¿qué hay entre mí y el estar conmigo?». Medita sobre la palabra «contigo» tachada por él. En realidad uno sabe estar con los demás; pero no siempre estar con uno mismo. Ella, por ejemplo, sabe vivir rodeada de personas, estar pendiente de marido, hijos, servicio, amistades, la vida social, los colegios, las universidades de los chicos. Sin embargo un desierto la separa de estar consigo misma. Rechaza pero se entrega a los requerimientos ajenos. Visualiza a Ernesto solo en su taller trabajando la madera, usando el torno, el cepillo, los instrumentos de su oficio, como un escultor ni más ni menos. ¿Qué lo separa de sí mismo?

La lluvia ha dado paso a una tarde luminosa. La

búsqueda del gato de Ernesto ha sido una bendición. La ha mantenido ocupada. Durmió tan mal anoche, sofocada, con calor. Recuerda la mirada de Fernando en la mañana. ¿Te cambiaste el pijama? ¿Qué te pasó? Me picaba el cuerpo, le dijo. Él la miró suspicaz. Quizás por ser médico notaría la frecuencia con que estaba yendo al baño en pos de la mancha roja que la devolviera a su rutina de mujer que desde los trece años ha reglado exactamente todos los meses. ¡Ni que fuera vampiro, sonríe riéndose de sí, querría tanto ver sangre! Pero es que ella no se retrasaba nunca. Ni el meridiano de Greenwich era tan exacto como su regla. Que le falte por otra razón que no sea un embarazo es algo para lo que no está preparada. Se considera calma, reposada para las cosas del cuerpo. No ha hecho alharaca ni para parir ni para las mamografías, los Papanicolaou, todas esas cosas que forman parte de la experiencia femenina. Sus visitas regulares a la ginecóloga nunca la han perturbado y eso que alguna vez tuvo sus pequeños sustos, quistes que resultaron benignos, cosas por el estilo de los que casi ninguna mujer está exenta. Que el cuerpo femenino es complicado lo comprendió, más que en libros de texto, leyendo *El segundo sexo* de Simone de Beauvoir. La brillante descripción de la escritora enunciando las enormes distancias que separan la complejidad del cuerpo femenino del más simple y elemental del hombre, la maravilló. Le gustó saberse construida de esa manera delicada y perfecta. Pero quizás desde esa época cuando le dio por leer sobre la «condición femenina» advirtió el tono trágico que rodeaba la menopausia. Según decían los libros, tanto empeño pone la naturaleza en hacer fértil a la mujer que cuando la fertilidad se acaba una enorme mano masculina sale del cielo y la tira al basurero con la furia implacable del mismo personaje que echó a la pobre Eva del Paraíso. Emma recuerda los diagramas de úteros tristes. Con semejantes antecedentes, ¿cómo no iba a sentir que del techo pendía la espada de Damocles? Conservaba la esperanza de ver la mancha roja que la apartaría del precipicio de la vejez y la muerte.

Capítulo 6

La vida de cada ser humano es una sucesión de cambios. No tendrían que ser sorpresa, pero nunca dejan de serlo. La conciencia existe en un entorno sin tiempo. Se viaja por la vida como un pasajero alerta que mira por la ventana, baja en diversas estaciones, acumula o pierde equipaje, gana o descarta compañeros de vagón. En el teje y maneje de la vida el cuerpo es silencioso cómplice. Un día de tantos, sin embargo, nos toca el hombro y nos obliga a mirar su cansancio. Invariablemente la mente se rebela; ella, la alada, la infinita, la que nunca envejece, la que **es**, se resiste a reconocerse temporal, pasajera. La noticia es inevitable, aceptarla, apropiarse de la fragilidad es el desafío que ha llegado a tocar las puertas más secretas de nuestra Emma.

En su casa ahora, es su hija Elena la que espera que la madre regrese. «Salió a ver al accidentado» le dice Nora, que por ser de tanta confianza ya no se molesta en disimular que atender la puerta la importuna. Perdoná Nora, se me olvidaron mis llaves, dice la muchacha y Nora sólo se encoge de hombros. Pase adelante, pase adelante. ¿Quiere que le traiga algo, fresco, limonada? Limonada, si sos tan amable, Norita linda, sonríe Elena. ¿Cómo está mi mamá, Nora, cómo la ves? Yo la veo bien, como si nada, dice Nora encamiándose hacia la cocina. No hay nadie aparte de Nora en la casa. Elena cruza la sala de techo alto, sofás blancos, modernos, el comedor al lado del jardín interno donde hay una pequeña fuente hecha con una tinaja sobre la que cae agua desde una caña hueca de bambú. La casa es de estilo español mediterráneo, con paredes anchas, arcos y estancias que se abren a corredores y pequeños jardines. Es una casa grande que suple con sus rotundos volúmenes la larga historia de sus paredes y el hecho de haber quedado como un recuerdo anacrónico de mejores tiempos en medio de un barrio antiguo del que se han marchado las familias más ricas rumbo a las colinas del lado oeste de la ciudad, en las que ahora proliferan residenciales cuyo acceso es controlado por guardias hoscos. Cuando su abuela quedó sola ofreció la casa al hijo a cambio de que le permitiera quedarse con él y su familia hasta el último día de su vida. En las paredes cuelgan las pinturas de bodegones y paisajes propiedad de los abuelos, al lado del arte primitivo y cuadros modernos que ha colgado la madre. Elena recuerda a su abuela sentada frente a la fuente del comedor callada hora tras hora mirando caer el agua. Murió sin hacer ruido, ya demasiado anciana para anunciar su propia muerte. Su padre ha insistido en dejar la silla de la madre en el mismo sitio y allí se sienta Elena a mirar caer el agua en la tarde. Elena tiene veintidós años. Al contrario de Emma, carece de coquetería. Va de jeans, camisa blanca y sandalias. Tiene un pelo abundante, rizado, castaño claro, que lleva en una melena corta, pero aunque no se arregle tiene la belleza fresca de una piel tersa, los ojos grandes verde-tierra de la madre y un estar en el mundo que denota confianza en sí misma y una madurez mayor que sus años. Ahora que ya tiene su propio departamento, disfruta esos momentos cuando llega a la casa sin anunciarse y la encuentra sola. Se siente segura allí, como si regresara a la infancia donde otros eran responsables por ella. Se pregunta cuándo le tocará a ella hacerse responsable de los padres. Están bien de salud y llenos de energía, pero el accidente de la mamá la ha hecho pensar que ya es hora de que deje sólo de esperar que ellos la cuiden y opte por cuidarse más. La madre la llama casi a diario desde que el hermano, Leopoldo, se fue a la universidad. Las primeras semanas lloraba al teléfono, y ella llegaba los domingos a almorzar para alegrarla. Querría saber si de veras era feliz. Su padre no era nada romántico, un *workaholic*. Trabajaba y ésa era su vida: los pacientes, las enfermedades, los descubrimientos de la medicina. Pero tras tantos años suponía que se adivinaban el pensamiento, que esa intimidad compensaría. Ella se sentía cada vez más distante de ese entorno. En su trabajo como consultora en temas de desarrollo, frecuentaba lo profundo del campo, las zonas más desoladas y pobres. Hacía lo que podía. Su generación ya no tenía siquiera el lujo de pensar que podía cambiar aquel estado de cosas.

Oye el sonido de las puertas del coche de la madre en el estacionamiento. Se levanta y sale a la puerta a recibirla. Cuando la ve, deja ir un chiflido.

—¡Mamá! ¡Qué valiente! Pero te ves lindísima.

A la hija le gusta ver cómo le sonríe el rostro a la madre.

—Ya era hora de otra cosa —dice Emma, metiéndose las manos en el pelo y dando una voltereta—. Dijo Diego que tenía que lucir mi cuello. Casi me dice que antes de que se me arrugue… pero creo que tiene razón. Además, me siento fresquita y como que crecí varias pulgadas.

—Te ves sensacional —dice Elena—. ¡Parecés hermana mía!

—Ventajas de las que tenemos los hijos cuando somos jovencitas.

Se sientan en la terraza que se abre al verde intenso del patio posterior sembrado de varias especies de heliconias y albergue de una cantidad de helechos, grandes hojas de corazón y plantas de sombra. La sombra la brinda un enorme caucho sobre cuyo tronco crece una enredadera de campánulas amarillas en medio de grandes hojas trepadoras de un verde profundo.

Emma habla de su visita de la mañana, el rescate del gato en el taller, la impresión que le causara el entorno de «su víctima». Mientras habla mira fijamente a Elena. Nota su piel lisa, las manos sin ninguna vena que sobresalga, los brazos fuertes, bien torneados, sus pequeñas orejas. Linda su hija. Se le viene a la mente aquella frase: *youth is wasted on the young*. Qué pena, piensa, que viva la juventud con esa indiferencia. Emma admira su independencia. Es brillante en su oficio y por lo mismo gana un sueldo alto, hasta compró su apartamento. «Si me caso lo vendo» anunció. Emma quiere que encuentre pareja. Le preocupa la forma lapidaria con que Elena descarta a sus pretendientes. Los juzga tan duramente que ella teme que difícilmente encuentre alguien que soporte el crudo y frío análisis de su racionalidad. Emma recuerda lo necesitada de cariño que estaba ella a su edad. Elena no es romántica. Es una profesional, cabeza fría. ¿Sería cosa de los tiempos ese desapego? ¿Sería real la proclamada autosuficiencia? ¿Cómo no iba a querer un hombre que la quisiera?

Elena toma la limonada en pequeños sorbos, se pasa la lengua por los labios. ¿Se enamoraría Ernesto de su hija si la conociera? ¿O la preferiría a ella? Qué cosas pienso, se dice, pero la pregunta empieza a rondarle la conciencia como el zumbido de un tenaz insecto. Se compara con la muchacha. ¿Qué tanta es la diferencia entre ellas? ¿Los cuerpos? ¿La presencia o ausencia de pequeñas arrugas en la esquina de los ojos, o las líneas que las sonrisas dejan como el trazo de un paréntesis en las comisuras de sus labios? ¿Bastarían esas señas para hacer que una fuera más atractiva, más deseable que la otra? Las mujeres jóvenes remotas y ejecutivas como las amigas de Elena que iban juntas de vacaciones y bailaban entre ellas en las discotecas, hacían alarde de no necesitar a los hombres pero luego, a los treinta y cinco, cuando el reloj biológico sonaba su alarma, se desesperaban por encontrar padre para los hijos. Pero claro que se les dificultaba. Eran reacias a experimentar con la propia capacidad de seducción. La reprimían como reprimían otros instintos que atribuían a las mujeres coquetas y femeninas a las que evitaban parecerse. Elena habla de su trabajo, de un proyecto que en breve la llevaría a una zona remota del país al lado del río Coco. Emma sigue apenas sus palabras. Repara en cambio en el brillo de sus ojos, sus gestos, las pecas de Elena en la nariz. De seguro olvidaba aplicarse protector solar. La joven cuenta que viajará con otros consultores: un holandés y un argentino. Emma imagina las fantasías eróticas que ella habría hilvanado a la edad de Elena ante la perspectiva de ir a la selva con dos hombres, seguro jóvenes también. ¿No te emociona la idea?, le pregunta a la hija y ésta la mira sin entender la pregunta. ¿Estás bien, mamá? ¿Te sentís bien? Un poco de dolor de espalda, dice Emma, seguramente el frenazo me retorció algún músculo. Mañana tengo cita para un masaje, sonríe. Qué alivio que su hija no pueda percatarse de lo que está pensando. Elena se despide. ¿No esperarás a tu papá? No, mamá, sabés que sus horas de llegada son impredecibles.

Después que Elena se marcha, Emma va al baño. Al salir se detiene frente al espejo. Le gusta lo que ve. El pelo le ha quedado muy bien. Ahora tendrá que trabajar sobre el resto. ¿Qué diferencia hay entre ella y Elena o Margarita? Los rostros jóvenes son como esos cuadernos bellamente empastados que venden en las papelerías con las páginas en blanco. Sólo el tiempo pone palabras en los rostros, historias, carácter. Se mira a los ojos. Sabe que puede hacer que su mirada juegue e insinúe, que vea sin miedo. Cuando era más joven, en las reuniones sociales, los maridos de sus amigas iban hacia ella como insectos atraídos por el resplandor de las bujías. Ella notaba la incomodidad de las esposas y tuvo que aprender a tranquilizarlas, a ser modosa cuando estaba entre ellas. ¿Me daría vergüenza estar desnuda? Ni joven le gustó hacer el amor de día. No había cuerpo que soportara sin mácula la luz del sol. Perderé peso, se promete. Volveré al gimnasio. ¿Por qué no iba a enamorarse de ella un hombre joven? Apostaría que sí. Al dar la vuelta para retornar a su habitación siente humedad entre las piernas. Corre de regreso al baño. Falsa alarma. Es otro tipo de humedad. Se siente vagamente avergonzada. ¿Qué se me ha metido? ¿Qué otra mujer anda dentro?

—Parecés otra persona —dice Fernando cuando llega por la noche—. Pero te ves bien. Me tendré que acostumbrar, pero te ves bien.

Emma añora al Fernando de los cumplidos, el de su juventud. Nunca deja de causarle tristeza el hombre parco en el que se ha convertido.

Capítulo 7

Ernesto ha pasado cinco días en el hospital y esa mañana el médico le anuncia que le dará el alta hacia mediodía. La noticia le produce una sensación de vacío en el estómago. Curiosamente lo ha pasado bien allí. La enfermera adusta le ha tomado cariño y sus atenciones le han removido recuerdos de su madre sentada toda la noche en una silla mecedora a su lado velando una de sus enfermedades infantiles, no recuerda si el sarampión o la varicela. No piensa mucho en sus padres. De vez en cuando con amigos que viajan, ellos le envían dinero, camisas, calcetines y cada tantos meses lo llaman por teléfono. Han hecho una vida nueva en Estados Unidos y no tienen ningún interés en volver a Nicaragua. No quiero ver cómo ha cambiado, prefiero quedarme con el recuerdo de cuando era un país revolucionario, le ha dicho el padre. El hijo encuentra paradójico que diga eso viviendo en Estados Unidos, pero quizás tenga razón; en Estados Unidos le es más fácil olvidar las esperanzas perdidas de cuando se metió a guerrillero y pensó que todo cambiaría en su país. Los padres le han ofrecido que vaya a visitarlos, pero en la Embajada Americana le han negado la visa tres veces. No lo intentará más.

El médico le ha dado una lista de medicinas y de instrucciones. Ernesto tendrá el brazo inmovilizado por dos meses y medio. Fernando y Emma han reiterado que se encargarán de que no le falte nada. Divertida la gente con plata, piensa Ernesto, ¿cómo cumplirán esa promesa de que no me falte nada? ¿Me dejarán la de comida lista en la puerta todos los días o vendrá la señora a cocinarme, a bañarme y vestirme, a limpiarme la casa? ¡Por supuesto que no! ¿Y mi trabajo? La clienta de las sillas de seguro no le hará más encargos. Y perderá otras oportunidades. Un desastre todo aquello. Al menos está vivo, como dice Margarita. Según ella, eso debería alegrarle: no ha quedado parapléjico y después de semejante encontronazo, sólo tiene que lamentar su brazo, la herida en la pierna, dos costillas quebradas y unas puntadas en la cabeza. ¡Bendito el optimismo de las mujeres! Doña Emma, cada vez que lo ve, parece aliviada de que siga lúcido y «mejorando». Pues sí, menos mal, y mientras ha estado en el hospital ella muy atenta ha llegado a visitarlo a diario muy bien vestida, muy guapa siempre, mirándolo con curiosidad como si él fuera un raro espécimen. Lo trata de usted, muy formal. Y él a ella también. Además de hablarle de usted, la llama «Doña Emma». Ella le ha pedido que la llame simplemente Emma, pero él no omite el «doña». No es que le sea difícil tratarla de tú a tú, pero no puede evitar el discreto deseo de mortificarla al menos un poquito. Le entretiene confundirla. Mezclar la distancia con comentarios que la halagan. Aunque no la culpe abiertamente, no deja de considerarla responsable del estado en que se encuentra. El «doña» la hace sentirse mayor sin duda. De seguro le molesta porque ella es una de esas mujeres sin edad. Él ha tratado de calcular cuántos años tendría. Supone que serán casi cincuenta porque Margarita dice que tiene una hija de veinte y tantos y un hijo en la universidad. Pero es guapa y emana sensualidad. A él esas mujeres en la madurez le atraen. Son como muebles de estilo, con la madera ya curada, bruñida y la tapicería rica, de brocado; nada de plástico o puro cuero. Le gusta celebrarlas, acusar recibo de la impresión que le causan, mostrar que como hombre no le son invisibles o indiferentes. Hay un gran contraste entre la manera de las jóvenes de recibir los piropos y la de ellas. Él es discreto, las respeta pero de las enseñanzas maternas conserva la importancia de decirle a las mujeres cosas bonitas. Caramba, con lo fácil que es hacerlo a uno feliz, decía su mamá. Si las mujeres nos acicalamos es para que algún mortal lo reconozca. Pero él cuida distinguir quienes lo agradecen de las que carecen de sentido de humor o tienen un ego desproporcionado. Valora la relación con sus clientas; algunas hasta le confían sus cuitas. La pantalla de su celular se enciende. Mensaje de Emma: «Llegaré al mediodía a buscarlo». Y yo aquí estaré, responde él.

Llega acompañada del marido. Es él quien le ayuda a subir al coche. Ella casi no habla en el trayecto, en cambio Fernando le hace preguntas y más preguntas sobre el negocio de la carpintería; dónde consigue la madera, cómo la cura, cuál es la indicada para esto o lo otro. Al fin lo deja consigo mismo cuando recibe una llamada a su celular. Sentado en la parte posterior del coche, él ve el hombro desnudo de Emma que lleva una camiseta sin mangas. La piel de ella, ligeramente tostada por el sol, tiene color de madera de teca dorada; se fija en la curva que hace sobre la clavícula, la línea grácil sobre el disco del omóplato que remata en el brazo torneado. Ve las formas e imagina que saca un molde, que la línea recta entre hombro y hombro es la mesa que desciende formando las gráciles patas.

Llegan al taller del Barrio San Judas. Margarita espera en la puerta. Qué bien que esté la muchacha de la farmacia, le dice Fernando a Emma por lo bajo. Ernesto cojea un poco porque la herida de la pierna le molesta aún al caminar, pero se nota alegre de regresar, de ver al gato, al que acaricia torpe con la mano izquierda. Mefistófeles tiene la cola en alto y restriega el lomo ronroneando contra las piernas de Ernesto. Cuidado si lo hace caer, dice Fernando, que no es muy amigo de los gatos. Gente del barrio se ha acercado a saludar al muchacho. Su amigo Luis de los marcos y molduras le da el brazo para entrar al taller. Emma, que lleva sandalias bajas, se apresura a entrar a la habitación con Margarita para asegurarse de que Ernesto podrá acostarse en la cama. Entre ambas retiran el cobertor verde mientras Fernando se queda rezagado del pequeño grupo mirando con curiosidad el taller, las herramientas y las mesas de la carpintería. Emma nota que todo está limpio y hay unas flores de hibisco en un vaso con agua sobre la mesa de noche. Ernesto dice que prefiere sentarse en la mecedora junto a la cama, que ya ha estado acostado demasiados días. «Me siento como el santo en una procesión», dice y todos ríen.

Fernando regresa a la camioneta para bajar las bolsas que Emma ha preparado con jugos y latas diversas. Un poco incómodo, sin saber moverse en ese ambiente o qué pensarán los vecinos, las pone sobre una de las mesas de la carpintería. Emma sale a traer unas almohadas y toallas. Está atenta a todo usted, le dice Ernesto, y ella disimula diciendo que cuando uno está convaleciendo las almohadas y toallas nunca están de más. Fernando le pregunta a Ernesto qué más necesita, qué otra cosa pueden hacer, como si llevarlo de regreso a casa y dejarle unos víveres cerrara el capítulo de obligaciones contraídas por los culpables de lo sucedido. No se preocupe, dice Ernesto, estoy bien, aquí hay quien me cuide. Emma está consciente del silencio de Margarita, Luis y las otras personas. No puede evitar pensar que están ansiosas de verlos partir para quedarse con quien les pertenece, con uno de los suyos.

Creo que hemos cumplido, le dice Fernando cuando van de regreso. Ella le dice que no entiende cómo puede pensar eso él que es médico. Sabe bien que ahora viene lo más difícil, los impedimentos con que se topará el muchacho que vive solo y no tiene familia. Vos no entendés, le dice él, en los barrios todo es diferente, la gente es mucho más solidaria. Yo recuerdo en la guerra cómo se ayudaban. Vos no estabas aquí, pero yo lo viví. Me impresionaba eso. Son pobres pero no de espíritu. De no ser así yo no estaría tan tranquilo, Emma, pero hay que saber hasta dónde puede ayudar uno. No te enteraste pero dejé un buen fajo de dinero con Margarita. Se ve que esa muchacha si no está enamorada, le tiene afecto. A lo mejor se casan, quién sabe, a lo mejor serviste de Cupido sin darte cuenta. A Emma la explicación no termina de aplacarla. Muy fácil pensar que los demás se harán cargo porque no son pobres de espíritu, porque son solidarios. ¿Eso cómo nos deja a nosotros, nosotros que tenemos los medios para no ser pobres de espíritu y ser solidarios? Nos deja en la realidad, responde él; en la realidad de que salimos sobrando en ese entorno. ¿Qué, acaso no te sentiste incómoda? No me digás que no porque lo noté en tu cara. Y parecías una garza, Emma, una flamenca patilarga caminando torpe entre tablas y herramientas. ¿Cómo creés que lo vas a ayudar? ¿Querés llevártelo a convalecer a nuestra casa? No me opongo, si eso te tranquiliza. ¡Pero si te vas al Congreso pasado mañana! ¿Cómo me voy a quedar en la casa con una persona que ni conocemos?, exclama ella. Fernando ríe. Está inválido, Emma y es un joven. Vos podrías ser su mamá. No, dice Emma, con énfasis. ¿No qué? pregunta él. No quiero que convalezca en nuestra casa. Es una idea descabellada. Entonces dejalo tranquilo que convalezca en la suya, dice Fernando, y no vayas a meterle ruido.

Capítulo 8

En el consultorio de la Dra. Piñeiro, la ginecóloga de Emma, hay tres mujeres esperando en la antesala. Una está embarazada. Por el agobio en el rostro joven y fresco y el tamaño de la barriga, se adivina que está pronta a dar a luz. Está recostada con los ojos cerrados sobre el largo sofá en herradura que rodea la mesa ancha al centro del salón. Calza unas sencillas chinelas chinas que dejan ver sus pies un poco hinchados. La otra es una mujer de pelo gris y feos zapatos bajos, negros, de cordones. La tercera, delgada, bien vestida, de pelo entrecano, la mira de reojo y luego ve la hora en su reloj de pulsera. ¿Cuántos años tendrían las mayores? ¿Hacían aún el amor? Difícil imaginarlo. Observa los zapatos de cordones de la de pelo gris. ¿Cómo podía esperar que su marido le hiciese el amor? Soy injusta, piensa. Rara vez cuando veo hombres mayores y panzones me pregunto cómo es que esperan que los quieran sus esposas. No se me ocurre dudar. Y sin embargo critico a las mujeres que no cuidan su apariencia y se abandonan.

Atender la belleza ha sido desde su infancia una obligación para la que fue rigurosamente entrenada. Su madre, muy joven cuando ella nació, volcó en Emma sus deseos de jugar con muñecas. En las fotos amarillas de su niñez Emma jamás aparece jugando o descuidada. Sólo la retratan acicalada para los cumpleaños, con trajecitos bordados de encaje y lazos enormes en el lacio pelo rubio. Su madre le pintaba los labios, le ponía colorete en las mejillas, la vestía con trajes coordinados haciendo juego con los zapatos y las medias. De adolescente le compraba lo último en la moda. El padre le llevaba chocolates y dulces que ella comía a escondidas porque la madre jamás se lo permitía. Todas las tardes la llevaba a clases de ballet y ya cuando era mayor, la inscribió en clases de aeróbicos y pilates. Emma no osó rebelarse contra aquel régimen que su madre le impuso. Fue una niña dócil y recatada frente a ellos, pero a escondidas leyó libros prohibidos y soñó con romances y una vida de médico en África o en algún lugar distante. «Las mujeres somos el aceite del engranaje de la vida», le decía su madre, «nuestro papel es suavizar lo áspero, dulcificar lo amargo. Mientras hagas eso, serás feliz». Lo paradójico fue que su madre dejó para el fin de su vida la rebelión contra esa docilidad que predicó incansable a su única hija. En Costa Rica, deprimida por el exilio, tuvo una caída que le causó una contusión cerebral, se levantó de un coma de tres días, convertida en una criatura beligerante y desaseada que salía a la calle descalza, se negaba a bañarse y que le reclamaba a gritos al padre una rigidez que hasta entonces había aceptado no sólo con mansedumbre sino con absoluta complicidad. La locura de la madre desajustó con su aire de tragedia griega la larga placidez de la perfecta familia. Incapaz de aceptar los consejos de los médicos de que la recluyera en un asilo para enfermos mentales, el padre pagó enfermeras y enfermeros para que la cuidaran en casa y se creó una vida aparte en la que se dio licencia para beber lo que no había bebido, y gustar los placeres de la carne con prostitutas caras y eternamente lindas. Emma se pregunta si ese reproche silencioso a sus congéneres por abandonar su feminidad, perder todo atisbo de coquetería, de sensualidad, de belleza y convertirse en esas personas de cuerpos cuadrados y vestidos aburridos, le vendría quizás del fantasma de su madre desquiciada, o del miedo a que amantes bellas la sustituyeran en los afectos de Fernando. Le es difícil digerir la transformación que llevó a su padre a infringir sus rígidas normas de conducta para convertirse en un viejo *bon vivant*. Tras ser un respetable marinero y hombre de negocios, ahora su preocupación es que no le falte el Viagra. Quizás por vergüenza, se ha distanciado de ella, su única hija. Pero los amoríos de hombres viejos con chicas son tolerados; en cambio las mujeres mayores con parejas jóvenes son objeto de crueles burlas y desconfianza. Si hasta existe un código sobre cómo debe vestir la mujer madura, recapacita, un claro empeño en invisibilizar la sexualidad femenina cuando ésta ya no cumple la función reproductiva. Los hombres, en cambio, si por Viagra o por casualidad aciertan el tiro pueden, canosos, panzones o arrugados, pasear ufanos empujando cochecitos de bebé.

La doctora Piñeiro asoma la cabeza por la puerta y la saca de sus divagaciones, indicándole que pase adelante. Emma ha empezado a sudar. Le sudan las manos, la cara. Entra al despacho perturbada. Jeanina Piñeiro no usa maquillaje y lleva el cabello liso a la altura de la oreja, sostenido hacia atrás por un aro de carey. A pesar de su sencillez, se mueve con garbo y autoridad, emana un aire de saberlo todo, de no sorprenderse ante nada; ese aire es su don y ella lo cultiva a conciencia. Cuando imaginó la visita, Emma se vio a sí misma echándose a llorar sobre su impecable bata blanca de médico, descargando en ella el peso de su tribulación. Después de todo se trata de quien la acompañó cuando nacieron sus hijos, la mujer que Emma hubiera deseado como hermana mayor, la que la conocía de adentro para afuera y todos los años la revisaba minuciosamente, hablándole de árboles o de literatura mientras colocaba el condón a la cánula del ultrasonido y la hurgaba por dentro con delicadeza, señalándole el grosor de su útero, la redonda circunferencia de sus ovarios. Todo un universo, solía decir, el útero es un planeta con dos lunas que se turnan cada mes para lanzar su pequeño meteorito en la órbita de la fertilidad. Relájate. Ponete flojita. El súbito ataque de calor, sin embargo, deshace la sensiblería. Pasa a su lado de prisa, se sienta en el sofá frente al escritorio y toma la primera revista que ve para abanicarse furiosamente.

—Por esto vengo —dice—. No planeé entrar en pleno sofoco pero, ya ves, mi cuerpo te quiso hacer una demostración en vivo. No me ha venido la regla. Tengo trece días de retraso.

—¿Sólo trece? —sonríe Jeanina—. La doctora busca detrás del escritorio una caja de pañuelos desechables y se la pasa—. Yo estaba en una cena la primera vez que sudé así. Andaba especialmente arreglada, maquillada, con un vestido azul con varias capas de una tela liviana, gasa sería. El sudor me empezó en la cabeza. Luego me corrió por la cara. Me estaba derritiendo y las gotas gruesas caían sobre la tela delicada y se abrían como manchas de aceite —se rió—. Yo no sabía qué hacer. Estaba sentada entre dos médicos a los que quería impresionar para que me incorporaran a su práctica clínica. Como ven, no tendrán que preocuparse por licencias de maternidad, les dije. Después me excusé y me fui al baño a llorar. No niego que fue humillante además de incómodo. Pero obtuve el puesto. Luego le conté a mi madre. Comprate un abanico, me dijo, ya entraste al Club del Abanico. Y eso hice.

—¿Será que me afectó el accidente? ¿Podrá deberse a eso el atraso?

—El atraso, quizás, pero no los sudores. Hay traumas que pueden causar desbalances pero ya tenías el retraso, ¿no? Me dijiste que ibas pensando en eso cuando atropellaste al carpintero.

—Sí. Eso iba pensando… No es sólo carpintero, es ebanista.

La doctora sonríe.

—Y ya estás en la edad en que estas cosas suceden. No culpés al accidente. La regla quizás regrese. Así sucede hasta que desaparece del todo. No es de lamentar. Es una molestia menos…

—No es molestia para mí. Nunca me ha molestado. Al contrario, son mis días. Me doy licencia para descansar, aunque no me duela nada. Fernando es anticuado en eso. Como hombre, se imagina que es terrible. Ya te he contado que ni se me acerca —sonrió Emma— y yo me aprovecho de eso.

Se siente mejor. El calor va pasando.

—Si de excusas se trata, la menopausia funciona tan bien como la regla —sonríe irónica Jeanine.

—Me puedo acostumbrar a no tener la regla, pero estos sofocos…

—Es muy sencillo lo que sucede, Emma. Me imagino que recordarás lo que estudiaste.

—Ni una palabra de la menopausia recuerdo —sonríe—. A esa edad era como que me dijeran que estudiara la geografía de Marte. Lo leí rápido. Pero hay miles de páginas sobre la menopausia en Internet. En dieciocho segundos, Google registra 4.390.000 entradas.

Jeanina Piñeiro escucha las historias de Emma sobre sus calores, mirándola fijamente con una mezcla de simpatía y preocupación. De un tiempo a esta parte no cesa de asombrarse de la ignorancia que rodea este ciclo de la vida de las mujeres. Tantos libros sobre sexualidad, sobre los años fértiles, los embarazos, los hijos y, en cambio, sobre la menopausia apenas unos cuantos y todos ellos más o menos sombríos. Algunas mujeres pioneras del feminismo como Betty Friedan han intentado cambiar la tónica: *La fuente de los años*, se llama el libro que ésta escribió donde celebra la edad de la sabiduría y la madurez, pero es tan difícil en la cultura de la juventud y la belleza femenina encontrar una narrativa que valore el poder femenino por sí mismo, que logre ubicarlo como una fuerza que no depende únicamente de la capacidad de la mujer de usar su sexualidad como arma, que puede existir independientemente de los atractivos carnales de una mujer. En esa realidad, sus pacientes, cuyo sentido de identidad y de valor social están ligados inexorablemente a su capacidad física de atraer y seducir no logran concebirse a sí mismas como seres enteros, una vez que termina la fertilidad o sus años de manifiesta sexualidad. Cuando en sus vidas hacen aparición los retrasos, el fin de las reglas y el cuerpo se adapta a una existencia donde los órganos reproductivos pasan a ocupar un segundo plano, lo que debía ser simplemente una transición física a otra etapa más autónoma, más de ellas mismas, se convierte en un período tumultuoso pleno de inseguridades y angustias. No existe, ni en la literatura de ficción, ni en la academia, el modelo que separe a la mujer que da la vida, de la mujer que simplemente vive por el puro placer de existir despojada ya de su función de hembra reproductora de la especie.

—¿Te das cuenta, Emma, de que los años fértiles terminan más o menos a los cincuenta, pero que —estadísticamente— la mujer tiene una esperanza de vida mayor que el hombre? ¿No te suena que la Naturaleza nos está diciendo algo, compensándonos en cierta manera por esos años que no pudimos dedicarnos a nosotras mismas?

Emma la mira, una mirada de incomprensión.

—Si te digo que cada mujer no se posee a sí

misma plenamente sino hasta que su cuerpo renuncia a ser la prolongación de otro cuerpo, y que es por eso que la vida dispone que vivamos más años ¿no te parece que hay sabiduría en eso? Es como si la Naturaleza estuviera consciente de que no nos pertenecemos en la época de la fertilidad y nos diera el tiempo para alcanzar la plenitud. Y, sin embargo, en vez de atrapar y disfrutar esta época de gracia ¿cuánta energía no le dedicamos a lamentarnos de lo que dejamos de ser? Yo aquí he visto llorar a mujeres viejas por la nostalgia de ya no poder concebir. Las miro y no me lo creo, te lo juro. ¿Y sabés qué es? Una trampa. Otra trampa como las muchas que hemos tenido que ir superando en el camino. No te voy a dar una charla sobre los mil y un mecanismos con que la sociedad nos desvaloriza. Vos los conocés como los conozco yo o cualquier mujer, pero esta última trampa, la de que la menopausia nos convierte en seres asexuados, invisibles y casi inservibles, es una de las peores, de las más interiorizadas. Como el máximo valor que la sociedad nos concede es el de la maternidad, cuando ésta se convierte en una imposibilidad física es como que nos sacaran la alfombra, y nos quitaran el asidero donde reside nuestra identidad, el valor que nosotras nos damos a nosotras mismas.

—Yo ya no quiero ser madre. No es eso lo que me pasa.

—Pero sentís que el cuerpo te está negando la feminidad, ¿sí o no? Sé sincera.

—Sí. Eso siento. Tenés razón.

—Y ¿vos creés que eras mujer porque reglabas?

—No precisamente, pero me daba una sensación de poder.

—Evidentemente, te daba el poder de multiplicarte…. de salirte **fuera de vos,** de existir a través de otro. Pero vos no necesitás deberte a otros para ser quien sos —sonríe Jeanina.

—Pero la sexualidad…..

—No la has perdido. No la perderás nunca —Jeanina sonríe maliciosa—. Esta es una época fantástica. Plenos poderes sin riesgo de embarazo. La sexualidad tiene un segundo impulso. Para mí es la mejor época de la mujer. Masters and Johnsons estudiaron una mujer multiorgásmica. ¿Sabés qué edad tenía? Setenta años.

Emma mira el escritorio de Jeanina, las carpetas de sus pacientes apiladas unas sobre otras en un montón, la libreta de recetas, el modelo desarmable de los órganos femeninos que tiene como adorno sobre la mesa. Lo que Jeanina dice le ha despertado un repiqueteo en el cerebro, un ruido como de pájaro carpintero haciendo toc-toc, martillando una puerta cerrada.

—Mirá, Emma, una cosa es el proceso de envejecimiento. Eso lo pasamos todos; hombres y mujeres. Nos arrugamos, cambiamos, perdemos estatura, solidez. Eso es una cosa. Tuviéramos o no menopausia, envejeceríamos. Pero ¿cuánto tiempo somos jóvenes? Digamos arbitrariamente que de los 15 a los 40. Entonces ¿creés que el resto del tiempo, los treinta o cuarenta años más que, con suerte, vivimos, son sólo relleno? ¿Que porque ya no tenemos veinte o treinta, vamos a lamentarnos? ¡Qué desperdicio!, te digo, ¡qué desperdicio! Y, sin embargo, si te dijera a cuántas mujeres maravillosas, lindas, sanas, tengo yo que consolar porque sienten que ya perdieron todos los derechos tan sólo porque cumplieron cuarenta. Todo está en la cabeza. Son las ideas las que nos acaban mucho antes de que se acabe el cuerpo.

—Me encanta lo que decís. Tenés razón, pero lo que decís no me va a quitar los calores.

—Aún no se entiende bien la causa exacta de los calores. Parece ser que los niveles de estrógeno al reducirse afectan la regulación térmica del cuerpo. Hay quien piensa que se debe a que los ovarios intentan volver a funcionar y dilatan los vasos sanguíneos. El estrés, ciertas comidas, los incrementan, pero, ¡muchacha! Los calores se quitan con la fórmula correcta de hormonas y alimentos. Ya lo vas a ver, que para eso estamos en el siglo XXI. Pero para mí lo más importante no es quitarte los calores, sino hacer que te des cuenta que éste es un tránsito hacia vos misma, hacia una **persona** que existe fuera de esos esquemas heredados de lo que es la feminidad. Esta es tu hora de ser más mujer, de ser sólo mujer, enteramente mujer, de ser para vos misma y descubrir que tu poder no reside en bailar la danza del apareamiento, ni en tener las plumas más vistosas. Tu poder no depende de la sexualidad; disfrutá de ella, pero no reside allí. ¿Sabés cuál es nuestro capital, nuestra mina de diamantes? El amor. No te estoy hablando en términos románticos. Lo que las mujeres poseemos en abundancia es una innata capacidad de dar y recibir amor. Practicar eso es lo que nos da poder porque los hombres necesitan ese intercambio. Lo que pasa es que ellos han puesto los términos de quiénes deben beneficiarse y en qué marco debe realizarse ese amor. La mujer que ocupa ese poder para sí misma es sospechosa, porque el amor aceptado, requerido, de la mujer es el amor de la autonegación, del sacrificio, el amor que cede y no pide nada para sí. Aunque hemos avanzado mucho en el campo del trabajo, el campo del amor interpersonal sigue siendo regido por esos patrones. Unas veces el patrón es más flexible, más sofisticado, pero amar demasiado —hasta hay libros sobre eso— es una tendencia femenina. Por muy fuerte que sea la mujer, por allí se le cuela la disposición a ponerse en segundo plano. Nos han condicionado para que el amor se comporte como debilidad, no como fuerza. La menopausia transforma las condiciones del amor. Una se vuelve más selectiva una vez que cesa el imperativo de la reproducción. Y eso le plantea al hombre un intercambio diferente, menos sumiso, más exigente. Y por eso es usual que, como ellos mismos bromean, quieran cambiar una de cuarenta por dos de veinte. Las de veinte están todavía en la etapa de probar que pueden amar, ergo, concebir y la idea de la dependencia les parece hasta romántica. Nosotras ya no necesitamos esa dependencia. Pensá en toda la mitología de la mujer vieja. ¿De dónde creés que viene esa suerte de depreciación? A menos que seas una abuela tierna que se haga cargo y que siga sometida a la necesidad ajena, a menudo te tratan como si sobraras ya en el mundo.

—Tengo que pensar lo que estás diciendo —Emma se levanta, se mete los dedos en el pelo. Lo que dice Jeanina lo siente en el cuerpo. El toc-toc del pájaro carpintero empuja la puerta. Hay un pasillo en su mente por donde se cuela la luminosidad que ha experimentado en distintos momentos de su vida cuando se le revela una manera distinta de ver. Y sin embargo, no está convencida de que el nudo que ata su identidad, su físico y su sexualidad, pueda deshacerse sin que ella misma se deshaga.

—Pensalo, Emma. No has perdido nada, nada absolutamente. Ya tuviste tus hijos. El ciclo de la fertilidad ya no es necesario, la regla tampoco. Es tu tiempo ahora. Y el poder que desarrollaste en todos estos años practicando el amor hacia afuera está intacto y maduro; es una capacidad extraordinaria que te afinó como un magnífico instrumento para que ahora vos hagás música por el puro placer de oírla, ¿me explico?

Emma sonríe y mira con afecto a Jeanina.

—Sos de oro, Jeanina. Qué privilegio el mío de tener una mujer como vos en mi vida.

—Milan Kundera dice que «la ternura es el miedo que nos inspira la edad adulta». Para mí ésa es una frase tan masculina porque lo que dice temer en el fondo es ser vulnerable, dejar atrás la divina arrogancia de la juventud. Yo, por mi lado, creo que la ternura es la alegría de la edad adulta. Algo más te quiero decir: mirá la diferencia entre la actitud del hombre y de la mujer. Los hombres, al envejecer, sufren a menudo de disfunción eréctil. Pero, ¿amenaza eso su identidad masculina? Sería lo lógico, ¿no? pero mirá lo que sucedió desde que el Viagra se descubrió. La campaña que hicieron para popularizarlo y el tono de la publicidad logró que ese problema se convirtiera en pocos años en una nimiedad. Establecieron que sufrir eso no hace al hombre menos macho o brioso o masculino. Con modelos icónicos de hombres exitosos, transformaron la disfunción eréctil en un mero y fácilmente solucionable contratiempo. La publicidad para las mujeres que entran a la menopausia está llena de señoras asexuadas, de frases veladas. Se aborda el asunto como si se tratara de una enfermedad. ¿No te parece increíble? ¡Hasta la impotencia lograron hacer sexy los hombres! Así que vos inventate la publicidad que vas a pasar por tu mente cada vez que te sintás amenazada o minimizada porque estás en la Gran Época de la Menopausia. No te quiero dar hormonas todavía. Es muy pronto. Una buena dieta, vestirte como cebolla para irte quitando las capas, dormir bastante, hacer ejercicios. Eso es lo que harás por el momento. Es muy posible que tengás más reglas. Un poco de paciencia, Emma. Tené un poco de paciencia y pensá en cuanto te he dicho.

Emma sale del consultorio de Jeanina sonriendo para sí. Si Madame Bovary, su tocaya, pensaba que la luna existía para brillar por su ventana, ella esa mañana piensa que el sol está en el cielo para alumbrarla a ella.

Va al supermercado y llena su carrito de papayas, mangos, manzanas, frijoles de soja, decidida a comer mejor y a sentirse como una reina.

Capítulo 9

Margarita insiste en dormir con Ernesto en el taller. Él no puede arriesgarse, argumenta. ¿Quién lo ayudará si cae entre formones, esquirlas y aserrín? Ella lo acompañará con muchísimo gusto. No tiene obligaciones, nadie la necesita. (Tener quien la necesite es un lujo, una maravilla.) Sin acatar objeciones la muchacha se dispone a la tarea. Lleva su mochila, sus chinelas, su cepillo de dientes. Tararea mientras acomoda sus cosas sin permitirse dudar de lo que se ha propuesto, segura de que la motivan sentimientos nobles, imaginándose ángel guardián y por lo tanto actuando con aplomo, dueña de sí y del entorno. Ernesto la mira desde su cama. La ve disponerlo todo y recuerda cuando él era niño y oía hablar de la amenaza de que la 82 División Aerotransportada de Estados Unidos desembarcara en Nicaragua para liquidar la revolución sandinista. Margarita carece de blindados y poder de fuego, pero él se siente ame-drentado ante esa invasión sin remedio de la sobe-ranía que hasta ahora ha ejercido sobre su país de troncos y aserrín. La dejará que se quede esa noche pero mañana, no bien recupere el manejo del terre-no y ensaye sus movimientos, le pedirá que se vaya. Aunque agradece que ella esté allí, le incomoda. Se le hace difícil pasar de la broma fácil a la intimidad. En la cama, se parapeta tras un libro, *El Conde de Mon-tecristo* y su cueva de los tesoros. Pero Margarita es una mujer nicaragüense. Las mujeres en Nicaragua no en balde han vivido lo que han vivido y escuchado las peroratas feministas más adelantadas de Améri-ca Latina. Tras prepararle la cena y lavar los platos, Margarita entra al baño, se cambia, sale con camiseta y pantalones cortos y se mete a su lado bajo las sába-nas. Dormí que estoy aquí, le dice. Si necesitás algo me tocás. Ernesto siente su calor. Oye su respiración. Presiente su cuerpo delgado, pero aunque lo inten-tara no podría hacer nada. No puede mover el brazo derecho y el izquierdo yace tenso a su costado. Es rehén de sus dolores. Margarita se merecería mejor suerte, piensa. Si al menos pudiera acunarla, cercarla con el brazo y no pedir nada a cambio. Pero le duele la pierna, el costado, el brazo derecho atravesado por las clavijas.

Al fin se duerme y sueña. Sueña que es Emma la que yace a su lado. Está dormida boca abajo y él puede ver la marca del bañador: la piel pálida que contrasta con lo tostado de los hombros y las piernas. Emma despierta, toca las clavijas, las saca una a una de su brazo, las heridas se cierran como por encanto. Ella lo besa. Él extiende la mano derecha, toma uno de los pies de ella, lame el dedo pulgar, lo introduce todo en su boca, lo succiona como un bombón. Se escucha de pronto un portazo. El sueño erótico termina con un sobresalto. Ernesto despierta en la oscuridad. Pone su mano izquierda sobre la frente. Se increpa mentalmente: ¿Qué estás pensando? ¿Te volviste loco? ¡Alto!, ¡alto! ¿Estás bien? pregunta Margarita, alzándose sobre el codo, soñolienta. Tuve una pesadilla, dice él. No es nada, no te preocupés.

En casa de Emma es ella la que yace en la cama con los ojos abiertos mientras Fernando duerme. Lo mira con la boca entreabierta, escucha el ruido gutural que no llega a ser ronquido, subiendo y bajando. Esa tarde ha conversado con Nora. Le ha preguntado si a ella le sigue llegando la regla.

—Hace años que no tengo regla. Cuando la tenía no sabe los dolores de vientre que sufría. ¿Se acuerda que yo le decía que tenía migraña? La realidad era que me dolía el vientre. Me dolía todo. Yo tengo que decirle que estoy mucho mejor sin eso.

Emma recuerda cuando Nora llegó a trabajar de niñera de Elena. Era una mujer pequeña, bien formada, enérgica, con un pelo rizado abundante y unos enormes ojos oscuros. Habría tenido alrededor de treinta años. En ese tiempo, Nora estaba enamorada. Se contoneaba al andar y hacía alarde de un agudo sentido del humor. Era una persona alegre. De unos años para acá había empezado a deteriorarse. Elena aseguraba que, desde que la dejara el novio, se había vuelto fanática de una secta religiosa que si no prohibía las sonrisas, poco le faltaba. Prohibían el baile. Nora se los había contado. ¡Absurdo! había dicho Emma, ¿cómo podía alguna religión prohibir el baile, tan sano para el cuerpo y el espíritu? Nora le recitó pasajes de su libro de oraciones. Era someterse a la tentación, peligroso, le dijo con expresión contundente. A una velocidad pasmosa, Nora se hundió en una política de austeridad y dedicación a los rezos, censurándolos calladamente por la carencia de Dios en sus vidas. Pero los quería. Era indudable. Sin embargo se había convertido en una especie de tía refunfuñona y mal encarada, la tía que aunque a veces le amargara a uno el día se toleraba por tanto amor acumulado en los años de servicio. ¿Sería la menopausia lo que la transformó? se pregunta Emma. ¿No se habrían equivocado al pensar que el mal genio se debía a los rezos y los cultos? ¿Cuántas personas no se refugiaban en Dios cuando empezaban a perder el apego a lo terrenal, a desconfiar de sus ilusiones, o a sentir que ya no tenían emociones que experimentar?

Ninguna de sus amigas hablaba mucho de la menopausia. Recordó a través de los años las infatigables noches o tardes en que se reunían para hablar y compartir intimidades. Entre ellas no hubo secretos cuando se trató de narrar orgasmos, vibradores, lo que sentían o no con los maridos o los novios, los destrozos genitales de los partos, las operaciones para apretarse la vagina o los ejercicios Kegel para mantener el tono muscular. Sin embargo, la vez que la mayor de ellas, Teresa, contó que le habían aparecido canas en el vello púbico y les describió las operaciones que se hacían en Estados Unidos y otros lugares para devolverle la juventud y carnosidad a los labios menores y mayores del sexo femenino, se hizo un silencio incómodo en la sala. Ninguna rió o aportó detalles personales. Más bien se mostraron asombradas de que hubiese mujeres que se sometieran a esos extraños procedimientos y afirmaron que cuando les llegara el turno tomarían hormonas para que nada de eso les sucediera, qué horror.

Emma piensa en Ernesto y el cúmulo de nuevas sensaciones que le provoca. Cosquillas, euforia, descargas y relámpagos en sus partes más íntimas. No puede dejar de preguntarse qué música brotaría de ella en sus manos.

Capítulo 10

En la acera del aeropuerto bajan las maletas. Fernando se marcha a su Congreso médico y Emma lo despide con un beso.

—¿Qué vas a hacer hoy? —le pregunta él.

—Voy al gimnasio —dice ella, sabiendo que no hará eso solamente, que irá al gimnasio, tomará una ducha, se lavará el cabello, se arreglará e irá a visitar a Ernesto.

En el gimnasio se encuentra con Diana. Tiene un cuerpo espectacular, pero mala suerte en el amor. No logra por mucho que lo intenta retener a los hombres. Se enamora de ellos pero al poco tiempo los desprecia. Luego se deprime, se lamenta de estar sola. Emma piensa que es fieramente independiente. Nunca sabe si envidiarla o compadecerla.

—No quiero estar sola siempre —dice Diana.

Ambas corren sobre la cinta de sus respectivas máquinas.

—Pero Diana, ¿para qué querés marido si tenés amantes? —sonríe Emma.

—Para que me cambie las bujías, me arregle las puertas que no abren, las luces que no encienden, me cargue las maletas. Son utilísimos los maridos, mujer. Además, esto de la flecha del tiempo lo hace reflexionar a uno.

—Tendríamos que pensar en una colonia donde nos juntemos las amigas cuando lleguemos a cierta edad, con senderitos pavimentados para las sillas de ruedas y un mirador común donde ver los atardeceres y tomarnos unas copas de vino al anochecer.

—Vos vas a estar con tu Fernando.

—Los hombres se mueren antes que nosotras por regla general. Dice Jeanina que la naturaleza nos da a las mujeres más años de vida para compensarnos por el tiempo que nos pasamos cuidando a otros, criando a nuestros hijos. Muy interesante eso, ¿no creés?

—¿Qué más te dijo?

—Que no le tema a la menopausia, que es la época donde una se pertenece a sí misma y puede alcanzar la plenitud. Cuando me lo estaba diciendo sonaba fantástico. Me encantó lo que dijo, pero del dicho al hecho hay mucho trecho. Creo que voy a extrañar mi regla hasta que me muera.

—Te juro que no.

—Necesito una dieta rápida. Tengo que perder cinco libras ya.

—Algo estás tramando vos —sonríe maliciosa Diana, apagando la máquina de caminar y acercándose.

—Una segunda juventud. Eso es lo que estoy tramando. Me tenés que llevar donde tu dermatólogo.

—No te he contado que me contactó James, el novio que tuve en Inglaterra cuando era una adolescente. Imaginate. Me encontró en Facebook y me escribió. Está divorciado.

Emma sonríe.

—Podría ser un anuncio de algo bueno —dice—, los amores de ayer parece que reviven en Facebook.

—Veremos —dice Diana—. La esperanza nunca se pierde. Yo, al menos, no la pierdo aún.

—¿Te conté que el hombre que atropellé ya de está de vuelta en su casa? Salió del hospital con el brazo cruzado de clavijas. No podrá trabajar en más de dos meses. Me da pena. Vive solo en su taller de carpintería.

—¿Vas a ir de Madre Teresa? Ya veo que tenés esas intenciones.

—Lo he pensado —sonríe Emma—. Ya me conocés. Me siento culpable. No es fácil lo que le pasó.

—San José era carpintero —rió Diana.

Están en el vestidor, cambiándose de ropa. No hay nadie más que ellas y las dos ríen.

—Pues Ernesto es ebanista, la *crème de la crème* del oficio. Fernando dice que podría ser mi hijo, pero no es verdad. Sólo que hubiera parido a los once años.

—¡Ay, Fernando! Qué ingrato decir eso. Seguro te lo dijo para que te acomplejés y no te permitás ni malos pensamientos.

—Lo más probable es que seré testigo del romance que tendrá con la muchacha de la farmacia. Por verla a ella se cruzó la calle sin fijarse. Está enamorado de los pies de ella. Dice ella que la bautizó como «Margarita de los Pies Bonitos».

—No suena a un carpintero común y corriente.

—No lo es. Te dije que es ebanista, un artista. Le gusta leer a los franceses y tiene un gran sentido del humor.

Terminan de arreglarse en el tocador del gimnasio sobre el que hay toallas limpias, lociones, palillos para los oídos y un jarro con agua en la que flotan trozos de naranja y pepino.

Al salir del vestidor se topan con Florencio, el entrenador.

—Cuidado se las roban —les dice, guiñándoles un ojo.

—Tal vez yo me debería buscar un jardinero,

un electricista, un fontanero —dice Diana, riendo al despedirse.

Hace un día hermoso, cálido. Las lluvias han tornado los amarillos del verano en los verdes intensos de palmeras, helechos y flores que crecen en los jardines y aceras en las inmediaciones del Club que alberga el gimnasio. Emma enrumba hacia su casa. Son las once de la mañana. Irá a cambiarse y luego preparará algo para llevarle a Ernesto a la hora de almuerzo. ¿Qué podrá gustarle? Recuerda la hornilla al lado de la cama. La dieta tradicional en Nicaragua es arroz, frijoles, plátano. Nada de eso se cocina en su casa. Demasiados carbohidratos. Ella podía preparar una ensalada de pollo, quizás. Eso era apetecible para cualquiera. A ella le gustaba. Y podía hacer arroz. Era fácil y tenía arroz en la despensa. Nora la ve entrar a la cocina.

—Ayudame a hacer una ensalada de pollo, Nora. Se la voy a llevar al accidentado.

Nora la mira sin decir nada. Saca el pollo. Lo pone a descongelar en el microondas.

—¿Crees que a un carpintero le gustará una ensalada de pollo?

—¿Por qué no le iba a gustar?

—Pues... no sé. Estará acostumbrado a los frijoles.

—Pues que cambie. A caballo regalado no se le miran los dientes —dice Nora, con cara de piedra.

«Sin moverse, sin reírse», piensa Emma, recordando el juego de pelota que jugaba de niña por horas.

—¿Te puedo dejar que la hagás? ¿Y un arroz también? Me voy a dar una ducha.

Nora asiente con la cabeza.

Emma se ducha con agua caliente, se lava el pelo como todos los días, se rasura las piernas. ¿Por qué me rasuro las piernas para ponerme jeans? Usualmente lo hacía cuando calculaba que Fernando y ella harían el amor. Fernando era materia dispuesta; meticuloso pero asiduo devoto de la sana costumbre de no dejar pasar una semana sin sexo. Paradójicamente, lo único que lo detenía era el ciclo menstrual. En eso era bíblico y no transaba con la sangre. No había manera. Cuando era más joven, Emma lo lamentaba porque ella, al contrario de él, padecía en esos días de feroces deseos sexuales que sin otro remedio aprendió a satisfacer con inofensivos placeres estéticos y relajantes: masajes, saunas, limpiezas de cutis. Se había resignado. El ser humano es un animal de costumbres. Los hábitos calman el espíritu y evitan sobresaltos. ¿Quién inventaría la fidelidad? se pregunta dejando que el agua que cae de la ducha ultramoderna, redonda y plana como un plato, la envuelva en el agua caliente. Desiré, su amiga feminista y letrada, sostenía que la única razón de ser de la fidelidad era la necesidad de los hombres de asegurar que eran ellos los padres de sus hijos y que éstos eran los legítimos herederos de sus esfuerzos por acumular bienes y posesiones. Tenía cierto sentido. Era comprensible el deseo de los hombres de garantizar su paternidad, pero bueno, precisamente cuando ya la reproducción no era la razón de ser del sexo, cuando los años de criar quedaban atrás ¿no era acaso justo improvisar, descubrir otros continentes siempre y cuando esas exploraciones pudieran darse sin rozar la pareja, ese binomio de amor y odio que terminaba por ser cualquier matrimonio respetable? Sale de la ducha, se enrolla una toalla en el pelo, se enfunda el albornoz blanco y se sienta al tocador a arreglarse. Debe darse prisa. El reloj marca las doce del día. Emma es experta en maquillarse para lucir natural. No le toma mucho tiempo. Se seca el cabello y se mira la cara fresca y juvenil. Vestirse le toma cinco minutos pues ya ha pensado lo que se pondrá. Sale de jeans, una camisa blanca ajustada al cuerpo y unas sandalias de plataforma de madera. En la cocina, Nora tiene preparada la ensalada. Con rapidez Emma acomoda todo en una canasta de picnic.

—Volveré pronto —dice.

Cuando llega al coche ha empezado a sudar. Sube y enciende el aire acondicionado. Dirige las paletas de los ventiladores para que el aire le dé en la cara. El chorro de aire frío apenas hace mella al fogón que súbitamente se le ha encendido en el centro del esternón. Baja por la carretera maldiciendo su cuerpo traidor, intentando evadir los pensamientos nefastos que como avispas atacan la seguridad con que se miró al espejo antes de salir cuando se pensó guapa y apetecible. Hay poco tráfico en el carril que va a la ciudad; el tráfico más pesado viaja en dirección contraria. Es la gente que sube a la hora del almuerzo rumbo a sus casas. Es un día claro pero hay zonas oscuras en el horizonte. Pronto lloverá. La atmósfera está tensa y el vapor sube del asfalto caliente como un vaho de espejismo. A medio camino hacia el barrio, el sofoco pasa y Emma siente frío. Reduce la temperatura del aire acondicionado. Más tranquila, enciende la radio. La estación que le gusta escuchar tiene una amplia selección de música de los ochenta y noventa. Suena *Layla*, de Eric Clapton. Emma tamborilea sobre el timón. Desde el accidente maneja con aprehensión, más despacio, atenta a cualquier disturbio del camino. Managua es una ciudad desordenada y los conductores de motos y taxis son impredecibles. Se detienen o cruzan donde se les antoja. Finalmente llega a la casa de Ernesto. Desde la acera ve que la puerta del taller está abierta, igual que la cancela. Baja su canasta de picnic. El taller luce oscuro, quieto. Decide tocar la puerta con los nudillos antes de cruzar el umbral.

—No sé quién puede ser, pero pase —se escucha la voz de Ernesto desde la habitación.

—Soy yo, Ernesto, Emma —anuncia mientras camina poniendo atención para no tropezar.

Ernesto ve cuando la figura de ella se recorta en el vano de la puerta con la canasta.

—Pase a su cuenta y riesgo —le dice, aspirando el olor a agua y jabón que ella trae consigo. Agradece que no use perfume. No le gustan los perfumes de señoras.

—Le traje almuerzo —dice ella entrando a la habitación, buscando con la mirada un sitio donde poner la canasta.

—Hay un taburete al otro lado de la puerta —dice él adivinando su gesto—. No pesa. Se lo traería yo, pero ya sabe, me veo obligado a dejar que lo haga usted. —Ernesto está sentado en la cama, recostado sobre las almohadas. La habitación está arreglada, la ventana abierta sobre un pasillo por donde entra luz y aire de la parte posterior del edificio.

—No sabía qué traerle —sonríe Emma— pero se me ocurrió que le conviene algo sano y le traje una ensalada de pollo.

—¡Quién me iba a decir que una señora como usted se preocuparía por darme de comer! Si me trata así de bien, no me voy a querer curar… —sonríe de oreja a oreja con desfachatez.

Ella no dice nada. De pie arregla la comida en el recipiente. Mira a su alrededor buscando una mesa donde colocarlo y acercárselo.

—Como ve, lo complicado no es que aparezca

la comida, si no que yo me las ingenie para comérmela. Pero no se preocupe, para siete vicios hay siete virtudes. Afuera hay un taburete. Si lo trae, ponemos allí el plato. Usted tendrá que sostenerlo —sonríe.

Emma se turba. Se percata que tendrá que ayudarle a comer. No imaginó que se las vería en esa intimidad con Ernesto. Suda. No es otro sofoco; hace calor y ella está atolondrada, pero cumple las instrucciones. Mientras él come, impide que el plato se deslice, empuja la comida sobre el cubierto con un trozo de pan. Están uno a cada lado del taburete, muy próximos. Emma nota con alivio que Ernesto sabe agarrar correctamente el tenedor aun con la mano izquierda. Pocas cosas le incomodan más que los malos modales en la mesa.

—Cuénteme algo —dice Ernesto—. Le toca a usted.

—¿Qué quiere que le cuente? Tengo una vida común y corriente.

—¿Por qué iba usted manejando? ¿No tiene chofer?

—No me gusta andar con chofer. Prefiero andar sola. Nunca tuve chofer, ¿sabe? Contratamos uno al regresar a Nicaragua del exilio pero terminó haciendo los mandados.

—¡Ah! Ustedes son de los que se fueron cuando la Revolución.

—Desde antes. Desde el '77. Mi papá trabajó

con Somoza, pero no se ensució las manos. Era de la marina mercante, la Mamenic Line. Él vio venir la guerra y nos sacó para Costa Rica. Nunca le gustaron los sandinistas tampoco. Después abrió un negocio. Le fue bien.

—Pues mis padres eran sandinistas.

—Me imaginé.

—Y ¿por qué se lo imaginó?

—Vi que tiene una foto del Che en la pared —sonrió Emma—. Mi hijo también tiene una foto del Che. Es el sandinista de la familia —sonrió—. Lo es porque no vivió nada de eso. Usted tampoco, ¿verdad? Sería un niño cuando la revolución.

—Tenía cinco años, pero me acuerdo de cosas. Me llevaban a las manifestaciones. Fui de la Asociación de Niños Sandinistas —sonríe—. Doña Violeta me salvó del servicio militar obligatorio. Yo tenía 16 cuando los sandinistas perdieron las elecciones. La verdad es que mi mamá se alegró de que perdieran. No quería que me mandaran a pelear.

—Pero vos sí querías ir.

—Claro. Yo lloré cuando Daniel perdió las elecciones.

—Yo tuve amigos del Frente en Costa Rica, ayudé un poquito, pero nunca me metí. Me casé en el 78. Fernando, mi esposo, sí vino a ayudar cuando la guerra, pero no le gustaron muchas cosas y se volvió. No somos políticos, ni él, ni yo.

—Ni falta que les hace —sonrió Ernesto.

—¿Y seguís siendo sandinista?

—No. Estos de ahora son como todos los políticos. El Che se salvó porque lo mataron. Muy buena la ensalada de pollo.

— Me alegro que te gustara —dijo Emma. Tomó el plato. Miró a su alrededor.

—Puede lavarlo en el lavamanos —dijo él—, si es eso lo que busca.

Ernesto la mira aproximarse al lavamanos. Emma está de espaldas y él piensa que le suena raro oírla hablar de esposo e hijos. Tiene cuerpo y ademanes de mujer joven. Le gusta cómo se le ve el cuello sin melena que lo cubra. Debía ser valiente para atreverse a llevar el pelo tan corto, piensa. Hija de un guardia de la Mamenic Line. Todas las líneas se juntan en Nicaragua. ¿Y qué querrá de mí?

Emma termina y empaca todo con precisión. Se vuelve.

—¿Y Margarita? ¿No ha venido?

—Viene por la mañana antes de entrar al trabajo. Buena muchacha. Me ha cuidado como si fuera su hermano —dice él.

—Yo creo que está enamorada de vos —dice ella, sorprendiéndose de haberlo dicho.

—¿De mí? ¡No! Son ideas tuyas —desiste de tratarla de usted. Le está cayendo muy bien.

—¿No te gusta? —le pregunta mirándolo con ojos pícaros.

—Me gustan los pies, pero no sólo de pies vive el hombre.

Emma lanza la carcajada.

—¡Qué risa! —exclama él—. ¡Debería embotellarla!

Emma se despide. Le ha dejado ensalada y pan para la cena. Si insiste en llevarle de comer, él encantado, le ha dicho Ernesto, pero no tendría que preocuparse. La cantina de la esquina brinda servicio a domicilio.

—Arroz y frijoles —dice ella sin poder evitar el tono irónico.

—Comida típica —dice él—. La voy a invitar yo un día de éstos.

Capítulo 11

Ernesto siente un deseo perentorio de fumar. No lo hace desde hace meses. Logró dejarlo forzándose a posponer la ansiedad de la nicotina por períodos de veinticuatro horas hasta que se sumaron los días. Sin embargo ahora con las manos ociosas, impedido de labrar o cortar la madera, piensa en lo bien que le sentaría a sus nervios inquietos. Añora leer con un cigarrillo en la mano. Filosófico, compara el humo con la puntuación que crea espacios, pausas; piensa en las palabras subiendo en espiral fuera de la página, volutas flotando en el aire circundante. Nadie que no haya sido fumador comprende la fascinación que ejerce ese pequeño y mortífero rollo de papel y tabaco. Más que la nicotina lo más difícil de abandonar es el rito, la relación de boca y mano, el velillo en los ojos, hasta el olor en la punta de los dedos.

De vuelta del hospital, Ernesto se conminó a

descansar y a ver ese tiempo como las vacaciones postergadas que se debía, pero estar de vacaciones es una idea ajena a su experiencia o la de su familia. Entre asalariados las mejores vacaciones son las se conocen como «vacaciones trabajadas» porque la paga es doble. Contradicción de contradicciones. Aunque la pierna ha dejado de molestarle y el pecho apenas le duele cuando se inclina, es cuidadoso. Dos costillas quebradas requieren mesura. Se arreglarían solas ha dicho el médico, siempre y cuando él haga su parte. La mano izquierda es cada día más hábil. La ha estado entrenando para que haga el trabajo de la derecha. Sin embargo es poco lo que puede hacer una sin la otra. Cuando se utilizan las dos se ignora la fuerza de ese apareamiento, la manera en que la derecha se apoya en la izquierda, la cantidad de funciones que realiza la mano que parece más relajada, menos crucial. Pero él es ingenioso y con tacos de madera logra fijar y estabiliza los objetos que tendría que sujetar la mano izquierda que ahora hace funciones de derecha. Es sábado. Sabe que ese día Emma no le llevará almuerzo, ni aparecerá. Se lo anunció el viernes. Fernando, el esposo, regresaba del Congreso médico donde estuvo toda la semana en la que ella llegó diariamente. Hacia las once él oía la camioneta estacionarse afuera y luego el sonido de los tacones desde la cancela de entrada hasta que el eterno aserrín sobre el piso del taller amortiguaba los pasos y él veía su silueta a contraluz en la puerta, cargada con la bolsa donde traía los recipientes de plástico, el termo con el refresco y hasta mantel y servilletas porque decía que no darle de comer a los ojos convertía la comida en un vil acto de engullir. Las cortas visitas iniciales se habían extendido, los dos hablaban largamente. Él contaba historias de sus clientes y ella rememoraba su vida en Costa Rica. Compartían inconformidades y en ellas se reconocían. Él la hacía reír. Le encantaba su risa y que ella le dijera que hacía mucho no reía tanto.

Ernesto desiste de salir a comprar cigarrillos y va y se sienta en la mecedora que puso ella frente a la puerta de atrás del taller por donde entra un poco de fresco del patio vecino. Echa de menos la gentileza de Emma. ¿Para qué necesitás que te traiga de comer si Doña Carmen te prepara tu plato? —inquirió Margarita. Él se hizo el desentendido. No iba a explicarle cuán diferente era ver llegar a Doña Carmen con el plato de plástico de su cantina, la montaña de arroz y frijoles, el plátano verde, la carne ensopada, cubierto todo con la tortilla, a ver aparecer a Emma con el pollo con romero, las verduras asadas, las ensaladas, la pasta, las comidas de sabores complejos, sutiles, distintos, en el plato de cerámica con buenos cubiertos y servilletas de tela. Esas delicadezas eran para él un territorio inexplorado y seductor. No le ha costado nada disfrutarlas, ni ha sentido la necesidad como le sucede a su amigo Luis, de burlarse de la burguesía como se le dice en Nicaragua a la gente de clase media para arriba desde la revolución, desde que se condenó con despecho el pertenecer a una clase con mejor estatus económico o social que la mayoría, a pesar de que los mismos dirigentes revolucionarios ni cortos, ni perezosos abrazaron ese nivel de vida apenas estuvo a su alcance. Como le decía su padre, la lucha de clases era malentendida. El fin de las revoluciones era acabar con el proletariado. Se hacía la revolución para que el proletariado se apropiara de lo que poseía la burguesía, no para hacer apología de la pobreza. Pero la igualdad era un mito, sostenía, siempre había unos que eran más iguales que otros. Llegados al poder muchos no tenían empacho en aprovecharse, repetir el ciclo y justificarlo con otro discurso. Ernesto bien sabe que la injusticia de fondo trasciende a Emma, a su marido, a él mismo. Ni ellos ni él conseguirían remediarla. Pensarlo lo deprime. El entusiasmo por la revolución fue el aire que envolvió su infancia. Recuerda acudir a las plazas en hombros de su papá, las torres que armaban los adolescentes subiéndose unos sobre otros, la algarabía y alegría, la pasión de los discursos, pero no olvida la desesperación en el barrio cuando mataban a los muchachos y llegaban los ataúdes y había que ir a los velorios. La madre hacía que la acompañara «para que nunca olvidés lo que costó tu futuro». Caminaban por las calles adornadas con banderas rojinegras. En el recuerdo surgen imágenes del recorrido: las ventas desabastecidas, mujeres de luto, las candelas en las noches de largos apagones, la desilusión creciente de su madre lamentando que le tocara vivir de nuevo lo mismo que pensó no sucedería más, lo que juró no se repetiría una vez que triunfara la revolución. ¿Qué sentido tenía haberlo hecho si estaban más pobres que antes? Ella fue apartándose de todo, dejó de ir a las reuniones de los Comités de Defensa Sandinista. No quería ni oler la política a medida que él se aproximaba a los diecisiete años. No permitiría que lo reclutaran, tendrían que pasar sobre su cadáver, decía. Fue entonces que su madre inició los contactos con unos parientes en Estados Unidos para que les ayudaran a pasar mojados la frontera. Pero después de la derrota electoral sandinista, se terminó el servicio militar obligatorio y al final fueron ellos los que se marcharon, no él. Escucha pasos y se vuelve. Es Margarita. Llega sonriendo con un tarro de helado en las manos. Ernesto se da cuenta de que por un instante, antes de volverse, pensó que sería Emma. Debe hacer un esfuerzo para no revelar la decepción de haberse equivocado y contener el aire de un suspiro.

—No vino tu visita hoy —dice Margarita mientras sirve el helado.

—No. Iba al aeropuerto a recoger al marido.

—¡Ah! ¿Por eso es que ha estado viniendo entonces? Estaba sola como vos —sonríe.

—Seguramente.

—Pues no hay duda de que se ha portado muy decente la señora. Otra te atropella, te paga y no te vuelve ni a ver. ¿Cuál es su historia? Si me perdonás la expresión, yo cuando la vi pensé que era de esas doñas que no hacen nada en la vida más que ejercicios y dietas.

—Eso paga —sonríe Ernesto—. Ya ves qué guapa está.

Margarita desiste de indagar. Querría saber de Emma, entender qué podían conversar ella y Ernesto, pero su imaginación le falla porque lo que imaginó con lujo de detalles fue un escenario en el que sus coqueteos con él en la farmacia se convertían en intimidad, en una relación de los dos, o sea lo que no ha ocurrido. Las noches en que ella se quedó a dormir a su lado como samaritana aguardando a que él fuera capaz de caminar sin bambolearse y que aprendiera a valerse de su mano izquierda, compartieron la cama pero él la trató como a una antigua consorte o a una vieja amiga, hablando hasta que el sueño los silenciaba. A veces mientras conversaban él le tomaba un mechón de pelo, rizándolo entre sus dedos como sin percatarse de lo que hacía, como si ella fuera un manso animal acariciable. No supo por qué el gesto la mortificó. La frustración le ayudó a comportarse como una hermana con él. Se prometió matar por desnutrición su tendencia a imaginarse dentro de un guión de telenovela rosa, pero lo cierto es que estaba prendada de Ernesto y después de un rato a su lado volvía a pensar que cualquier día él se daría cuenta y la vería con otros ojos.

—¿Y creés que al marido le parezca bien que venga a visitarte? ¿No será celoso?

Ernesto ríe.

—¡Por favor! En todo caso le preocupará la posibilidad de que en este barrio la asalten. Si querés mi opinión, esta señora piensa que está haciendo una obra de caridad conmigo pero soy yo más bien el caritativo ocupándole el tiempo y dándole algo que hacer —sonríe guasón—. Mirá que yo tengo experiencia con todas las que vienen a encargarme muebles. Margarita, ¿vos no me harías el inmenso favor de ir a comprarme cigarrillos?

Margarita lo mira de arriba abajo. No le suena auténtico lo que él dice. No es el tipo de persona que hace ese tipo de obras de caridad. Toma el dinero para el tabaco que él le da y sale dejando que su silencio hable por ella.

Ernesto vuelve a la mecedora, recoge los platos del helado y los lleva la pileta. Tendría que haber ido él, piensa. No le gusta que Margarita empiece a preguntarle por lo que hace o deja de hacer, ni le gusta sentir la expectativa que percibe cuando están juntos. Seguramente ni se entera, pero su cuerpo, sus movimientos, sus ojos, le piden algo que él no se anima a dar. Es buena, sagaz, inteligente y él aprecia lo que ha hecho, pero la admiración por los pies no ha trascendido. Los pies permanecen en su pupila como trozos de cuarzo rosa, exquisitos pero estáticos. Él no quiere herirla. Ha abandonado el coqueteo inofensivo para no darle señales equívocas sobre todo en la intimidad de los últimos días en que debió depender de ella para comer, cepillarse los dientes y vestirse —o sea en una circunstancia muy diferente a la de verse cada uno en su espacio a través del mostrador de la farmacia—. Maldice a Luis que vive cerca y sería quien tendría que haberlo acompañado. Me perdonás, hermanito, pero me cayó un trabajo grueso. Hay una exposición de pintura y soy el de los marcos de todos los que exponen. Hasta tuve que contratar gente, se excusó. Era eso, pero también que había vuelto con Violeta, la manicurista, en parte gracias a que se reencontraron por su accidente. No puede culparlo. Así es la vida. Las personas solas como él no pueden esperar que aparezca la gente a voluntad, cuando se necesita. No tiene razones para quejarse, además, los del barrio han sido generosos visitándolo, llevándole comida, pero tienen sus ocupaciones. Margarita sólo llega a ratos. No puede correr riesgos dado el jefe eternamente vigilante y desconfiado. Él querría poder corresponderle pero hacerlo por interés sería oportunista. No es agradecimiento lo que quiere la muchacha. De eso está claro. En cambio Emma le inspira algo distinto, un poco morboso quizás. Verla entrar bruñida como un metal brillante, luciendo impecable con olor a jabón caro, el pelo corto lustroso, ver ese cuerpo tan bien atendido (no le ha pasado desapercibido que ha perdido peso) moverse en el rústico entorno de su taller y oír las historias de su mundo paralelo (ella es apenas consciente de lo ajeno que le resulta a alguien como él) es como ser un niño jugando con imanes. Le gusta el tono ronco de la voz de ella y mirarla cuando se pasa las manos por la cabeza y se sacude el pelo como si extrañara la melena. Y le divierte oírla hablar del marido con un tono de cariño viejo, más bien utilitario que le recuerda a él su relación con Mefistófeles, relación de dos especies que se acompañan pero entre las que las distancias son infranqueables. Le intriga pensar si volverá a visitarlo con el almuerzo. Ningún marido sería tolerante con el interés de su mujer por un desconocido atropellado, a menos que éste yaciera en coma en la cama de un hospital. Sin embargo tiene la íntima certeza, quizás la pueril arrogancia, de que ella regresará, que es inevitable porque también vale para ella lo de los imanes, el morbo de saber quién es él y cómo es su vida.

Capítulo 12

Emma recibe a Fernando en el aeropuerto. Él llega expansivo y conversador. Atlanta es una gran ciudad, comió como *gourmet* y el Congreso estuvo muy bien organizado, conoció médicos ilustres.

—La tecnología está haciendo avanzar la medicina a una velocidad que jamás pensamos posible.

—¿No han descubierto nada para evitar la menopausia? —pregunta ella que va conduciendo—. ¿Sabés que ya me vino la menopausia?—. Lo dice en tono de desafío, casi vengativa. Odia la palabra. Por mucho que entienda a Jeanina, no logra digerir el sonido de esas letras. Saben a secreta vergüenza, a algo capaz de matar el amor, o el deseo, como confesar hemorroides o algo semejante.

—No te *vino* la menopausia —sonríe él—, lo que no te *vino* fue la menstruación.

—Qué más da cómo se diga. Eso es lo de menos.

Estoy menopáusica. Ya me hice los exámenes. Estoy en la Gran Etapa de mi vida, como dice Jeanina.

—¿Y? ¿Me lo decís para que te cambie por dos de veinte? —ríe él.

Emma piensa ¿cómo puede ser así de insensible? Y él sigue hablando.

—A todas las mujeres les pasa tarde o temprano. No es mayor cosa. Tiene sus incomodidades…

—Ay, Fernando, si les pasara a ustedes ya habrían inventado remedios. Pero bueno, estoy de acuerdo. No es mayor cosa —irónica—. Mejor seguime hablando del Congreso.

—No quise molestarte —dice Fernando, percatándose de la reacción de ella, el vacío que de pronto se abre entre los dos y que él no sabe cómo cerrar. Restarle importancia a la noticia no tuvo efecto y sin embargo no se le ocurre otra cosa. No puede de pronto conmiserarse. Empeoraría el asunto, aparte de que ha dicho lo que piensa. Es un proceso natural. Nada que le extrañe en una mujer de su edad.

—Ni me molestaste —dice ella—. Tenés toda la razón. A todas las mujeres nos pasa —sonríe fingiendo la levedad que querría sentir. Así tendrá que ser, se dice y respira hondo. De seguro él piensa que pretender que es irrelevante es lo mejor para ella, pero resiente que él se vaya por la tangente de la semántica, y que escoja ignorar lo que ella realmente quiere decirle, eso que ni ella misma sabe muy bien qué es pero que querría que él se mostrara dispuesto a indagar. Aprieta las manos sobre el volante. La racionalidad de Fernando es inconmovible. Ella la conoce bien, son gajes de su oficio. No tendría que afectarle, pero jamás ha logrado reconciliarse con la frialdad con que él encara los asuntos del cuerpo. Reacciona igual cuando ella se enferma. En vez de mimo le ofrece discursos. Según él lo hace para apaciguarla, para que ella no sufra imaginando que sus males son incurables, cosa que es dada a pensar porque cuando enferma siente el cuerpo como un enemigo dispuesto a darle al menor descuido un golpe de gracia.

—Yo te veo muy linda —dice Fernando—. ¿Te hiciste algo?

Querría decirle que se hizo el favor de ir a ver a Ernesto todos los días y que sentir cómo él la miraba la rejuveneció más que varias sesiones en el spa. Sonríe al marido, una sonrisa mordaz.

—Gracias —dice—. Estoy a dieta y volví al gimnasio. También me acosté temprano toda la semana. Es el mejor tratamiento de belleza. Sofía Loren atribuye la suya al hecho de que se acuesta a las ocho de la noche todos los días.

—¿Y qué tal Enrique? —pregunta ella.

Enrique es el mejor amigo de Fernando. Médico también, un hombre carismático, guapo que parecía tener la vida por el mango hasta el día en que la esposa sorpresivamente le anunció que ya no estaba enamorada de él y quería divorciarse.

—Está desolado. Según él Marisa se comporta como si el divorcio fuera una transacción de negocios. No demuestra ninguna emoción. Está obsesionada con vender la casa lo antes posible. Siguen viviendo juntos. Eso de vivir bajo el mismo techo hasta que la casa se venda es algo que yo no haría. No podría soportarlo. Cuando me habla no sé qué decirle. Me cuesta siquiera imaginar cómo será estar en su lugar. Yo no acabo de entender. Lo único que se me ocurre es que ella esté enamorada de otro, pero él sostiene que no es el caso. Dice que está seguro que no se trata de eso.

—¿Cómo será separarse después de tantos años? —dice Emma, pensativa—. ¿Cómo se vuelve a empezar?¿Cómo se sabe dónde empieza y termina cada quién? Eso me parece lo más difícil. Quizás ella cree que va a ser independiente, pero yo me pregunto si es posible recuperar la independencia tras haberla perdido por tanto tiempo.

—Oyendo hablar a Enrique pensé en la suerte de tener un matrimonio como el nuestro—dice Fernando sin percatarse del tono de la esposa, extendiendo la mano y posándola sobre la de ella. Emma le corresponde con un leve movimiento. Se siente un poco culpable oyéndolo tras cuanto ha cruzado por su mente. Lo mira y sonríe. Fernando se gira en su asiento, se acerca al hombro desnudo de ella y le besa levemente. —Me hiciste falta —agrega, besándola de nuevo lentamente.

Ella ríe perturbada. Le dice a Fernando que espere, que no la distraiga mientras conduce y es que no ha podido evitar que el beso en el hombro le desate un eco que la recorre de extremo a extremo. Se percata de que está cargada de tensión sexual, de deseo contenido, de imágenes prohibidas de ella y Ernesto rodando por el suelo del taller, desnudos entre el aserrín y las esquirlas.

—Olvidate de la menopausia—le dice él al oído—. Para mí vos serás joven siempre.

Mientras se estaciona en el garaje de la casa, Fernando continúa su asedio. Emma recuerda la pintada que vio en la pared de una gasolinera abandonada: «Nunca digas siempre». No estaría joven siempre, pero lo aparentaría tanto tiempo como fuera posible. Fernando no le da tregua. No quiere sacar las maletas del coche, la toma de la mano. Después, después, le dice. Allí mismo junto al coche, la besa intensamente, mete las manos por debajo de su blusa y le destraba el sostén. Emma cierra los ojos mientras él le toma un pecho en cada mano y los acaricia jugando con sus pezones que no tardan en alzarse sin recato.

En la casa no hay nadie. Nora se ha marchado. Fernando la lleva a la cama, quita el cubre cama y le hace el amor impetuoso, olvidando el ritual de su parsimonia, revelando con su urgencia el temor de que algún día pueda sucederle lo que a Enrique, intentando afirmar con su empuje lo suyo que siente el cuerpo sólido y hermoso de Emma. Ella cierra los ojos y participa de su arranque carnal y desvergonzado, gimiendo y moviendo caderas, mostrándose entera sin pudor, experimentando el gozo narcisista del reflejo de su imagen en los ojos del hombre, ensayando su propia capacidad de perderse y hacer que él se pierda, tratando de vislumbrar en la reacción de Fernando, en la respiración agitada y el largo gemido del marido al alcanzar el orgasmo, otro hombre mirándola y gozándola por primera vez. Ella también colapsa. Se asombra de su propio cuerpo. Jamás había logrado un clímax tan rápido.

Capítulo 13

El invierno del trópico es época primaveral. Lo que se planta, crece aceleradamente. Las semillas excitadas por el repique de la lluvia constante sobre la tierra se ablandan y germinan bebiendo de las correntadas los nutrientes de la vegetación que el viento del verano depositó en la superficie y tornó en abono. Managua es una ciudad que se inunda en el invierno. Años de malos alcaldes, de pobreza, de gobiernos más preocupados por la política que por el urbanismo, se vengan de los habitantes que no pueden protegerse de las aguas salidas de cauce. La lluvia desaforada y violenta crea ríos de lodo y se mete en las viviendas de piso de tierra, se lleva las pocas cosas. Trapos flotan en las calles, los trastos de cocina viajan como barcos de papel sobre las aceras. En el barrio San Judas árboles viejos de vez en cuando se aflojan de sus raíces y caen sobre las calles causando el estruendo de un edificio desplomado. Los techos atacados por el sarro revelan sus hendijas y dentro de las casas se sacan viejos botellones o cuencos para recoger el agua que se filtra por grandes o pequeñas goteras. En el taller de Ernesto hay dos goteras y cuando llueve él debe vaciar el agua varias veces al día. Luis ha terminado los marcos que debía entregar para la exposición y llega ahora más a menudo. El brazo de Ernesto va sanando lenta pero seguramente y él empieza a atreverse a encender el torno y trabajar bolillos y piezas de madera sin ninguna intención más que entretenerse y no perder la costumbre. La madera mientras él sostiene la pieza en la máquina y va presionando el formón del torno se redondea suave y sensual, dócil bajo sus manos. Él piensa en la curva de las pantorrillas de Emma que por alguna razón se han grabado obsesivamente en su mente. Y es que ella ha seguido llegando con una constancia sorprendente. Ya no llega con el almuerzo. Ahora se aparece a cualquier hora. Cuando puede, dice ella. Llega cuando puede. Él sospecha que lo hace cuando sale a hacer sus oficios de ama de casa y no tiene que dar cuentas a nadie de su tiempo. No le habla del marido, ni de los hijos. Ahora entra al taller con la llave que él decidió darle y simplemente lo acompaña, se pasea por allí y le dice que estar con él ese rato la hace sentirse extrañamente libre, como si eso fuera parte de una vida sólo de ella, una vida de «soltera», le dijo una vez, sonriendo con una expresión que la hizo verse muchacha, casi adolescente. Ya ni ella ni él se preguntan si es apropiado o no que esta señora se pase esos largos ratos en el taller de carpintería. Hay un entendimiento silencioso de que ambos disfrutan esa complicidad. Emma ha llevado buen café y una cafetera para hacerlo al estilo italiano. Ha aprovisionado a Ernesto con tazas y galletas. Visitarlo se ha convertido en su rato del día, su secreto entretenimiento. No siente que esté transgrediendo ningún mandamiento pero no le dice nada a Fernando. Su vida doméstica transcurre apacible y sin alteraciones aunque ahora ella siente una distancia nueva con la mujer que vive en la casa hermosa y que dispone cenas y almuerzos con Nora, visita a su hija y sus amistades. Otra Emma ha emergido de la habitación pequeña de sus memorias pasadas; una Emma de impulsos gozosos y euforias repentinas, aquella que en su juventud saltaba a la pista de baile y dejaba que el cuerpo se llenara de ritmos y se abandonaba con los ojos cerrados a la sensación de la música agitándole imaginarias escenas idílicas con hombres de rostros cambiantes con los que se veía viviendo tardes largas de caminatas lentas por lugares sólo vistos en postales o películas. Su fascinación por Ernesto es esencialmente platónica según su propia definición. Los roces cuando preparan el café o ella le ayuda a mover las sillas o lavar las tazas le quedan marcados en la piel como zonas febriles que ella no intenta sanar. Al contrario, se duerme reviviendo una y otra vez las corrientes tumultuosas que el cuerpo le desagua directamente en el vientre y que le provocan sueños eróticos y deseos de los que Fernando termina beneficiándose. El marido bromea diciéndole que la menopausia más bien le ha refrescado la juventud. Le dice que no es inusual que la pérdida de la fertilidad a menudo libere en las mujeres un instinto de placer despojado de las preocupaciones de la reproducción y que ella es una de las afortunadas. Si tan sólo se asomara en mi interior, piensa Emma, se espantaría dándose cuenta de que cierro los ojos y veo y siento a otro metiéndose en lo profundo de mi cuerpo. Cuando él saciado se duerme a su lado, ella acostada desnuda sobre la cama experimenta tras sus cada vez más puntuales y veloces orgasmos la soledad, el vacío y la añoranza por el verdadero depositario de sus fantasías. Quizás muchas mujeres soportan así la estabilidad de sus matrimonios, piensa. Y se pregunta si Fernando no tendrá también un secreto como el suyo, si él acaso no imaginará otro rostro superpuesto al de ella cuando jadea agitado sobre sus piernas.

Fernando no imagina a nadie más pero contrario a lo que Emma supone el marido sí percibe la aparición de otra Emma bajo la cotidiana existencia de su esposa y ha empezado a inquietarse. Como médico que es sabe que la menopausia puede ser la razón de ciertos cambios de comportamiento pero su instinto le trae a menudo a la memoria la escena del hospital, la mirada de ella viendo al joven Ernesto, la insistencia con que ha intercedido para que él se preocupe porque el médico ortopedista que ha dado seguimiento a la convalecencia y que es un conocido suyo, asegure que el muchacho recupere sus facultades y retorne lo antes posible a ejercer su oficio de ebanista. Es justo que me sienta responsable, dice ella, pero a él le revolotea en la imaginación la posibilidad de que algo más que eso motive la preocupación de la esposa.

En una de esas tardes lluviosas, Fernando atina a pasar en su coche por la carretera que atraviesa San Judas. Ve en la esquina la farmacia y recuerda a Margarita. Se detiene a saludarla.

Capítulo 14

A las tres de la tarde hace calor. Emma ha almorzado con su hija Elena y en el almuerzo ha tomado dos copas de vino blanco para acompañar la sopa de mariscos y el pescado. Se encamina hacia el taller de Ernesto. De camino tiene la sensación de un desdoblamiento. Advierte que cruza murallas internas. Ve desde afuera las altas torres de sus fortificaciones. Una Emma vestida de gasa danza. El viento desenfadado y juguetón la insta a reír. Entra contenta al taller y lo encuentra preparando café. De inmediato él la recorre entera con una mirada que pesa y mide y admira cuanto lleva puesto y que también le da una entusiasta y cálida bienvenida. La televisión está encendida en el canal de noticias. El presentador habla de las futuras elecciones y Ernesto empieza a comentar enfático sobre lo que llama la encrucijada de un país que, como en el mito de Sísifo, está siempre empujando la piedra a la cima sólo para que ésta vuelva a rodar montaña abajo. Ya no tiene ánimos de creer en nadie, le dice, pero esa falta de fe lo deprime, envidia a quienes como ella vivieron una época donde fue posible albergar esperanzas e imaginar con algún asidero en la realidad que cambiarían las cosas. Ella lo mira pensativa. Le gusta lo que ve. La juventud no es sólo el encanto de que él no tenga las ojeras pronunciadas de Fernando o el pelo gris; es su falta de convenciones, la libertad con que opina, pregunta y se propone la vida; es la claridad de sus ojos que coquetean abiertamente con ella. No sabe qué es peor, le responde. A veces ella desearía nunca haber imaginado otro futuro. No sabe si es más duro perder el pájaro que se ha atrapado con la mano o nunca haberlo sentido aletear dentro del puño. Andás muy poética hoy, le dice él. Ella ríe. No quiere que él la atrape en serias conversaciones. Quiere ser la mujer que danza vestida de gasa, liviana; quiere empujar las líneas divisorias que hasta ahora han estado perfectamente demarcadas en el espacio en que ambos se mueven. Él no ha sido tímido en elogios. Ha sido claro hasta el punto del desenfado en dejar entrever que le gusta y que la considera guapa y sexy. Ella se ha reído todo el tiempo. Su defensa ha sido no tomárselo en serio, usar la broma como la capa del torero que con garbo evita las embestidas del toro. Evadirlo sin evadirse del todo, dejar que él sienta que juega el juego o al menos que está tentada a jugarlo ha sido su espontánea reacción, no su estrategia, pero en este momento Emma decide dejar de evadir a Ernesto y ver qué pasa si ella acepta jugar su juego. Toma la taza y al acercársela para que él le sirva café roza con su cadera la pierna de él con la actitud de esas gatas que con el rostro impávido se frotan contra las pantorrillas del dueño. Sin retirarse se inclina y ladea el torso sobre el pecho de él para alcanzar la azucarera. Él guarda silencio. Se queda inmóvil. Con parsimonia, ella busca la cuchara, la hunde en el azúcar y echa el polvo blanco en su taza sintiendo la respiración de Ernesto cálida sobre su cuello. Sin separarse de él, gira la cuchara una, dos, tres veces dentro de la taza. Hay un instante de absoluto silencio y ella al fin se separa blandiendo en su mano la taza humeante. Sin decir nada mirándolo por encima del borde se la lleva a los labios. Las miradas como carros de juguete en pistas paralelas viajan del uno al otro trenzándose y produciendo un eléctrico chisporroteo.

—¿Qué sentiste cuando te retiraron los clavos ésos? —pregunta Emma, sonriendo, desplazándose como si nada hacia las sillas al lado de la puerta donde usualmente se sientan.

—Apenas me dolió —dice él—. Lo que quitaron fueron los fijadores externos. Los clavos quedaron dentro de mis huesos.

Ella pone la taza de café sobre la mesa baja colocada entre ambas mecedoras.

—¡Qué calor hace! —dice y se quita despacio la chaqueta blanca. Va vestida de lino, un vestido sencillo, corto, ajustado. Se sienta. Se recuesta en el respaldar, cruza las piernas. —¿Te quedó cicatriz? —le pregunta.

Emma no quiere acobardarse pero el corazón le late con estruendo. Instintivamente sabe qué hacer. Hay un programa atávico en su mente. La hembra de la especie usa el cuerpo para atraer al macho. Ella ve a Ernesto con el rabo del ojo mientras él se aproxima con su café a sentarse en la silla opuesta a la suya. Nota su azoro pero también su reacción de cazador en la mirada con que le recorre las piernas. Puede visualizar la química de ambos, las probetas en el laboratorio rebalsando espumas de colores. Sonríe.

—Risitas, ¿ah? —dice él—. Seguro que ahora me vas a pedir que te enseñe las cicatrices.

—Me leíste el pensamiento.

Ernesto pone el café sobre la mesa. Se levanta y se quita la camiseta. Emma lo observa un momento. Se pone de pie. Se le acerca cautelosa, curiosa. Él le muestra el brazo. Donde estaban los largos clavos hay unos círculos rojos. Hay tintura naranja sobre la piel. Yodo. El torso de Ernesto es fuerte y musculoso aunque los músculos no se perfilan. El vello oscuro cubre los pectorales. Emma mira de reojo el estómago plano, las tetillas erectas. Alza la mano y toca una de las cicatrices. Son mías piensa con remordimiento. Yo las puse allí. Impulsivamente le planta un beso y tras ése dejándose llevar va besándolas levemente una a una. Ernesto se vuelve y la abraza. No la deja seguir. Lo siento, Ernesto, lo siento, dice ella, con los ojos cerrados y él la pega contra sí y la besa. Emma se deja besar. Siente que querría beberse la saliva de él, lo besa con hambre y el beso la va recorriendo toda; es un beso que toca sus pulmones, su estómago, su vientre, el sexo, las piernas, cada uno de los dedos de sus pies, un beso que viaja a vela por su sangre, que le confunde el cerebro, que le zumba en los oídos y que convierte su lengua en un diccionario de palabras mudas que ella va deletreando con cada aspiración sin saber qué dicen, pero sabiendo que están diciendo cosas, que el beso tiene su idioma propio y que él y ella se están hablando lo que jamás podrán conversar.

Pasa mucho o poco tiempo. Ella siente en su bajo vientre el sexo duro de él apretándose contra su falda. Súbitamente, como si alguien encendiera la luz, abre los ojos. Ve el rostro de él sobre ella con los ojos cerrados. Se suelta. Le pone las manos sobre el pecho, palmas abiertas. Lo separa con suavidad pero con firmeza.

—Mejor me voy, Ernesto, mejor me voy —dice, y se mete las manos en el pelo con su gesto habitual, toma su bolso, su chaqueta y mientras él se queda inmóvil recortado contra la puerta del patio trasero del taller, ella sale caminando rápido sobre sus tacones dejando tras de sí el sonido de pasos apresurados y luego el sordo ruido del motor de su coche cuando parte.

Ernesto se sienta un rato en la mecedora junto a la puerta del fondo. Golpea el brazo de la silla rítmicamente con la mano. Va al baño, empuña el pene y termina con la imaginación lo que quedó inconcluso. Luego se deja caer sobre la cama. Cierra los ojos y la ve agitada manejando por las calles. De seguro habrá seguido carretera arriba. Le ha contado que cuando quiere pensar sube por las curvas y cuestas de la Carretera Sur, baja todas las ventanas y comulga con el viento. Mierda, piensa, sentir lo que siento por una mujer casada. ¿Sería eso lo que la detuvo?, ¿el remordimiento? ¿pensar en el marido, en llegar a su casa oliendo a otro? ¿O será que me quiere y no quiere quererme más?

Emma no va a la Carretera Sur. Se baja en una gasolinera y entra a comprar cigarrillos. Hace años que no fuma pero de pronto siente la imperiosa necesidad de echar humo, de hacer algo prohibido que no ponga en cuestión su vida entera. Fumar es una manera de besar, de absorber, de chupar. ¡Qué cerca estuve! Podría haber seguido, dejarme ir. ¿Qué me detuvo? ¿Por qué? Ella no temió llegar a su casa oliendo a otro. Habría tenido tiempo suficiente para bañarse, para que Fernando la encontrara leyendo un libro, quieta, en el atardecer o recién arribada la noche. Tuve miedo. Miedo de no gustarle, de que mi carne le supiera tardía; miedo de no mojarme, de estar seca, de que él se percate de que estoy menopáusica. Estúpida, se llama, si estás mojada, estás chorreando, pero se da cuenta de que hay algo diferente en sus sensaciones. El deseo es controlable. Puede observarlo, guardarlo, conversar con él sin que la arrastre. Experimenta una extraña sensación de poder, de sentirse grande, adulta, madura. Sonríe. Se mete las manos en el pelo, sacude la cabeza y se encamina a su casa.

Esa noche hace el amor con Fernando. Se le insinúa no bien se meten en la cama. Lo toca, se le acerca, se frota contra él. En la oscuridad se imagina carnívora. Lo besa y no deja que él le despegue los labios de la boca. Luego hace que él la toque, que traslade el beso a su sitio más íntimo. En pocos minutos no puede más y el orgasmo la sacude. Sus orgasmos la tienen deslumbrada. ¿No será la menopausia una gran mentira?, se pregunta, simplemente otra forma de acobardar a las mujeres, de negarles el placer en la vida adulta acumulando miedos y quimeras sobre el fin de la fertilidad, como si la sexualidad sin reproducción no tuviera sentido. Justo ahora, cuando ya los hijos estaban criados y se contaba con el tiempo y energía para el placer, llegaba esa etiqueta: «menopáusica» a sustituir el miedo al embarazo, por el miedo al deterioro físico. ¡Gran mentira, piensa, enorme, gigantesca, mentira! Nunca ha tenido orgasmos como ahora. Ella que laboraba duramente para no distraerse, a la que tanto le costaba alcanzarlos, últimamente sin que medie más que un leve estímulo entra en una dimensión de placer desconocida, profunda, irreverente y sin más se convierte en centella, en bengala. Se siente linda, además, poderosa. No teme aventurarse, mostrarse tal y como es con el marido, con Ernesto.

—Madre mía —exclama Fernando, riéndose—, ¿qué fue eso?

—No sé —dice ella, volviéndose perezosa—, no sé qué me está pasando, pero me gusta.

A la mañana siguiente Fernando la despierta, la sacude suavemente. Emma, Emma, es mejor que te levantés. Te vino la regla y estás manchando la cama.

Jeanina se lo había dicho. Era posible que la regla volviera unas cuantas veces más antes de retirarse del todo. Emma entra al baño. Se mete bajo la ducha. Tanto ha ansiado volver a sentir el cuerpo cumpliendo su ciclo pero tras cinco meses de ausencia ver la sangre le causa desasosiego. ¿Llegará para quedarse? ¿Volverá la normalidad? Encuentra en el closet del baño los tampones, las compresas ocultas al fondo del anaquel. Menos mal que no me deshice de ellas, piensa, y recuerda el largo rato que se pasó mirándolas, dudando si descartarlas o no, llorando como si fuera su ser mujer y no aquellos artefactos los que tiraría al basurero. ¡Qué melodramática la mente! se dice, contenta de saber que ha sobrevivido las angustias e incertidumbres de los últimos meses, preguntándose qué sentirá cuando la regla le falle de nuevo. Ya no, se consuela, ya no sentiré lo mismo. Sabré que hay vida más allá de esto. Se inserta el tampón y se acomoda —por precaución— una compresa. Se viste, sale del baño y quita las sábanas manchadas de la cama. Las lleva a la lavadora, pone el detergente, cierra la tapa del aparato y lo pone a funcionar. Se queda de pie mirando las sábanas agitarse, mirando la espuma pasar del rosa al blanco. ¿Sería por eso por lo que besó a Ernesto? Antes del ciclo menstrual su libido aumentaba. Por eso le costaba tanto que Fernando rechazara su cercanía o cualquier contacto sexual cuando ella menstruaba. ¿Le sucedería lo mismo a Ernesto? Era tan atávico ese comportamiento masculino, pero lo entendía. La reticencia a la sangre era comprensible. Y sin embargo era parte de la vida, parte de los flujos y reflujos intrínsecos a la intimidad femenina. Sonrió recordando una novela de Erica Jong, *Besos y paracaídas*, en la que la escritora narraba sin tapujos una escena sexual donde un hombre le hacía el amor a una mujer en medio de su ciclo menstrual. Curioso, piensa, que Fernando fuera tan aprensivo a pesar de su oficio. O quizás sería por eso. ¿Y los orgasmos? —se pregunta—, ¿desaparecerán? Prefería que desapareciera la regla. No se alegra en demasía de su retorno. Si el hombre es un animal de costumbres, la mujer no lo es menos.

Capítulo 15

Esa tarde, Emma tiene una invitación para el cumpleaños de una de sus amigas de colegio. Se llama Rosario y vive en una casa en las afueras de la ciudad, una casa con un patio grande y verde llena de fotos de familia y cosas mexicanas. Se viste con cuidado. Sabe que cuando llegue la mirarán de arriba abajo y ella hará lo mismo. Reuniones como ésas son de doble filo. Hay un aspecto que ella disfruta: el de ver viejas amigas. El lado que no le gusta es el de la competencia, las historias de los éxitos de los hijos, los cuentos sobre las vacaciones, las bodas que tendrán lugar o las que se comentan por el boato: el chef traído desde el Perú, los arreglos de flores, el caviar o los camarones de New Orleans, la decoradora que llegó de Miami. Cada quien con adjetivos y exclamaciones apuntala su prestigio dejando caer nombres, sitios, la narración de cenas o fiestas fabulosas destinadas a demostrar la altura a la cual se mueven quienes tienen esos privilegios. Emma ha sido perfectamente capaz de manejar el ambiente. Tras frecuentar el barrio de Ernesto, sin embargo, las historias de esas celebraciones le causan vergüenza, la incomodan.

Ser la esposa de un médico al que visitan muchas de ellas o sus esposos la hace objeto de atenciones. Después de todo nunca se sabe cuándo necesitarán un favor especial de Fernando y quedar bien con la esposa les podrá servir eventualmente de salvoconducto. Su vida social es así. La frivolidad, sin embargo, tiene su contraparte en esos espacios de cumpleaños donde sólo asisten mujeres. En cierto momento las conversaciones se salen de tono. Cuando el vino se acomoda en los sistemas circulatorios de las invitadas, las chicas malas de siempre hacen su aparición detrás de las pecheras perfumadas. Hay que ver entonces las expresiones de las que no matan una mosca, las que van a la iglesia todos los días. Uno de los fenómenos sociales de Nicaragua después de la revolución es la manera fanática en que la clase alta ha abrazado la religión, las misas, los sacerdotes populares que como infaltables gurús participan de las ocasiones familiares y de las más íntimas ceremonias de sus adinerados fieles. Afortunadamente Rosario no es de ésas. La recibe en la puerta. Está sudando. Abre y cierra con ostentación un hermoso abanico con bordes negros de encaje y dibujos de majas españolas. Es una mujer guapa, muy alta y delgada, elegante. Su marido tiene una hacienda donde cría caballos de raza y ella es una amazona diestra que debe su figura a su dedicada afición a montar. Emma alcanza a ver al marido —más corto de estatura— asomado detrás de la esposa sonriendo con esa manera libidinosa, insinuante, que no va con su físico irrelevante.

—Hola Emma, pasá adelante —jadea un poco Rosario, soplándose.

—Hola, Emma, guapísima como siempre —dice el marido deslizándose al frente para darle un beso húmedo y más largo de lo debido en la mejilla.

La casa está bellamente arreglada con rosas blancas en los jarrones y velas encendidas. Emma sigue a Rosario hasta la sala que mira hacia el jardín desde donde brotan risas y el sonido de varias conversaciones paralelas. Allí se encuentran los rostros conocidos de amigas de su infancia, amigas de colegio y otras adiciones nuevas que corresponden a sus vidas de señoras casadas. Entre todas, sólo hay dos que Emma no conoce. Una de rostro redondo y afable, gorda con ojos enormes y acogedores y la que está a su lado, pelo corto, gris, sin una gota de maquillaje, que la mira con curiosidad.

—Te presento a mi tía Karla y a su amiga Sara —dice Rosario.

La única silla disponible está al lado del par y Emma se sienta. Un mesero de pajarita negra le ofrece de beber.

—Estamos con los mojitos —dice Rosario—. Decidimos que nos refresca más que el vino y aquí a todas nos cae bien algo fresco —ríe con malicia.

—Adelante —dice Emma—. Me encantan los mojitos.

—Tomá tranquila que tengo un ejército de choferes para llevarlas a sus casas más tarde. —Rosario la deja. El marido mira a la concurrencia desde la puerta de la sala, le hace un guiño pero desaparece para alivio de todas.

—Ese marido es infumable —dice Karla—. Cree que nos hace un favor mirándonos como si nos quisiera coger. Por Dios, que estaré gorda pero no ciega.

—¿Cuántos años tenés? —pregunta Sara a quemarropa.

—Cuarenta y tantos —sonríe Emma ante la pregunta.

—Entonces vos también andás con tu abanico como Rosario…

—Todavía no lo he comprado.

—Te puedo recomendar el mejor lugar para comprarlo —ríe Sara—. Somos expertas en la materia.

—¿Y por qué me dan esos consejos? —pregunta

Emma, sonriendo—. ¿Se me nota la menopausia en la cara?

—Perdoná —dice Sara—, pero es que sólo de eso se ha estado hablando. Acabás de venir. Nosotras llegamos hace una hora y nos tuvimos que aguantar todos los achaques y angustias de la concurrencia presente.

—Fue culpa de Rosario y su abanico nuevo —dice Karla—. Empezamos hablando de abanicos y ya te podés imaginar cómo terminó el asunto.

—El Club del Abanico, lo llama mi ginecóloga.

—Me da pesar —dice Karla—. Estas mujeres tan bien cuidadas y tan afligidas. Afligirse es lo peor. A mí la menopausia fue lo mejor que me sucedió. Aquí donde me ves nunca me ha faltado novio. Es todo una cuestión de actitud.

—Y de tener con quién —dice Sara—. Porque esa idea del fin de la sexualidad es una falsedad. Al contrario, es cuando más caliente se pone uno. Me reí mucho con mi masajista el otro día. Dice que una amiga de ella tenía un novio al que le decían Pigmento en el barrio porque era negro como un tizón. El hombre la dejó y ella, al no saber qué hacer, se dedicó a los vegetales: plátanos, pepinos.

—¡Sara! Ya se te subieron los mojitos —exclama Karla muerta de risa.

A Emma los mojitos aún no se le han subido y la conversación le da un poco de apuro, aunque también ríe a carcajadas. No pensó que tan temprano le tocaría escuchar cosas como aquéllas pero las dos mujeres son tan espontáneas y deslenguadas que no puede más que alegrarse de que le tocara en suerte sentarse con ellas.

—Bueno, ustedes lo están pasando mejor que nosotras —dice Rosario desde el sofá al extremo de la sala—. ¡Compartan, compartan!

No tarda mucho la conversación en retomar el sesgo que según Karla y Sara había tenido su momento de auge poco antes de la llegada de Emma.

—¿Por qué seremos obsesas con todo lo que nos pasa? ¿Recuerdan cuando nos sentábamos aquí mismo a hablar de las píldoras anticonceptivas? —pregunta Laura, la única que fuma, desde una esquina del sofá—, que si ésta nos daba náuseas, la otra nos engordaba… ¡Ahora es con las hormonas! Yo me niego a tomarlas.

—Cosa tuya —dice Carolina— A mí los parches me han salvado la vida.

—Uuuuuuuyyyyyyyy —exclama Clemencia—. Esos parches son malévolos. Yo casi me vuelvo loca con ellos.

Como si estuviesen sentadas alrededor de una mesa de ping pong, cada una armada con una raqueta, las mujeres cuentan sus experiencias. Emma ha tomado ya tres mojitos y se siente ligeramente mareada y contenta.

—Yo quiero saber si alguna de ustedes ha notado que tiene orgasmos inmediatos —dice.

—¿Cóoooomo? —exclama Rosario—. Para nada. A mí se me han quitado las ganas.

Cerca de Emma, Karla susurra: ¡Claro, con ese marido!

—Pues yo no los tengo inmediatos —dice Laura—. Pero sí muy intensos. Ya no me importa el hombre, la verdad. Antes me dedicaba a «complacerlo». Ahora me dedico a mí misma. Suficiente tiempo le he dedicado. Ahora cierro los ojos y me imagino que es Brad Pitt. Me fascina Brad Pitt.

—No hay como el reino de la fantasía —dice Karla—. Pero lo que tienen que saber, y se los dice una que tiene sesenta y cinco años, es que nada que ustedes no quieran que se acabe, se acaba. Al contrario, ya uno no tiene que rendirle pleitesía a nadie. Se puede ser simplemente lo que uno es, que para eso nos lo hemos ganado. Yo no haré una sola dieta más en mi vida. Seré una gorda feliz.

Ninguna de las otras mujeres asiente con la cabeza.

—No es sano —dice Sara—. No pasés tu receta como si fuera buena cosa. Mirá todas éstas. Van a llegar a la edad de nosotras viéndose como jovencitas. La verdad es que el físico en este mundo cuenta.

—La cena —aparece Rosario—, vengan al buffet.

Cenan y hablan de tratamientos de belleza, de Botox, restylane, rellenos, cirugías.

Emma se muere de hambre. Tiene semanas de estar muerta de hambre, haciendo una dieta de sopa de verduras con la que ha logrado perder casi diez libras. Recuperar su cuerpo, perder la poca celulitis, poder ponerse ropa de manga corta, la ha hecho feliz. ¿Para qué negarlo? También se ha puesto Botox. Diana la llevó a su dermatólogo y miró con horror la aguja que el médico le ensartó en el entrecejo no una sino varias veces. Pero no se queja del resultado. Su frente lisa la hace verse descansada, sin preocupaciones. Ahora se mira al espejo y se ve mejor que nunca. Y eso tiene un efecto mágico en su ánimo y también un efecto aterrador porque cada día le cuesta más imaginar qué pasará cuando ya nada de eso tenga sentido, cuando deba aceptar sus años. Y también, viendo a sus amigas en la reunión, las «arregladas» y las sin arreglar, se pregunta quiénes serán las más dichosas.

—¡Ya mujeres, cállense! —grita al fin Karla—. Este asunto de la madurez es como cruzar un puente colgante. Agárrense duro pero no se suelten.

Capítulo 16

Son las seis de la tarde. Recién se encienden las luminarias en el barrio, cuando Ernesto escucha la voz de Margarita llamándolo desde la puerta. Va a abrir. Mientras mete la llave en la reja del portón mira al suelo. Margarita lleva sandalias nuevas estilo gladiador. Se enroscan sobre sus tobillos. Los pies largos, los dedos con las uñas perfectamente pintadas en azul son los de una cariátide.

—¿Te gustan mis sandalias? ¿Verdad que son lindas? —ríe ella captando la mirada de él.

—Si fuera escultor, copiaría tus pies en mármol para mirarlos día y noche. No es cualquiera la que puede sacarle tan buen partido a un par de zapatos.

—¿Cómo vas sin los clavos?

Ella había acompañado a Ernesto al médico. Le tocó reprimir el horror de mirar mientras el doctor desenroscaba las delgadas varillas de su brazo.

—Demasiado bien debo decirte. No sé si pueda cumplir con la orden de no trabajar una semana más.

—No valdría la pena que lo echaras todo a perder.

—No te olvidés que ahora tengo un relleno de titanio en el hueso —rió—. La sierra, el formón y el torno me llaman. Ya pasó Luis a decirme que me quieren contratar para unos muebles en la casa donde él está poniendo marcos de ventana. Vos no te das cuenta que la madera me habla a mí —sonríe—. Me cuenta historias.

—Hay más tiempo que vida.

—Por supuesto, pero nunca he entendido la sabiduría de ese refrán. ¿Y qué? No importa lo que dure el tiempo. Si uno no está en él igual da que no exista.

—De acuerdo, pero vos sabés lo que quiero decir. El que va despacio llega lejos pero yo tengo que llegar rápido a mi casa —sonríe con vivacidad— y sólo vine para contarte que hoy a mediodía pasó por la farmacia el marido de tu amiga Emma. Me parece que no sabe pero sospecha que ella te ha estado visitando.

—¿Qué le dijiste?

—La verdad. Que la he visto de vez en cuando pero que no me doy cuenta porque yo estoy en mi trabajo y no pendiente de vos.

—¿Y te lo preguntó directamente? Te dijo ¿sabés si mi mujer ha estado visitando a Ernesto?

—Claro que no. Dio muchas vueltas. Me decía cosas como «mi mujer se preocupa mucho por él, se siente culpable la pobre». Seguro para que yo le dijera cómo ella te cuidaba y venía a verte… vos sabés cómo son esos trucos en las conversaciones, como se ponen esas zancadillas. Pero yo no soy quién para meter el chisme, ¿me entendés? Aunque debés saber que hay muchos rumores en el barrio y si él anda de curioso…

—No pasa nada entre Emma y yo, Margarita.

—No te lo estoy preguntando.

Ni él ni ella se han sentado. Conversan apoyados en el torno en la penumbra. Ernesto va y enciende la luz. Se fija en los vaqueros de Margarita, el rostro fino, moreno, el pelo negro recogido en una coleta, la blusa crema. Piensa que parece una colegiala. Mira las manos de ella. Tiene la manía de sacarse y volver a ponerse en el índice el anillo de oro que le regalara su mamá. Ernesto percibe su incomodidad.

—Emma es muy amable, Margarita. Nos hemos hecho amigos. Pero claro, es linda y la gente tiene la mente calenturienta pero es el colmo del marido venir a jugar al detective.

—A mí me preocupás vos, no ella. Por eso pensé que mejor te ponía sobre aviso.

—Y te lo agradezco.

—Me voy —dijo la muchacha—. Me alegro de que estés mejor. Te ves mejor —sonríe—. Ya no parecés androide. No me acostumbraba a verte con esas varillas clavadas. Acordate de desinfectarte bien los puntos como dijo el doctor.

Margarita camina hacia la salida. Ernesto va detrás de ella sin saber qué decir, súbitamente tímido, un poco avergonzado, sintiéndose como un niño díscolo al que le llaman la atención.

Lo que ignoran Ernesto y Margarita es que a Fernando no le sentó bien interrogar a Margarita. No era su estilo y durante la conversación con la muchacha su mente no cesó de acosarlo con reproches. Se vio a sí mismo en el reflejo de las ventanas como un hombre mayor, inseguro, mezquino. Lo colmaron imágenes de escenas de celos de la literatura y el cine. Y sin embargo, aún en medio de las críticas de su conciencia, el deseo de saber lo aguijoneó sin control sobre todo porque percibió que ella medía cada palabra con cautela y hacía un esfuerzo mayúsculo por disimular la sorpresa de verlo frente a ella de modo que él —incrédulo de su propio atrevimiento— la hostigó, la rodeó de palabras, intentó confundirla, admirando a su pesar la ecuanimidad de Margarita, mirando su rostro ovalado, su boca de labios delgados perfectamente delineados, la mirada honesta pero a la vez escurridiza, las manos nerviosas jugando con el anillo que quitaba y volvía a poner. Es inocente, pensó en algún momento, y se sintió paternal, tierno, y al fin la soltó de su examen, le preguntó por su vida, el trabajo en la farmacia, hasta que la vio relajarse, dejar de jugar con el anillo, sonreír, una sonrisa alegre, bonita, que la iluminó toda.

Margarita sale apurada de casa de Ernesto. No quiere que él note su desasosiego. No tiene nada urgente que hacer. Ha sido una mentira para escaparse. Últimamente sufre. Querría que Ernesto dejara de comportarse con ella como si se tratara de una hermana. Nunca pensó que él cambiaría así con ella. Pero está deslumbrado con las atenciones de Emma. Parece que es de esos a los que les gustan las mujeres mayores. Luis lo piensa. Se lo dijo. Vos estás muy jovencita, Margarita, para saber de estas cosas —bromeó con malicia en una de sus visitas a la farmacia. Desde ese día ella se pregunta si Ernesto estará enamorado de Emma, que además de ser mayor es casada. El marido parece buena persona pero si anda investigando es porque la esposa le da qué pensar. No se pondría celoso sin motivo. Desde la farmacia ella no puede saber cuántas veces llega Emma de visita donde Ernesto pero Violeta, la manicurista, afirma que casi a diario. ¿Sería cierto? Ella misma también fue por unas semanas todos los días después del trabajo. Pero a nadie extrañaban sus visitas. Por trabajar en la farmacia, ella inyecta, visita enfermos. Más bien la gente del barrio le pregunta por Ernesto como si le hubiesen encargado su cuidado a ella. En cambio, Emma no tiene razones para

161

llegar a diario. ¿Qué harán juntos? se pregunta. Y no se atreve a contestarse. En la parada sube al bus que a esa hora va atiborrado de gente. Sufriendo apretones y empujones todo el trayecto a su casa piensa en Emma conduciendo su camioneta blanca: la pulcra, guapa Emma que seguramente jamás ha viajado en bus. ¿Cómo es que pasan esas cosas en la vida? —se pregunta—, un suceso inesperado y cuando lleva un rumbo más o menos predecible se despeña. Su primer impulso ha sido salirse del juego, alejarse, dejar que Ernesto decida, no forzar nada; pero Emma no está jugando limpio, está creando las circunstancias, mientras ella, Margarita, se resigna, se alza de hombros. Pero es mentira, admite para sí, no es cierto que le importe poco. Ernesto le importa, le gusta. ¿Por qué entonces se aparta? ¿Orgullo? ¿Sirve el orgullo en estas situaciones? Si ella le deja el campo libre a la otra no tendrá a nadie más que culpar que a ella misma. Ella que es libre, que no debe esconderse para quererlo, ¿por qué dejar que Emma se entrometa? Y sin embargo no encuentra dentro de sí la energía que tendría que desplegar para dar la batalla. No es que le dé pereza; le deprime. No encuentra en ningún rincón de sí misma el ánimo para jugar a la seductora ni competir. Que Ernesto se hunda por su propio peso, piensa, rabiosa. Si él es así de tonto, ¿por qué lo voy a querer?

Capítulo 17

—Adiviná qué me pasó —murmura Emma a su amiga Diana en el gimnasio—. Me volvió la regla.

—Te lo dije —sonríe Diana, pedaleando en la bicicleta estacionaria—. Fue el susto del accidente.

—Creo que no —dice Emma—. Jeanina me mandó hacer los exámenes de las hormonas. No hay retroceso. Se me han bajado. Estoy en la menopausia o la perimenopausia, una o la otra. Pero la verdad es que me siento de maravilla.

—Nos han metido miedo por tanto tiempo, ¿no es cierto? Cuando sucede, uno se da cuenta de las falsedades de la historia que nos han contado sobre nosotras mismas. Me deprime pensar así. No me quiero sentir víctima, pero a veces no puedo evitarlo. ¡Dios mío! Desde Eva, nos han mentido.

Están solas en la sección de las bicicletas. Más allá, al fondo, hay hombres ejercitándose con pesas.

Son las once de la mañana de un día encapotado y oscuro y el gimnasio desanimado y solitario luce gris y lento como un elefante. A pesar de esto las amigas hablan muy bajo. Se aseguran de que nadie las escuche.

—A veces pienso que es absurdo esto que hacemos, Diana, pasarnos tanto tiempo sudando para vernos bellas.

—Yo no pienso eso. La belleza es una aspiración humana. A todos nos gusta lo bello. Y las mujeres somos las portadoras de la estética del planeta. Mirá si no cómo arreglamos las casas, los jardines, nosotras mismas.

Emma sonríe.

—Me gusta esa teoría. Pero a veces pienso que nos arreglamos para competir con otras mujeres. Leí en alguna parte que el ojo de la mujer al hojear una revista se detiene mucho más tiempo en otras congéneres que en los hombres. Pero no es extraño. Nuestra parte animal nos hace competir por el favor del hombre y cada vez que salimos al mundo pasamos revista a las huestes enemigas.

Emma apenas puede seguir la conversación. Jadea con el esfuerzo. Esos meses le han demostrado que la madurez no es el temible flagelo. Con su dieta de sopa y frutas, las vitaminas, el ejercicio, se siente renovada. A veces le duelen las rodillas, pero la feminidad, la sensualidad se le han acentuado. Su cuerpo está poroso al aire, al sonido, a los sabores y sensaciones. ¿Será que está enamorada? A veces siente que el corazón se le agranda por dentro y le palpita por todas partes, que la risa baila dentro de ella y hay una nueva alegría. Tiene razones para ser feliz: su esfuerzo, su amor, ha creado dos personas, sus hijos, que han llegado a la edad adulta con cuanto necesitan para hacerse una vida con significado y plenitud; tiene suficientes amigas. No se arrepiente y sin embargo voces constantes la han asediado por años reprochándole sumisiones, pero ¿qué mujer no quisiera otra realidad que la que le toca? A este punto ella es una corredora que descansa de un maratón ántes de iniciar el próximo, ése donde correrá para sí misma, para completarse, para ser lo que no ha podido ser. Justifica su vanidad diciéndose que quiere verse por fuera igual que se siente por dentro y quiere darle a la vida su mejor rostro hasta que la vida misma le anuncie el momento de detenerse, de hacer lo que todo ser humano hace: clavar su banderín en la carrera y desaparecer. Y claro que la idea de la mano grande apagando la luz le es difícil de aceptar. La ceguera. No volver a ver nada de lo que le es familiar, ninguno de los rostros de la gente que quiere. Y sin embargo la posibilidad de una vida más allá de la muerte le da miedo. ¿Y si no le gusta? ¿Cómo será eso de flotar en el cielo una eternidad? ¿Qué va a hacer ella en la eternidad? Reencarnar sería diferente. ¿Pero en quién? Y de todas formas, no se sabría ella misma, no tendría recuerdos de nada de lo que era esa vida, su vida, Fernando, Elena, Leonardo. No puede evitar pensar que hay una crueldad desmesurada en todo el asunto. Eso la hace dudar de Dios. ¿Qué tipo de Dios es el que de un tajo corta la red de la existencia, suprime el recuerdo, lo entierra a uno solo, lo fuerza a abandonar y ser abandonado? Por eso no es religiosa. ¿A quién le importaba que ella se arriesgara con Ernesto? No ha dejado de pensar en el beso que le dio. El sexo con el marido no desvaneció el mareo del recuerdo. Se siente cargada de electricidad, inquieta. La máquina elíptica se detiene cuando expira el tiempo que ella le ha programado. Diana también termina. Caminan las dos hacia los vestidores. Los hombres que levantan pesas las miran pasar. Hay un breve intercambio de miradas. Dentro del vestidor, Emma se vuelve hacia Diana.

—¿Te parece que yo soportaría serle infiel a Fernando? Vos me conocés.

—Uno no sabe de lo que es capaz hasta que hace lo que jamás imaginó. —Diana bromea pero súbitamente la mira con zozobra. —¿Con el carpintero? ¿Has pensado en lo que arriesgás? —le pregunta.

Emma no responde. Se desviste y se mete en la ducha. Diana hace lo mismo. Salen después. Se envuelven en blancos albornoces. Se paran frente al espejo del tocador, un espejo que va de pared a pared con bombillos de camerín a todo lo largo.

Diana se seca el cabello frotándolo rápido con la toalla. Mira a Emma y piensa cuántas veces ha envidiado su suerte, la casa impregnada de la vida de los hijos, la constancia del marido.

—¿Y si Fernando se entera? —pregunta retomando la conversación. —No sabés lo que es estar sola. No es fácil. A veces me encanta el silencio pero a menudo nada me gustaría más que encontrar a alguien cuando regreso a casa y sólo veo el polvo flotando en los rayos de luz que entran por las ventanas. Un gato al menos me haría falta pero ni eso tengo porque perros y gatos me producen alergia. ¿Por qué querés hacerlo? ¿Estás enamorada o tenés curiosidad?

—No sé. A veces pienso que es sólo calentura. Ernesto me encanta pero la edad de él es como un freno, ¿sabés?, una distancia que me cuesta franquear. Lo que sé es que quiero tocarlo, besarlo, hacer el amor con él. Cuando estamos juntos me siento feliz. Valora lo que soy. Me **ve**, Diana. ¡Me admira!, incluso —ríe— Fernando hace mucho que no me ve. Para él, soy parte del paisaje.

—Creo que es lo que sucede tras veintiséis años de verse a diario.

—Siento que mi vida no ha sido mía. Ha sido de él, de mis hijos. Quisiera conocer la libertad de pensar en mí.

—Mis necesidades son el reverso de las tuyas.

Sueño con encontrarme alguien que me acompañe, pero parece que no está en mi destino, o quizás intuyo que el matrimonio es una jaula de oro y valoro demasiado mi independencia. Un amante de larga duración me sería suficiente —sonríe.

—Yo pienso que sos muy fuerte. Los hombres fuertes le temen a las mujeres fuertes. Y como no te gustan los hombres fallidos, débiles, te quedás sola.

Diana encoge los hombros. Se para frente a ella, la toma por los hombros, la mira a los ojos.

—Controlá tus impulsos. Tras tantos años con Fernando, no te será fácil acostumbrarte a otro.

—Lo sé, lo sé —dice Emma soltándose, volviéndose hacia el tocador para recoger polvos, sombras, rouge, y meterlos de nuevo en la bolsa de cuero roja—. Pero no tendría que dejar a Fernando. Él ni se enteraría. Diana, ¿por qué negarme esa experiencia? He sido fiel tanto tiempo. Podría casi jurar que Fernando ha tenido otras mujeres.

—Bueno —sonríe Diana—. Sabés que no soy capaz siquiera de imaginar ese tipo de monogamia —admite con un gesto de derrota.

Terminan de vestirse hablando de otras cosas. Se despiden en el estacionamiento.

¿Por qué negarse esa experiencia? Emma lo ha dicho sin pensar pero el significado de la frase es exacto. ¿No es acaso la vida una búsqueda de experiencias, de emociones? ¿No se acaba su sentido cuando todo pasa a ser predecible? Le duele el vientre levemente. Se percata de que ha empezado a tener una noción finita del tiempo. Ya no la sensación eterna del tiempo de la juventud cuando hasta la muerte es mentira y desafiarla no inspira miedo. En Costa Rica, cuando la Universidad estaba alborotada por la revolución en Nicaragua y los ticos daban por sentado que cada nicaragüense era un guerrillero, ella coqueteó con la idea de desaparecer, unirse al sandinismo y pelear en el frente sur. Sólo la desconfianza ideológica la detuvo, los panfletos confusos donde la poesía y el heroísmo súbitamente se trastocaban en frases duras y ella leía entre líneas un pensamiento que impondría sin miramientos una sola interpretación de la verdad y de la realidad. No se marchó a la guerra; colaboró a escondidas más por presión social y vergüenza que por convicción, pero recordaba la seducción, el canto de sirenas de morir por un propósito noble. Ser joven entonces era imaginar la muerte no como el fin sino como el principio de una eterna libertad. Muy distinta era su reacción ahora. Sentía avaricia por la vida, necesidad de acumularla, de llenarla de hechos, de sentido.

Capítulo 18

De camino al trabajo, Fernando siente flojera en los huesos. La menopausia de Emma es la suya también. Señal clara de un minutero cuya cuerda terminará de desenrollarse un día de tantos. Nunca había imaginado ser mujer. Para los hombres, las evidencias del tiempo no eran igual de flagrantes. Ser mujer, piensa. El agujero en medio de las piernas ¿produciría una sensación de vacío? ¿se sentirían expuestas, abiertas? Es absurdo lo que piensa, pero siente rechazo. La menstruación le da asco. El olor. La sangre aquella oscura. De niño los paquetes que armaba y dejaba su madre en la papelera le llenaban de curiosidad. Hasta el día en que abrió uno y vio la mancha roja con vetas oscuras en la compresa. Desde entonces no más recordarlo el olor flotando en su memoria le produce náuseas. Algo similar le produce ver amamantar. Uno está supuesto como hombre a admirar aquello, el niño pegado a la madre; la madre produciendo alimento pero a él esa función femenina lo incomoda. No puede separarla de la visión de las vacas en la hacienda del abuelo. Los hombres en sus banquitos con los baldes bajo las ubres sobando las inmensas tetas de las que mana el líquido blanco. El ciclo animal de las mujeres le es demasiado elemental, mamífero. Ningún hombre quizás lo admitiría. Ninguno lo hablaría con otro. No se transgredían esos límites, ese pacto de silencio dentro del género; el ente masculino desprovisto de esas particulares glándulas y cavidades se considera afortunado al no padecer esa pertinaz biología. Es quizás la atávica razón para sentirse superior, destinado a los afanes del pensamiento. No se le puede explicar a las mujeres. Hay que ser políticamente correcto, aceptar que todos son iguales pero no es cierto. Él iba al gimnasio. En los vestidores se desnudaban los hombres. Sus cuerpos eran fuertes, simples. Hubo una época cuando era adolescente en que miraba con fascinación las piernas, nalgas, los brazos de sus compañeros. Le atraían las líneas rotundas, económicas de su anatomía. No porque las deseara sexualmente. No era homosexual, sino porque eran admirables en sí mismas. A las mujeres también les atraían los cuerpos de otras mujeres. Emma lo reconocía. Cada género era Narciso atraído por su idéntico reflejo. Natural. La aceptación cada vez más generalizada de esta realidad quizás conduciría a la bisexualidad en un futuro no tan lejano. Piensa en sus hijos; en la sexualidad moderna, relajada, disminuida de importancia quizás por supremamente accesible, fácil. Vivían absortos en sus cosas. Se les permitía ausentarse de la realidad, flotar por encima, ser parte del mundo sin arriesgar mucho. Se pregunta si es la época. Después de la Revolución los sobrevivientes se refugiaron cada quien en su burbuja. La generación crecida bajo la sombra del fin de ese experimento es crítica y cínica. Oyen las historias de los padres y secretamente les reprochan haberles escatimado los sueños y sólo heredarles la desilusión, el desengaño. Su manera de rebelarse es la apatía, el ensimismamiento, la pretensión de desinterés. Es la generación de la tecnología, la del mundo cibernético de los mensajes de texto y las computadoras; conectados pero desconectados, acostumbrados a la distancia y a sacrificarse en el altar de las profesiones, el éxito empresarial, el dinero. Hasta los nuevos médicos, los jóvenes internos, carecían de la vocación apasionada por el oficio. Él recuerda la sensación de poder al descubrir la verdad de la ciencia, aun la inexacta ciencia de la medicina. Uno llegaba a sentirse cercano a los Dioses, árbitro entre la vida y la muerte. Los médicos noveles de ahora decidían su especialidad de acuerdo al mercado, a lo más cotizado.

Mira el rótulo enorme de una farmacia a pocos

metros de la entrada al hospital. El rostro de Margarita, su timidez, el rubor que se le corrió por las mejillas cuando él le preguntó por Ernesto le aparecen en la memoria. Piensa que es una mujer interesante, atractiva por no intentar serlo, por el aire de digna distancia y cortesía con que respondió a sus pesquisas. La notó halagada cuando le dijo que él también hubiese cruzado la calle sin mirar para ir a saludarla. No lo dijo por adularla. Fue sincero. Desde que conversaron en el hospital la primera vez, le pareció una joven con un eje interior perfectamente centrado, como hecho con una plomada de ingeniero. Emanaba un aire de saberse a sí misma que era muy seductor, que dotaba a sus facciones de una belleza sutil, un ánima envolvente. Volvería a conversar con ella. Si algo le queda claro es que su visita la turbó y él quiere saber por qué.

Se estaciona en el sitio asignado para él en el área de los médicos del hospital. Ha empezado a correr la brisa. Será un día lluvioso.

Capítulo 19

Ernesto ha regresado a la rutina de sus costumbres: al almuerzo en el mercado de San Judas donde las dueñas de las comideras lo conocen y le sirven platos abundantes; al café espeso y dulce y a la caminata sobre las aceras donde negocios de empeño, salones de belleza, talleres de reparación de carros, refresquerías y ventas de abarrotes y suministros se intercalan con casas de habitación, algunas de las cuales aspiran a ser fortalezas inexpugnables, cada ventana y puerta cubierta de rejas con diseños ornamentales. En los últimos años San Judas ha dejado de ser un lugar tranquilo y seguro y los robos domiciliares son frecuentes. A paso rápido ese día, Ernesto llega hasta el árbol de ceibo en la calle principal, un árbol ancho y frondoso que es como el espíritu del vecindario, que lo ha visto todo allí, desde los tiempos de los dictadores Somoza hasta los días guerreros ·

en que el barrio se alzó en rebeldía. Ya pocos se fijan en los túmulos de las esquinas en memoria de uno que otro combatiente, túmulos feos, cuadrados, pintados en rojo y negro; mojones de la historia de un país que ha resuelto cada conflicto a sangre y fuego. Hay un gobierno de derechas en el poder y nadie se ocupa de honrar la memoria de revolucionarios muertos. Ernesto camina de prisa. El aire pesa bajo el cielo oscuro donde se fragua el aguacero de la tarde pero él está disfrutando cada paso. Con los clavos en los brazos no se animó a salir y ser objeto de escarnio de los jóvenes atentos y prestos a hacer burla de los transeúntes. Echó de menos ese diario ejercicio que lo conectaba con la vida a su alrededor, los rostros conocidos, las historias de cuitas económicas, males de amor o enfermedades. Los primeros días cuando volvió a caminar su ruta habitual, le enterneció que quienes lo conocían si tan sólo de verlo pasar salieran a saludarlo, a alegrarse con su recuperación. También le preocupó que le preguntaran insistentemente por «la señora que lo cuidaba; tan elegante». Inútil pensar que Emma pasaría desapercibida en esas calles poco frecuentadas por gente adinerada. Le dio un poco de vergüenza imaginar lo que pensarían de él. Las preguntas tenían un reverso de morbo, censura y envidia bajo el anverso de zalamerías. No tendría que afectarle. Si le afecta es porque en esos entornos una red invisible de pobreza y esfuerzos compartidos los iguala a todos. Quien la rompe, quiebra el mudo pacto que lo coloca al mismo nivel de los demás. Apura el paso. Se cruza con perros callejeros flacos y vagabundos, perros de nadie que igual se metían en una casa que en otra. El viento empieza a soplar arrastrando hojas, basura. A su alrededor los transeúntes aligeran el paso. Llovería en cualquier momento un aguacero de castigo, de esos en que la lluvia cae a manotazos, los hilos gruesos de agua sacudidos como sogas azotando cuanto se halla al descampado.

Ernesto no ve pero oye el chirrido de los frenos. Se vuelve justo cuando el vehículo de Emma bordea la acera para detenerse a su lado. Ella lo ha visto y le indica que suba. No lo duda. Abre la portezuela y se sube al asiento del pasajero justo cuando el agua se deja caer de golpe y un relámpago sacude el perfil del cielo con un destello.

—Qué cálculo —exclama—. Me salvó del diluvio universal.

—Me alegro de ser útil esta vez —sonríe ella.

Él está a punto de preguntarle qué la trae por allí, pero opta por evitar la obvia respuesta. De seguro Emma iría rumbo a su taller.

—¿Por qué no me lleva a dar una vuelta? Podemos esquivar la lluvia si nos alejamos de aquí. De seguro esta nube no nos sigue.

Ella lo mira. No dice nada, pero le toma la palabra. En vez de enfilar calle arriba, dobla en la pista suburbana rumbo a la Carretera Sur. Llueve a baldes pero la camioneta de Emma es alta y nueva y los parabrisas funcionan vigorosamente. En pocos minutos atraviesan tramos anegados de la pista e inician el ascenso hacia las Sierras de Managua entre cortinas de lluvia. El ruido del agua, el estruendo de la tormenta, los obliga al silencio. Los dos van pendientes del camino como en una película de suspenso en que los protagonistas se empeñan en salir de un atolladero. El aguacero es tan violento que impide ver más allá de pocos metros.

—No sería mejor que te estacionaras hasta que pase —dice Ernesto, observando el ceño de ella, el esfuerzo que debe hacer para mirar por dónde va.

Súbitamente, Emma gira y cruza un portón bajo un arco color amarillo. Están en la parte posterior de lo que parece un edificio con una serie de cocheras, una al lado de la otra. Ella busca una cochera abierta y entra. Apaga el motor. Suspira, y empieza a reír con la cabeza apoyada en el respaldar del asiento. La lluvia ha quedado fuera y el silencio suena a descanso. Le toma unos momentos a Ernesto comprender lo que ha pasado: están estacionados en una de las habitaciones de un motel, esos hoteles sórdidos que se alquilan por hora para citas de amor clandestinas y a los que los clientes entran directamente a la habitación estacionando el coche que queda oculto tras una cortina de metal.

—¿Qué motel es éste? —pregunta él. La mira con una expresión entre divertida e incrédula.

—El Motel Nejapa. Tenés que admitir que no fue mala idea.

—Excepto que no tarda en llegar el cobrador.

—Esperará que escampe y entonces nos vamos —ríe ella.

—O nos quedamos —dice él, mirándola fijo—. Podemos conversar en otro lugar que no sea el taller.

—Nunca he estado en un motel —dice ella.

—Ésta es tu oportunidad —dice él. Sin esperar se baja del coche y cierra la cortina de la cochera. Luego sube dos gradas hasta la puerta de la habitación, la abre y se detiene en el vano a esperarla. No piensa nada, consumido por el deseo de que ella se atreva, que descienda del carro. Afuera cae un rayo con estruendo. La lluvia no amaina.

Emma no quiere pensar. Lo mira desde detrás del volante, toma su bolso y baja. Se vuelve y pulsa el clíquer que emite el sonido indicando que ha activado los cerrojos del coche. Tiene la sensación de desdoblarse, de dejar atrás una Emma que la mira asombrada de su arrojo, una hermana mayor adusta y cautelosa. La que avanza hacia Ernesto es su yo descalzo. Entra a la habitación. Ernesto cierra la puerta y allí mismo, antes de que ella pueda mirar la cama, la mesa, la silla de madera con la tapicería raída, naranja, la pega contra sí y la besa. Como el aguacero, piensa ella, como el relámpago. No hay más sonidos que los de sus lenguas, su respiración, el ritmo de sus palpitaciones, las bocas como moluscos hambrientos. Ernesto baja las manos por su espalda, rodea la curva de sus nalgas, alza la falda de su traje beige, la suave tela de algodón. Ella lleva puesto un mínimo bikini y de inmediato él está sobre su piel, la mano de él nerviosa, activa, palpándola toda. Ella también le toca la espalda, le acaricia el cuello, las orejas, presa de una sensación que es pasión pero a la vez ternura, sabiduría de mujer que se abandona al desaforo pero quiere prolongarlo, lograr que el cuerpo diga cosas, que le cuente cómo ha deseado morderlo, cómo lo ha imaginado bajo su boca mientras muerde a Fernando. Pensar en Fernando no le produce culpa. No importa. Ella está allí. Quiere sentir y dejar que cada poro encuentre su placer; ella es en ese instante sólo su cuerpo, su cuerpo todo, listo para dejar de ser suyo y compartirse.

Ernesto le mete la lengua bajo los labios, sobre los dientes. La boca de ella es fresca, ligeramente salada, su saliva espesa. La piel que ha ido indagando es cálida y su mano se escurre sobre ella sin resistencia, delineando la perfecta curvatura de las dos nalgas redondas, sólidas. Tiene prisa por adivinarla entera, descubrirla, mirarla desnuda, tendida, morder sus pies, cada uno de sus dedos menudos y perfectos.

Cuando se hace el amor no se detiene la conciencia. El pensamiento divaga, la mente produce imágenes. Emma vibra entera y se pregunta cómo es que esa mujer atravesada por fluidos destellos ha vivido quieta dentro de sí. Desde los talones cursando por sus piernas, saliendo de su vagina y su vientre como un faro que se encendiera de pronto hay un haz de sensaciones que de tan intensas son dolorosas, como si partes de su cuerpo jamás utilizadas respiraran súbitamente. No abre los ojos porque otra parte de ella teme, siente modestia de la metamorfosis que la hace gemir, ansiar con desespero que Ernesto se extienda sobre ella, que la doblegue y la toque y la invada y haga cuanto se le venga a la imaginación. Ernesto, en cambio, sí la mira y mirarla es lo que acicatea su ímpetu porque aunque ella no diga nada, su desnudez abandonada y suave, la piel sin resistencia, sin tensión, trémula de esperarlo, le dice lo que ella ha venido albergando y conteniendo tras las tardes de pláticas en su taller, los almuerzos, los cafés, el viento en la puerta de atrás, el silencio de mirar juntos el caer de la tarde. El rostro de Emma, angular, con los pómulos altos, está ligeramente pálido, pero su pecho está enrojecido y los pechos apenas colgantes, unos pechos de mujer que ha amamantado, tienen los pezones altivamente erectos, la punta como un trocito de madera perfectamente redondo y duro. Él no teme nada. Está ávido por darle lo que ella espera de él, mostrarle su fuerza, su hombría, hacer que se venga como nunca lo ha hecho. La acuesta en la cama, impide que ella busque instintivamente el abrazo que la proteja de su propia desnudez. Le abre los brazos, se los sostiene y ve cómo de la cintura para abajo ella va comprendiendo lo que él quiere, abriendo las piernas para que él la busque allí donde ella está palpitando como un corazón descendido que él acaricia recibiendo el estremecimiento que la sacude no bien él roza su lugar remoto, el recinto que él explora después lentamente con su lengua hasta encontrar el clítoris.

En ésas está, cuando ella de súbito exclama NO, se sienta en la cama, abre los ojos. Él ya se ha percatado del hilillo del tampón sanitario. Ríe. Le dice: Dejame a mí. Ella lo mira con los ojos muy abiertos y él ni corto, ni perezoso, tira del hilillo, toma el tampón, mirándolo sin asco y lo tira lejos, sin molestarse siquiera en buscar el tarro de la basura.

Emma se muere de vergüenza pero también de lujuria y se piensa estúpida por alegrarse de que él vea que ella sangra. Recuerda que lo pensó de camino hacia su casa; pensó que iría a verlo para que él supiera que ella reglaba. No imaginó cómo se lo haría saber y no quiso preguntarse por qué le importaba que él lo supiera.

Ernesto no se arredra, ni le pone reparos. Le susurra que no se preocupe, que es bueno para el dolor de vientre. Sin asomo de asco sigue como si nada y ella se relaja.

—¿Lo hacemos sin condón? —jadea él.

—No importa. No voy a quedar embarazada —dice ella.

—Estoy muy sano —dice él.

—Yo también.

La penetra. Una vibración de gozo se desencadena en ella apenas él termina de acomodarse en su interior, la sacudida, la explosión de un magnífico y sonoro orgasmo. Él sostiene el cuerpo que tiembla con el violento espasmo. La besa en la frente y está tan excitado que no tarda y grita y colapsa sobre el pecho de Emma, sudado, agitado, ambos resoplando, ahogados, ella sintiendo que quiere llorar de susto y alivio y gusto; y él con deseos de reírse de que ambos hayan estado tan desesperados, maravillado de la respuesta de ella, que para él sabe a halago.

No pasa mucho tiempo antes de que Emma se levante al baño. Pasa frente a él desnuda. El baño es limpio pero rudimentario, sin azulejos, las paredes pintadas en verde, como en los hospitales, el inodoro sin aro, los grifos del lavamanos herrumbrados igual que el marco del gabinete con espejo. La idea de meterse bajo la ducha le da asco a Emma por el piso descascarado. Se pregunta si habrá agua caliente y abre el grifo. En el espejo ha visto su cara distendida, lejana y joven, las mejillas arreboladas por el calor del ejercicio. Oye que golpean la puerta de la habitación. Oye a Ernesto hablar con alguien. ¿Qué pensará él de que haya sabido del motel? Diana y ella entraron una vez de curiosas, sólo entraron a la calle que conducía a los cuartos y salieron, riéndose como tontas porque lo veían al pasar de camino a su casa y se les antojó. Hay agua caliente. Lo que no hay son toallas, pero Ernesto golpea la puerta y le pasa un paquete envuelto en plástico que le habría llevado el mozo del hotel con una toalla y un jabón. Emma se mira las piernas. Es el tercer día de la regla y no ha sangrado mucho. Se mete bajo la ducha, se lava de la cintura para abajo porque el agua es apenas tibia. La mente le funciona muy lentamente tratando de remontar la sensación de irrealidad y de no ponerse nerviosa. Todavía no, piensa, todavía no quiere analizar lo que ha pasado, lo que pasará cuando salga y Ernesto y ella sean otra vez quienes son en la vida cotidiana a la que regresarán sin remedio. Saca la toalla de la bolsa y la descarta. Opta por secarse con el papel higiénico. ¿Quiénes habrán hecho el amor allí? ¿Cuántas infieles parejas escondiéndose habrán pasado por ese lugar, se habrán secado con esas toallas? La recorre un escalofrío de aprehensión. Saca la cabeza. Ve a Ernesto tendido sobre la cama, desnudo, le pide que le pase el bolso. Lleva un tampón allí. Menos mal, piensa, menos mal que es previsora y carga repuestos de pañuelos desechables y tampones y limas de uñas. Su bolso está siempre abultado. Finalmente sale y lo encuentra en la misma posición, esta vez con un cigarrillo en la boca, fumando impávido. Mira el cuerpo largo, la cintura un poco gruesa, el vello púbico, el pene desmadejado, las piernas y brazos musculosos, los pies grandes con las plantas lisas de los pies planos. Recuerda la textura granulada de su piel un poco áspera. Él la mira también. Ella se sienta en la cama y empieza a vestirse.

—Te imaginaba linda pero superaste mis expectativas —dice él—. ¿Qué comés para tener esa piel? Dios mío, si es como resbalarse sobre pura seda.

—¿Querés saber qué como? —ríe y se enfunda el bikini, sentada al borde, apenas levantando las caderas.

—Nunca había visto unas trusas tan miniatura —sonríe él.

—Filo dental los llaman. Son cómodos —dice ella sin mirarlo.

Las preguntas, la mirada de Ernesto la hacen pensar en un niño que observa un juguete nuevo con desparpajo. Él no hace ademán de vestirse. Apoyado sobre el codo, está inclinado en la cama atento a verla.

—No te vistas más —por favor—, quedate así. ¿Cuál es la prisa? Vení —le hace un gesto de que se acomode a su lado.

Ella lo mira. Se da cuenta de que ha tenido el

impulso de salir corriendo. Suspira y se sienta en la cama para quedar frente a él, sujetándose las rodillas con las manos, vestida con la ropa interior.

—¿Querés que te confiese algo? —dice él—. Nunca he estado con una mujer como vos. Sos diferente. ¿Cómo te lo explico? A ver: he nadado en piscinas, pero vos sos como el mar: honda, llena de peces, de criaturas fosforescentes, cardúmenes de peces de colores. Creo que ni vos te das cuenta de lo que tenés adentro.

Emma sonríe. Bromea.

—¿Te picó algo cuando estabas allí? ¿Una raya tal vez? ¿O sentiste que tragó una ballena, como Jonás?

—Jajaja. Sentí que perdí el conocimiento, que me sumergí y vi un montón de langostas deliciosas —ríe Ernesto—. Vi la idea de una langosta porque jamás he comido una en mi vida.

—¿En serio?

—En serio. Vos sos de otro mundo, Emma. El misterio más grande de todo esto es cómo es que vos y yo estamos hoy en este motel, con ese aire acondicionado que suena como un avión a punto de despegar.

—Somos un hombre y una mujer. En esencia, no somos de ningún otro mundo ni yo, ni vos. Que vivamos diferente, no nos hace diferentes. Te digo que vos sos más leído e instruido que mucha gente que conozco que tiene plata pero no sabe quién es el Conde de Montecristo —sonríe ella—. Ningún amigo de los míos tiene un gato que se llame Mefistófeles. Vos no sos cualquier carpintero —perdón, ebanista—. Lo sabés muy bien. Y dicho esto, mejor nos vamos. Se va a hacer tarde.

—No vayas a sufrir ahora —dice él—. Esto fue un regalo de la vida.

Ella asiente con la cabeza, se levanta y continúa vistiéndose. Él se impulsa fuera de la cama y alza los brazos, estirando el cuerpo. Se vuelve y la mira con dulzura.

—Es bonito que algunos sueños al menos se hagan realidad —y entra al baño.

Emma se sienta en la única silla, al lado de un escritorio con la cubierta forrada de fórmica roja. Además de la cama son los únicos muebles en la habitación. Un escritorio, piensa, y le da risa. La risa se extiende a la ridícula idea de estar allí. Un «regalo de la vida». Llegado cierto punto la vida dejaba de hacerle regalos a uno. Se convertía en una jefa vociferando órdenes, obligaciones. El **deber ser** mucho más perentorio que el **ser**. Alzó el rostro. ¿Por qué no aceptar que algunos sueños se hiciesen realidad?

Capítulo 20

Emma se ha despedido de Ernesto frente al taller. Después del aguacero, el día es húmedo y el aire crujiente como papel celofán, límpido, irradia sobre las cosas revelando texturas y colores. Sola, con el aire acondicionado de la camioneta soplándole aire frío en la cara, Emma aprovecha los semáforos en rojo para revisarse, asegurarse de que luce igual que cuando sale a hacer mandados, que nada la delata. Es un ama de casa más en la ciudad, retornando al hogar al atardecer. Tiene el impulso de llamar a Diana pero se contiene, será mejor contárselo personalmente. Me acosté con otro hombre, repite la conciencia de Emma estrepitosa, tirando la frase dentro de sus parietales, a ratos a ritmo de pulsaciones briosas, otros con el leve chirrido de una misteriosa puerta. ¿Será que posee características masculinas? porque no siente culpa sino euforia. Nunca antes ha tenido tal sensación de autonomía. La decisión ha sido rotundamente suya. No obedece a nada más que a su propio deseo; es una noción nueva de poder, de libertad. Rememora las sensaciones, su falta de vergüenza, la confianza en su propio cuerpo. Le dio placer que él la viera. No le importó su edad, ni pensó en eso hasta el final. Se sonroja recordando lo del tampón sanitario. ¡Qué diferente la reacción de Ernesto! Con qué naturalidad se lo tomó. No imaginó que hubiese hombres a quienes les fuera tan irrelevante. Sería la nueva generación. Sí que Ernesto había sido apresurado. A Fernando el orgasmo le tomaba más tiempo. Pero a ella no le hizo falta nada. Ve aparecer las edificaciones de su calle, el día transcurriendo impávido, los coches estacionados, el verde intenso de los jardines tras la lluvia, palideciendo en la luz evanescente del atardecer. Al llegar a su casa, se sobresalta. El carro de Elena está aparcado en la rampa del garaje. Su hija. Ella llegaba preparada para ver a Fernando sin inmutarse, pero su hija Elena, que es tan perceptiva, ¿qué pensaría de su madre si lo supiera? En un instante, Emma se transforma, pasa de la felicidad íntima de ejercer su libre albedrío a la noción de que su vida no es solamente suya para hacer con ella lo que le venga en gana. Su hija está en la casa, su hija la mirará con ojos que esperan que ella se mantenga sólida, inmutable, que ella sea el muelle al que amarren todos los barcos de esa familia cuando regresen del mar tras enfrentarse solos a tiburones y peces, lo que sea que decidan enfrentar para construirse un espacio propio y darle sentido a cada mañana. Mira su casa, la hermosa construcción que heredó la pareja que son ella y Fernando. Dentro de un momento, ella entrará por la puerta, volverá a enhebrar el hilo de su rutina, de esa ilusión de hogar tejida con dedicación. Ernesto y esa Emma que llega de un motel sórdido, que todavía guarda en el pelo la saliva imperceptible de besos húmedos y que lleva el oído lleno de los sonidos roncos de él y su propio jadeo, quedarán fuera, anulados, vencidos, derrotados instantáneamente por la visión del carro de su hija estacionado en el parqueo de la casa. De un manotazo, nerviosa, vuelve el espejo retrovisor para mirarse con cuidado, asegurarse de que no se le pase por alto el signo que señale el descarrío de la tarde. Se echa polvo, se pinta los labios, mete las manos en el pelo, toma su bolso y baja con la espalda recta y mientras camina hacia la puerta deja de sentirse culpable porque el cuerpo no coincide con la noción de madre sacrificada; su cuerpo está lleno de energía, ágil. Es madre, pero también es *ella*, una mujer que avanza sin titubeos sobre los altos tacones, mete el llavín en la cerradura y entra.

Oye ruidos en la cocina, risas, la voz de su hijo Leopoldo.

—¡Leopoldo! —exclama, corriendo hacia allá.

El muchacho se lanza en sus brazos, la besa, la despeina.

—¡Sorpresa! —dice mientras tanto Elena, que está cocinando con Nora—. Tu hijo apareció sin avisar.

—¿Qué pasó? ¿Y la Universidad? ¿Estás dispuesto a tener vacaciones? —le pregunta Emma, tomándolo por los hombros, pellizcándole la mejilla.

—Me anoté en un proyecto voluntario como parte de una clase —dice Leopoldo—. Vamos a trabajar en un barrio construyendo casas por tres semanas. No avisé para darles una sorpresa —sonríe.

Emma tiene debilidad por el hijo. Es dulce con ella. A diferencia de Elena, Leopoldo es extravertido, bromista. A la madre le preocupa que sea un niño grande. Se consuela diciéndose que debe tener paciencia, que él eventualmente madurará.

—¿Y qué sorpresa culinaria me tenés, Elenita? —pregunta acercándose a la hornilla.

—Prohibido mirar —dice Elena, levantando las manos para impedirle el acceso—, tendrás que esperar a que venga papá y nos sentemos a la mesa.

—Vuelvo en un minuto —dice Emma—, me pondré algo más cómodo—. Abrí una botella de vino blanco, Leo, y me servís una copita. Quiero que me contés de este proyecto. ¡Qué alegría tenerte por aquí!

—Estás linda, mamá —le dice Leo—. Te veo

más joven que antes. ¡Parece que tuvieras un pacto con el Diablo!

—Diez libras menos —Emma sonríe y gira hacia su cuarto. ¿Notaría algo su hijo? La había mirado ligeramente intrigado. ¿O lo había imaginado? En su cuarto se desviste, echa la ropa a la cesta de la ropa sucia, huele el bikini temiendo a Nora. No siente nada especial, pero no está segura. No sabe si el olor a semen se quedó en su olfato porque en el motel se lavó, pero no logra quitárselo de la mente. Se mete bajo la ducha, se lava toda con especial cuidado, se lava el pelo, se cambia, apenas se maquilla, no le hace falta, tiene la piel fresca. Se pone perfume en la base de las orejas y el cuello.

Leopoldo la espera en la sala cerca de la cocina que mira hacia el patio interior con la fuente y la silla de la abuela. Le extiende la copa con el vino frío.

—Salud, mamá.

—Salud, mi hijo. Ahora contame de este proyecto.

Leopoldo estudia sociología y el proyecto consiste en unirse a las cuadrillas de una organización no gubernamental que convoca gente joven para construir viviendas para gente de escasos recursos.

—Es una versión de Hábitat, la que fundó el presidente Carter; sólo que ésta es para América Latina. Se hace un censo de las comunidades, se determina qué familias tienen mayor necesidad y se les construye una vivienda de dos habitaciones con un sistema prefabricado. Nosotros vamos a participar pero a la vez evaluar el impacto que algo así tiene en la comunidad en su conjunto.

—¿Y dónde vas a vivir?

—En el barrio. La gente del barrio nos hospedará.

—Vas a ver a mi hermanito sufriendo —dice Elena, irónica, sentándose.

—Caramba, Elena. Le das poco crédito a tu hermano.

—He oído las historias de otros que han estado en esos proyectos. Es muy filantrópica la idea, pero los voluntarios deben acostumbrarse a vivir como vive la gente más pobre de este país: arroz y frijoles mañana, tarde y noche, letrinas, bañarse con agua de un barril, dormir en hamaca. A nuestra generación lo único que le queda como alternativa es la caridad pública.

—¿Cuándo dejarás de añorar el heroísmo, hermanita? —dice Leonardo, mordaz.

Elena calla.

—Para heroísmos ya hubo una revolución. Y quizás empezó así Elena, con estudiantes aprendiendo a soportar la vida dura de otros —interviene Emma para mediar—. A mí me parece magnífico que Leonardo haga ese trabajo y estoy segura que va a aprender mucho.

—Eso no soluciona nada; sólo pone parches —dice Elena—. Pero bueno, así es la vida. el dulce encanto de la burguesía... Yo quisiera que vieran cómo viven las comunidades del Río Coco y esas zonas. La pobreza es abismal allí.

—Un techo no le viene mal a nadie, Elena. ¡Por Dios! —interrumpe molesto Leonardo.

—Pero se conforman. Son tan pobres que se conforman, igual que te conformarás vos sintiéndote muy abnegado y responsable por esas pocas semanas —responde incisiva la hermana.

Fernando abre en ese momento la puerta de la casa. Emma sale a recibirlo. Ya es otra Emma, la misma de siempre. La conversación con sus hijos la ha conmovido y desconcertado. Fernando y ella han vivido en una burbuja, apartados de los vaivenes políticos, pero cada uno de ellos tiene su pequeña historia, como todos en el país. En Nicaragua la indiferencia es prácticamente una imposibilidad. Los hijos son jóvenes, son buenos. Se siente orgullosa de ellos. Le duele no haberles podido heredar otras circunstancias, oírlos anhelar una justicia que constantemente elude a quienes la buscan. A la hora de la cena, mirando a su alrededor le parece flotar sobre la mesa como un espíritu. Escenas de la tarde se le mezclan con el pescado *en papillote* que ha hecho Elena, con las natillas del postre.

Capítulo 21

Veintiséis años han estado juntos Emma y Fernando. Se han hecho adultos uno al lado del otro. De tanto verse han dejado de notar que cambian. En esta etapa empiezan lentamente a percatarse de que la vida tiene un fin y a preguntarse si les satisfacen los días iguales con que hasta ahora han llenado su existencia. Piensan que han sido felices. La vida les ha soplado al oído que ser feliz es acostumbrarse a la mansedumbre de días irrelevantes; que la certeza de lo conocido tiene en sí su propia recompensa. Pero, como todo convencimiento nacido de la racionalidad, éste se tambalea cuando las emociones sueltan sus vientos huracanados. La tentación de lo impredecible puede fácilmente convertirse en vértigo. Como insectos en la noche oscura que de pronto se topan con el brillo de una lámpara, cada uno ha empezado a volar hacia el resplandor. El último hervor de la juventud borbotea y pinta la realidad con colores difusos. El brillo del aire tiene la promesa de la ingravidez y hacia allá van; se echan a navegar sobre sus fantasías sin saber nada de arrecifes.

Y es que Fernando también sufre las tentaciones de San Antonio. Ha repetido sus visitas a la farmacia. Diciéndose que busca saber sobre Emma, intenta descifrar la turbación de Margarita, saber si acaso es él quien la causa. Urde la trama de que investiga para un Congreso Médico la costumbre popular de automedicarse y la frecuencia en el consumo de antibióticos, para entrevistar a la muchacha y su jefe y solicitar que le permitan observar a los clientes algunas tardes. Llega, toma notas, la contempla. Bebe con parsimonia la botella de agua o la Coca-Cola que ella, atenta, le sirve. Conversa con ella, le cuenta de sus pacientes en el hospital, las septicemias que ha debido tratar porque la gente no sabe hacer uso correcto de las medicinas. Le explica, la instruye. La farmacia en una esquina del barrio es próspera, con estantes llenos de productos de tocador y dispensadores de gaseosas, tarros con dulces y galletas. Fernando pasa generalmente al atardecer. Ya a esa hora Emma ha regresado a su casa de manera que el matrimonio no se ha topado en el vecindario por uno de esos milagros inexplicables de los horarios entre hombres con oficinas y mujeres que laboran dueñas de su tiempo. Margarita se ha acostumbrado a ver llegar al doctor y no le sorprende cuando un día de tantos la invita a almorzar en un discreto y bucólico parador campestre. Él se asombra de la elocuencia con que logra conversar con ella. Le invade el deseo de contarle su infancia, retratos de su vida sumergidos en los áticos de su memoria, que ella escucha atenta a cada detalle. La atención de Margarita le hace pensar a él en el libro autobiográfico de Carlos Fuentes que le regalara Elena: *En esto creo*. El autor lo ha organizado como un diccionario donde examina o identifica palabras claves para entender su vida y lo que ha aprendido de ésta. En la palabra AMOR, Fuentes habla de la calidad de la *atención,* la capacidad del amante de estar atento a las señales, a las palabras, al transcurrir de la vida del otro. Leyendo eso pensó que en su casa, en su trabajo, nadie le brindaba ese tipo de atención. Él pasa por ser una cifra conocida, redonda, sin misterio, para su mujer, sus hijos o sus colegas en el hospital. Esa manera de su entorno de verlo sin pararle mientes no le ofende. Se ha acostumbrado a llevar la máscara de imperturbable profesional. Ha sido sólo la mirada abierta, atenta, de Margarita que lo toca a tientas intentando adivinarlo lo que le motiva a contarle quién es. Al hacerlo experimenta el proceso de recuperarse a sí mismo. Se oye pensar en voz alta y hablar de ideas y recuerdos que recién descubre ha guardado celosamente dentro de sí. Le complace tomar conciencia de que no ha vivido en vano, de que ha reflexionado sobre su vida aunque sólo ahora encuentre las palabras para expresarlo. Recuerda la cita de Sócrates que leyó en inglés: «*The unexamined life is not worth living*», que se podía entender como que una vida sin reflexión no merecía ser vivida. Hablar con Margarita es como estrujar la fruta de su existencia y paladear el jugo que ha destilado. ¿Por qué ella? Él la ha mirado a sus anchas: una joven mujer quieta y sin pretensiones. Margarita no sufre, como Emma, el mandato de ser bella. No ha perdido su tiempo queriendo vivir para la aprobación ajena. Es simplemente lo que es: sus grandes ojos atentos, el rostro angular, la nariz recta y larga, el cuerpo delicado y esbelto de clavículas prominentes, su pelo atado en un moño. En cierta forma están hechos del mismo material: ella también oculta su ser interno, vive su vida sin remover el aire a su alrededor, sin la necesidad de hacerse notar.

Fernando, el médico responsable, el marido correcto, se sorprende mientras se entrega a sus oficios, añorando la tarde. Analiza sus emociones. Piensa que quizás tras tantos años su matrimonio navega en la familiaridad, es un barco que flota a la deriva en el ancho mar, el rumbo marcado solamente por los asuntos prácticos, la empresa de criar a los hijos, de sobrevivir en una sociedad que exige la permanencia de la pareja. Ciertamente que el sexo con Emma ha tenido un repunte desde que le llegó la menopausia, pero Fernando no está seguro si atribuírselo al calentamiento global o a lo que sea que habita en la imaginación de su esposa. Reconoce que ha sucumbido al deseo de novedad seducido por la idea de Margarita.

Las visitas vespertinas despiertan en él la irresistible tentación de tocarla. En los almuerzos dibuja estadísticas distraídamente sobre la mano de ella, le ha explicado pasándole el índice por el brazo alguna compleja cirugía que debió realizar. Percibe en la yema del dedo el vello de ella alzándose, el estremecimiento de los poros. La tarde que la lleva a contemplar el atardecer desde el mirador en lo alto de la Laguna de Apoyo, le dice que quiere mostrarle un camino perdido del que se baja al Templo del Amor. No bajarán pero el sitio es hermoso como la tierra antes del diluvio, le dice. En el camino solitario, rodeado de vegetación, mientras la luna crea reflejos en el vidrio delantero de la camioneta con la que Emma embistió a Ernesto, pide permiso para darle un beso. Margarita sonríe ante su formalidad, sucumbe ante el recato que jamás imaginó posible en un hombre. El beso los sumerge en la luz plateada, en el canto de cientos de grillos y el vuelo de insectos y lechuzas. Dentro del vehículo, él baja la palanca que recuesta el asiento y torpe por las circunstancias, pero encendido por el ardor del instinto, percibe a tientas los ángulos dulces del cuerpo de ella y a medio desvestir ambos, acalorados por la humedad que sube como un vaho desde el gran ojo líquido, hacen el amor como colegiales ardorosos y desesperados.

Ernesto no sufre, pero el recuerdo de Emma no lo deja. Curvas, suavidad, su piel como madera lijada, la mujer entregándose con todo el peso de una conciencia consciente —valga la redundancia— de lo que hacía. Emma no se le entregó sin pensar. Sabía que transgredía, que no estaba supuesto hacer aquello, pero lo hizo. Y ese saber de ella; ese «hacerlo a pesar de» es para él una revelación que lo halaga pero que también lo obliga a hurgar más allá de la informal sensación de haber hecho algo deliciosamente prohibido. No puede dejar de preguntarse cómo es que han podido acceder a la intimidad de la desnudez en medio de las disimilitudes. Se admira de que la piel predomine sobre la razón y acceda a igualar vidas diametralmente diferentes. Ella dijo que eran un hombre y una mujer. Habló del gato, del Conde de Montecristo. Ernesto reconoce que hay diferencias que sólo esconden la realidad de esa esencia similar de los seres humanos. Emma es un destello, un milagro en su vida. Pero le intriga que ella no tema. ¿Qué esperará de mí? se pregunta. Él no puede darle nada más que amor, contacto, ese intangible fluido que flota entre ellos cuando están juntos, el magnetismo de los imanes. No le gusta interrogarse así, pero no puede evitarlo. Comprendió recién el accidente, la preocupación de ella. Emma le contó que su vocación de joven había sido la medicina. Sus padres nunca estuvieron de acuerdo. La hicieron dudar de poseer el temple o la voluntad para culminar la carrera. Al fin se impuso la realidad que significó casarse joven, tener hijos, ser esposa. Cuidarlo a él después del accidente, le ha dicho, removió en ella el recuerdo de lo que alguna vez pensó podría ser su profesión. Ernesto la imaginó más de una vez vestida con bata blanca, administrando medicamentos a enfermos que pasarían el día deseando que ella regresara a consolarlos, a tomarles la mano y medirles la temperatura, la presión. Por lo que hubiese sido, Emma estaba en su vida y sólo el tiempo sabía en qué mar desembocaría ese río donde ambos habían echado a nadar.

Esa noche Emma se atrinchera en la cama. Sus pensamientos son un tiovivo donde cabalgan imágenes de la tarde. El gozo y la incertidumbre se le alternan en ondas de calor y frío que la recorren entera. Duerme un rato pero despierta a las 4:20 de la mañana con una sensación de ahogo. Le cuesta respirar. Oye el eco de su corazón como el sonido estridente de una mujer corriendo con altos tacones en un callejón silencioso. Pretende ignorar su repiqueteo urgente, pero no logra evitar la adrenalina descargando ondas de alarma que van y vienen, suben y bajan encabritadas por su cuerpo. Tiene frías las manos y los pies. A su lado, Fernando duerme. Lo ha sentido removerse en la cama. Él tampoco lograba dormir pero ahora está quieto, su respiración exacta. ¿Lo despierto? se pregunta. ¿Cuánto tiempo más esperaré? Cuando le parece que el corazón ha perdido el ritmo, que late más alocado, que por segundos se detiene y luego vuelve a su frenética carrera, mareada y afligida, sacude a Fernando.

—Fernando, Fernando, se me está deteniendo el corazón. Creo que me estoy muriendo.

El entrenamiento de Fernando lo saca del sueño sin demora. Se sienta en la cama, la mira, le pregunta qué siente, le toma el pulso. Tranquila, le dice, tranquila, echate para atrás, recostate en las almohadas. Tu ritmo cardíaco está acelerado. Vamos a hacer unos ejercicios. Empuja como que quieres expulsar algo de vos, como cuando das a luz o vas al baño, vamos, uno, dos, tres. Esto se llama «taquicardia paroxística»; tu vida no está en peligro pero es muy incómodo, lo sé. Es lo que se conoce como una crisis de pánico, tu cuerpo empieza a producir adrenalina por alguna razón y el corazón se acelera y de allí vienen todas esas sensaciones. No te estás muriendo. No tengas miedo. Tranquila. Ya pasará, respira. Uno, dos, tres, aspira por la nariz, exhala por la boca.

La voz calma de Fernando, su mano acariciándole el brazo, guiándola por los ejercicios, haciéndole masaje en la arteria del cuello, empiezan a tener efecto. Emma poco a poco siente que el corazón se apacigua, las olas de frío y calor desaparecen. Fernando le toma el pulso, usa el estetoscopio, le mide la presión. Vamos bien, vamos bien, le dice. Ya va pasando. Cerrá los ojos y pensá en cosas bonitas, el mar, el atardecer. Ella le obedece, busca la visión del salto de agua que siempre la tranquiliza, escucha el sonido del torrente cayendo dentro de la poza prístina y azul. Es su escondite, el lugar que ha construido con la imaginación para ir allí mientras medita o a refugiarse cuando está angustiada.

A medida que el miedo desaparece, que se relaja sobre las almohadas sintiendo a Fernando cerca de ella, atento a su pulso, Emma observa de soslayo al marido. Él está sin camisa, en calzoncillos —unos calzoncillos holgados, de rayas azules y blancas—, el pelo gris despeinado, descalzo, el maletín de médico sobre la cama, el estetoscopio sobre el pecho donde el vello también está pringado de canas. Ese hombre, esa imagen existe en altorelieve en su vida, una presencia como las esculturas de los próceres americanos en Mount Rushmore; su sombra es el árbol que la tapa de las inclemencias del sol. ¿Qué reprocharle que sea verdaderamente importante? ¿Su constancia, su falta de sorpresas, su apego a las rutinas estables de la vida? ¿Su manía de protegerla como si ella fuera desvalida? ¿Tiene la culpa él del afán de ella por probar lo nuevo, o es eso un problema de la institución, del matrimonio, de esa obligación adquirida de convivir y de quererse cotidianamente?

—¿Al fin Jeanina te recetó las hormonas? No me dijiste. Tendrías que ir a verla y discutir con ella un régimen. La menopausia puede ocasionar estos ataques de pánico —dice él.

También el desconcierto, el miedo a lo desconocido, piensa ella, la psiquis enfrentada al cambio. Oírlo, mirarlo ocuparse de ella le produce ganas de llorar, ganas de decirle: Fernando, hoy hice el amor con otro hombre y me sentí viva, como hace mucho no me sentía. ¿Qué hago con estas necesidades mías?

En vez de hablar, lo abraza y llora acurrucada contra él, un llanto desconsolado, ronco.

—Shhss —la consuela él—. Nos vamos a ir poniendo viejos, Emma. No hay manera de evitarlo.

La frase tiene su efecto. Emma reacciona.

—Claro, pero es que la ingrata naturaleza no es lo mismo para ustedes, Fernando. Ya te quisiera ver con estos calores y cosas extrañas… ¡A vos sólo el pelo te ha cambiado! No es justo.

¿Qué es lo justo en todo esto? piensa Fernando. ¿Cómo podría él explicarle a Emma que anda como un adolescente acostándose en caminos oscuros, en el asiento trasero del carro con la muchacha de la farmacia? No porque ella sea joven, o él un viejo verde, figuras de estereotipo. No. Lo mueve su necesidad de sentir de nuevo sentimientos olvidados, la excitación de un gesto, el enigma de saber qué pasa por la mente de Margarita cuando lo ve llegar. No tiene ninguna duda de que quiere a Emma; es su mujer, su otra parte, una parte suya que de tan íntima ya no le sorprende. Al contrario, le apena que ella sepa tanto de él, que pueda reconocerlo de esa manera diáfana, sin misterio. Desnudo. Así está él frente a ella. La otra en cambio apenas lo está descubriendo y él puede, con ella, reinventarse; no ser el marido constante, sino el hombre a secas. Es todo un asunto de la fantasía. Él lo tiene claro. Es una fantasía, pero ¿qué sería la vida sin eso? Cuando piensa en sus años por venir, en lo que aún le toca recorrer antes de la muerte, le preocupa lo predecible que le parece todo. Siente que puede imaginarlo de principio a fin: los hijos casándose, los nietos, y él convertido en un abuelo plácido, sentándose quizás como su madre en la mecedora frente a la fuente, tarde tras tarde, a esperar el inevitable desenlace: el corazón que falla, el cuerpo que se agota. ¿Con qué argumentos negarse entonces el deleite del sueño mientras no le haga daño a nadie, mientras Emma no sufra, ni se entere?

—Podés verlo de otra forma —le dice—. Vos supiste lo que era tener un hijo, hacer un ser humano con tu sangre. Yo no. Cada género tiene sus ventajas y desventajas. Yo no tendré calores, pero igual, quizás me quede calvo —ríe—. Mis entradas son cada vez más anchas. Y llegará un momento en que tendré

que tomar Viagra. Andá, ve a ver a Jeanina. ¿Cómo
te sentís?

—Confundida —dice Emma.

Se duermen juntos, abrazados.

Capítulo 22

Margarita vive con su madre en un barrio periférico. Su casa prefabricada es minúscula: dos habitaciones y una pequeña sala-comedor. La cocina es un anafe de dos quemadores sobre una mesa a un lado de la sala. Hay un pequeño refrigerador y un televisor. La madre trabaja de doméstica. Llega a pasar los fines de semana con ella. El resto del tiempo, duerme en la casa de sus patrones. Margarita es su única hija. Busqué marido para tenerte. Sólo para eso, le ha dicho. Y después él se fue. No me importó. Lo que yo quería era que vos nacieras, no estar sola en el mundo. La madre ha trabajado desde jovencita como cocinera. Se esmeró con recetarios. Es una artista de la comida. Y eso los patrones lo pagan bien. Nunca le ha faltado trabajo. Pero Margarita ha tenido madre de fines de semana. Pasó su adolescencia con la abuela, con tías. Pero la madre la mantuvo bien, con buena ropa, buenos zapatos y buen colegio. Margarita se educó en el Calazans, un colegio católico, privado, uno de los mejores. Y después estudió farmacia en la universidad. El amor de su madre es enorme y ella no ha dejado de apreciarlo, ni de sentirlo un solo día de su vida aunque ella no haya estado todo el tiempo a su lado. Con sus ahorros, la madre construyó la casa donde viven. Esperó a que ella se hiciese mujer para que pudiesen vivir juntas. Ahora se va tranquila al trabajo sabiendo que Margarita tiene casa y empleo. La madre espera los nietos que ella le dará, espera que ella se case, que tenga la familia y el hogar que no pudo darle. Ésa sería su felicidad, le dice, saberla casada, bien casada y contenta, con un hombre que la quiera. Ernesto podría haber sido ese hombre, piensa ella. Nunca estuvo segura de lo que sentía por él hasta que sucedió el accidente. Verlo tendido en la calle, desquebrajado, fue el destello que le aclaró la mente. Porque ella coqueteaba con él, le caía bien cuando él llegaba y se reía de su jefe y la hacía cómplice. Le halagaba que le dijera piropos divertidos sobre sus pies como pescaditos, sus pies como aletas de sirena, puras locuras le decía él y ella se reía y se compraba sandalias bonitas pensando en él, pero cuando lo vio tirado en el suelo y pensó que Ernesto podía estar muerto, el alma se le enfrió. No supo imaginar sus tardes sin él, sin el gozo que le producía verlo entrar. Era el brillo que hacía relucir su día, la sonrisa que se llevaba a casa cuando subía al bus e iba apretujada, escuchando las sandeces de los hombres que intentaban seducir a las mujeres o a ella misma con sus frases toscas, de doble sentido, brutales a veces. Ernesto era diferente, educado, gentil. Con él podía hablar de las noticias, la política. Ernesto le daba libros para leer. Ella se había leído los libros de Alejandro Dumas que a él le encantaban. Y él le había contado de sus padres, de sus recuerdos de la revolución; ese tiempo que para ella no existió porque era muy niña. Y le hablaba de la madera. Y a ella le encantaba escuchar cómo se trabajaba la caoba, el guanacaste, el cedro real, la teca; para qué servía el torno, las lijadoras y cómo diferían entre sí los distintos acabados.

Pero después del accidente apareció Emma. Justo cuando ella pensó que era **su** momento para quererlo y dejarse querer, apareció la señora. De poco sirvieron sus esfuerzos entonces por atenderlo. Hasta se quedó a dormir con él los primeros días, durmieron en la misma cama, pero ya la imaginación de él estaba llena de otras visiones. Emma tenía unos pies perfectos. Ella también se fijó en ellos. Los vio cuando ella se acercó descalza a Ernesto recién el accidente. Increíble, piensa, que yo también lo notara. Ridículo pensarlo en aquel momento, pero lo pensó. Como una premonición. Vio a Ernesto mirarla cuando ella se inclinó sobre él y sintió que algo dentro de ella se desplomaba. No lo entendió sino después cuando la señora insistió en acompañarla al hospital día tras día y luego en seguir cuidándolo a él, llevándole almuerzos a la casa, hasta que Ernesto dejó de ser el mismo con ella, empezó a comportarse como un amigo, un hermano, a tratarla con dulzura pero ya sin el brillo en los ojos, sin la picardía que a ella le sonrojaba, le daba cosquillas en la boca del estómago. Más de una vez, Margarita se mordió la lengua para no imprecarlo, gritarle, preguntarle qué estaba haciendo, si no se daba cuenta de que esa mujer era casada, era de otro mundo que nada tenía que ver con el de ellos; una señora fina, rica, con su camioneta blanca, sus manteles, sus cubiertos delicados, sus ensaladas de pollo. Pero Ernesto parecía embrujado. Le decía que no era nada, que eran amigos, pero ella no era ninguna tonta. Inexperta quizás, pero no tonta. Ernesto parecía la Cenicienta encontrándose con el Príncipe. No sólo las mujeres se fascinaban con los cuentos de hadas. Él también había caído como pajarito deslumbrado con los vestidos de lino de ella y sus zapatos caros y sus pies con las uñas rojas, ni un callo, ni una espesura en los talones, de seguro se hacía la pedicura semanalmente. Y claro que era una mujer linda, de cuerpo sólido, piernas y brazos musculosos y la piel suave, sin arrugas. De seguro se haría cirugía plástica y usaría cosméticos carísimos para conservarse así, pero eso no quitaba que ella fuera mayor que él. En los hombres no se veía mal andar con jovencitas, pero no le lucía a las mujeres. ¡Ay, el rencor que se le enredó en el pecho a ella! Y luego apareció el marido en la farmacia buscando información. Ella habría querido decirle cuanto sabía, pero le dio miedo que Ernesto no se lo perdonara, y mintió y se hizo la tonta, y el hombre le inspiró cierto pesar. Tan buena persona el doctor, tan caballeroso y tan suave; un hombre serio, estudioso, constante. Poco a poco él se la ganó. Y ella le platicó, claro. Fue como encontrar un paño de lágrimas porque él pareció interesarse por su vida, por lo que ella hacía. ¿Venganza? Quizás también hubo un poco de eso al principio. ¿Por qué no coquetearle ella al hombre de Emma, si ella coqueteaba con Ernesto? El problema es que ahora Margarita ya no sabe para dónde va todo el asunto. Después de verlo aparecerse día tras día en la farmacia, ella empezó a dudar que fuera cierto lo del estudio sobre el uso de los antibióticos. Le dio ternura que inventara excusas. El cariño la invadió. Una cosa llevó a otra y ahora eran prácticamente novios, hacían el amor en caminos oscuros, la palanca de cambios se le enterraba en las costillas, hasta moretones le había causado. Él la miraba como si fuera una diosa griega. Nunca ningún hombre la miró con esa fascinación. No se explica ella qué le ve, pero verse en sus ojos le gusta, la hace sentirse importante. Él la ha llevado a explorar. Han visto anochecer a la orilla del lago, en un restaurante desde donde se ve el Momotombo y el Momotombito muy cerca, casi se les podía sobar el lomo a los volcanes como si fueran dinosaurios. A ella le gustan sus manos cálidas y grandes. Las imagina operando, curando, o hurgándola por dentro. Él tiene una manera pausada de hablar y de explicar. Le ha contado la historia de los primeros Nicaraguas, Gil González, el terremoto que destruyó León Viejo, la primera ciudad fundada por los españoles. Es un personaje el doctor, como si de otra época. ¡Quién lo hubiera dicho! Nunca se lo figuró. Hasta besa bien. Le halaga sentir que puede despertar en un hombre esa pasión. Le ha dicho que se está enamorando de ella. Todavía no puede creerlo. ¿Enamorarse de ella cuando tiene una esposa como Emma? Pero así es la vida, piensa Margarita, un misterio. Y sonríe.

Capítulo 23

El episodio de taquicardia paroxística en que sintió el corazón atolondrado perder el paso ha tenido un curioso efecto en Emma. Aunque no vio, como quienes escapan de morir, el túnel de luz y las siluetas alargadas y grises de ángeles o demonios al otro lado, experimentar la sensación del equilibrista que cae al precipicio desde la cuerda floja, la empuja a aferrarse al asidero de la vida zambulléndose en ella. El taller de Ernesto se torna en el templo donde decide adorar la piel, el olfato, el gusto, los cinco sentidos a través de los cuales puede cerciorarse de estar viva. Él, que también celebra haber salido a flote ileso del averno de sus quebraduras, se suma al desenfreno de ella, hedonista y curioso ante el espectáculo de esta tropical Reina de Saba que como sigilosa conspiradora hace presencia en su día, tras un breve intercambio de mensajes cifrados en el celular. Impúdica y feliz, ella aparece usualmente temprano en las mañanas, a meterse en la cama con él y alegrar con sus maullidos y sensuales quejidos el aserrín de su cotidianeidad. Retándose el uno al otro como atletas olímpicos de un deporte antiguo, han ensayado posturas y travesuras hasta saciarse y conocer la cartografía exacta de sus deleites o aversiones. Han hecho el amor en el suelo, en la cama, sobre la mesa de trabajo. Él ha jugado que la labra como un mueble, que la cepilla, que la lija o la somete al torno. La ha barnizado con miel, la ha sujetado como un ladrón enamorado sin remedio de su víctima. Ella ha recordado sus sueños y jugado a la doctora, escudriñándolo, sometiéndole a intrincados exámenes, radiografías imaginarias, curas de leche, maliciosos ejercicios para medir la amplitud de onda de su corazón y la velocidad de transmisión de sus estímulos nerviosos. El arrojo de ella, su desenfreno, son una energía cuyos voltios chisporrotean en el aire de la carpintería mucho tiempo después de que ella se marcha de regreso a su charada de esposa laboriosa y dedicada a su oficio de aceitar los engranajes de su vida familiar. Contagiado por el vigor de una feminidad que el tiempo ha afinado como un instrumento magnífico, Ernesto hace que la madera se exprese en curvas y jaspes y su trabajo de ebanista le labra en esos días los elogios admirados de sus clientes más exigentes. El frenesí amoroso le hace sentir que su cuerpo es un toro de lidia aserrando y martillando. Ella por su parte siente la pasión de él como un elixir que la libera de dudas y la hace andar por el día más alta y hermosa. Y mientras tanto, la vida fuera del taller sigue dando tenaz sus vueltas.

Un observador ajeno a la rutina del matrimonio de Fernando y Emma, no habría notado mayores cambios en la manera en que los días se repetían en el hogar de ambos. Los esposos, sin embargo, aun cuando siguieran los ritos acostumbrados mañana y tarde, percibían, quizás como los sismólogos perciben el suave deslizamiento de las placas geológicas, una fricción diferente entre ellos. Hacía apenas unos meses la vida sexual de ambos había tenido un súbito ascenso. Los orgasmos inmediatos de Emma, el intento de Fernando de ser más aventurero en correspondencia con la disposición de la esposa, había estallado en el cielo como una roseta de fuegos artificiales que tras iluminar la noche se disemina y deja más negra, si cabe, la oscuridad. Emma ya no necesita al esposo para realizar sus fantasías y él no es de los que puedan hacerlo simplemente cerrando los ojos y usando la imaginación. Margarita le ocupa el pensamiento y en las noches más bien evade a Emma para poder, a solas, hundido en sus cobijas, pensar en dónde esconderse con ella y qué hacer con esos ímpetus desaforados que no atina a controlar. El matrimonio intercambia el beso leve de buenas noches de viejos amigos y luego cada quien se atrinchera en su lado de la cama y viaja al mundo secreto e individual de sus propias consideraciones. La briosa energía que sus ensueños les prodigan disminuyen el alto y ancho del espacio que cada uno ocupa frente al otro. Cargados de distintas polaridades, se rechazan como campos magnéticos de signos opuestos. En las comparaciones, ninguno sale bien parado. Fernando, sus manías, su manera que ella llama de «no verla», su conversación que gira siempre de los pacientes a sus hijos al mantenimiento de la casa, no pueden compararse con la vibrante actitud de Ernesto, su sentido del humor y esa forma de mirarla y encontrarla original, seductora, capaz de tomarse cualquier riesgo para beberse la vida hasta el fondo. Por su parte, Fernando no puede sentirse satisfecho con la mirada opaca de Emma cuando él le cuenta —como lo ha hecho día tras día durante veintiséis años— sus historias de pacientes díscolos, de enfermedades rebeldes o los chismes de las enfermeras y médicos del hospital. El marido la mira afanarse en las mañanas con su maquillaje, sus abluciones, calcula el tiempo que dedica a su piel o su ropa y piensa en el estilo natural de Margarita que no parece desear otra cosa que ser quien es y que tiene un asombro exquisito para escucharlo, y una modestia en su manera de ser que a él le parece más acorde con su idea de cómo debían ser las relaciones entre un hombre y una mujer.

La costumbre de sus vidas, sin embargo, interrumpida por una quietud inusual, dispara en ellos un alerta; no el sonido de una sirena pero sí la percepción de un silencio diferente.

—¿Estás bien? —pregunta Fernando, una mañana cuando ella, desnuda, al salir del baño le pasa al lado indiferente en dirección a su mesa de tocador.

—¡Claro que sí! Estoy preocupada por Leonardo. Hace días no llama.

—Está en Matagalpa, tierra adentro, haciendo casas. Seguro no hay señal por allí. No te preocupés. Las malas noticias viajan rápido.

—Y Elena, Fernando, ¿cuándo irá a encontrar novio? No entiendo estos muchachos de ahora. El otro día fui a un shower para Julia. Se va a casar en un mes. Es su mejor amiga, pero Elena no fue. Tendría que haber hecho el esfuerzo. Me sentí mal. Pero Julia me dijo que la llamó para decirle que estaba en la zona del río Coco y no podía salir de allí por las lluvias. Vos has andado muy callado últimamente. ¿Está todo bien en el hospital?

—Me aburren los mismos pleitos. Tenemos un director novato que ha hecho cambios absurdos, pero como el padre es socio del hospital y dueño del único laboratorio que produce medicinas baratas en Nicaragua, nadie quiere pelearse con él. Voy a tener que hacerlo yo, pero tengo que pensarlo bien. No quiero arriesgarme a ponerme en su mira y tener que pagar las consecuencias por todos. ¿Cuándo vas a ir donde Jeanina a que te dé las hormonas? La taquicardia tiende a repetirse, ¿sabés?

—Ya hice cita para la próxima semana, pero me siento muy bien. Yo creo que estaba muy tensa, pero ya pasó.

Se enfrascan en una discusión sobre hormonas. Emma no quiere hablar de su menopausia. Se ha olvidado de ella. Eso quiere pensar. Quiere pensar que mientras ella la ignore, no sucederá.

—¿No has vuelto a tener la regla?

Emma mira a Fernando con curiosidad. ¿Podrá ser tan distraído?

—¿No será que te mudaste de planeta y te fuiste a la luna?

—¿Qué querés decir?

—Que no, Fernando. No me volvió más la regla. La última vez fue hace como tres o cuatro meses. Ya no recuerdo.

—¿Y los calores?

—Mejor.

—¿Cómo así?

—Leche de soja, galletas de soja, té verde.

—¿De veras te ha funcionado eso?

—No cien por ciento. Por eso hice cita con Jeanina.

—Bueno, me voy.

—Que te vaya bien.

Fernando se marcha y Emma se queda mirándose sin verse en el espejo. No quiere ser injusta pero se pregunta quién habrá inventado el matrimonio. Lo que le pasa a ella no es porque sea perversa o inmoral, se dice. ¿Cómo puede culparse por atrapar ese fragmento de alegría que revolotea alrededor de ella? Ella ha sido una mujer fiel, dedicada a su marido, a los hijos. Su único egoísmo ha sido preocuparse por verse bien, por continuar siendo atractiva. Le gusta llamar la atención, pero ha sido un placer inocente, hasta podría decirse que una obligación, no sólo con ella misma, sino con su idea de la feminidad, una idea quizás anticuada, quizás martillada en exceso por su madre, pero una idea que, al fin y al cabo, ella asume con gusto. Te ves linda después de hacer el amor, le ha dicho Ernesto. Me encanta cuando te desordenás. Desde que te vi la primera vez creo que me dieron ganas de desordenarte. Emma sonríe recordándolo. Se pone un poco de polvo, se pinta los labios. El pelo le ha crecido algunas pulgadas. Se viste con su ropa de ejercicios, mete una muda en la bolsa que lleva al gimnasio. Así sale todas las mañanas. La diferencia es que no va directo a hacer ejercicios, primero va a verlo a Ernesto.

—Doña Emma, va a dejar los huesos en ese gimnasio —le advierte Nora, mientras le da el desayuno—. ¿Por qué ahora se le ha metido ir todos los días?

—Lo que no se usa se atrofia, Nora. Me da miedo que si no me muevo ahora, ya no podré hacerlo más adelante. Me hace sentirme bien.

Una vez a la semana, después de la rutina de ejercicios, ella y Diana almuerzan juntas. Siempre van al mismo restaurante en las afueras de la ciudad. Es bucólico, amplio y rodeado de plantas florecidas rojo intenso. Allí no hay mesas tan juntas una de la otra que les tienten a oír la conversación ajena mientras fingen seguir la propia. El alto techo de ladrillos, rústico y acogedor, protege las confidencias.

Diana ha estado viviendo vicariamente la aventura de Emma. No deja de producirle envidia benévola oírla contar los detalles de su transgresión, pero el entusiasmo de ella también le da vértigo. Han sido amigas tanto tiempo y siempre ha sido ella la que ha tenido las historias más jugosas. Ha sido ella la que ha recorrido mundo y sostenido relaciones pasionales que, desafortunadamente, han tenido la textura de pompas de jabón bellas, iridiscentes y efímeras. Ahora es Emma la que llega arrebolada, exudando el aura luminosa de la flor que se siente mirada. Diana se pregunta qué pasará cuando caiga el telón, cuando la intimidad demande más de lo que Emma o Ernesto sean capaces de brindarse el uno al otro.

—¿Sabés lo que me pidió? —dice Emma inclinándose sobre la copa de vino blanco, con una sonrisa traviesa—: Que no me bañe antes de llegar a su casa. Dice que quiere olerme como si hubiera dormido toda la noche a su lado.

—Y un día de éstos te pide que te quedés a dormir. ¿Qué vas a hacer cuando pase eso?

—Esperar a que Fernando se vaya a otro congreso. Va a dos o tres en el año. Sólo Nora se enteraría y a ella puedo decirle que dormiré en tu casa.

—¿Quién me iba a decir que oiría estas cosas de vos? No te niego que estoy un poco asustada con todo este asunto. Pensé que duraría unas dos semanas, pero ya van varios meses. Te vas a enviciar y luego no sabrás cómo terminarlo.

—No seas aguafiestas, Diana. Cuando se acabe, ya me podré morir. Pienso que ésta es una buena despedida.

—¿No sentís ni un poquito de culpa?

—Cuando regresé a casa la primera vez y estaban los muchachos me dio no sé qué. Pero a mis hijos nunca les fallé. Ahora ya son mayores, son buenas personas. Por ellos ya muy poco puedo hacer. Culpa no tengo, no. A veces me da cierta vergüenza cuando te cuento cosas a vos. Me doy cuenta de que estoy actuando como si el tiempo no importara.

Diana calla un momento. Se queda mirando las flores.

—Mi abuelo murió a los 96 años pero se comportó siempre como un inmortal —dice por fin—.

Por eso vivió tanto tiempo, estoy segura. No hizo ni planificó su vida pensando en que moriría. Plantó árboles que jamás vería con el entusiasmo de quien espera verlos florecer y dar fruto. Siempre admiré eso en él.

—Yo siento que lo de la regla, lo de la menopausia, me tocó. Fue como si me sonara una alarma por dentro. Los hombres no tienen ese reloj de alarma que nos suena a nosotras. Pero yo lo oí alto y fuerte. Y tan pronto, en ese momento, literalmente, se me cruza Ernesto en el camino —ríe—, ¡Fue una señal! Como si la vida me dijera: Calma, que todavía estás por vivir muchas cosas.

—La vida te sirvió carne fresquita —sonríe con malicia Diana.

—Sí. No hay duda. Y tal vez eso es lo único complicado. O lo que me hará conservar la distancia. Si me la hubiese servido término medio, ¡seguro que yo ya estaría haciendo planes, me conozco! Con Ernesto no tengo ningún plan. Lo voy a vivir día a día. Hasta donde llegue.

—¿Cómo van los fogonazos?

—Van y vienen. Y cuando vienen y estoy con Ernesto, él me sopla —ríe—. Le dije, ¿sabés? No voy a estar fingiendo que no me pasa nada.

—Y ¿qué te dijo?

—Que menos mal no tenía que preocuparse de que saliera embarazada. No pareció importarle en lo más mínimo. Se le hizo una excelente excusa para quitarme la ropa. Le conté que era un asunto de vestirse en capas, como una cebolla. Ahora se ríe y me llama «Cebollita», No sé por qué te lo cuento. Me siento como una quinceañera —ríe— pero es que es un hombre muy tierno.

Diana sonríe. Le da palmaditas en la mano.

—¡Ah, si se pudieran fotocopiar los hombres tiernos, haríamos un gran negocio! Entiendo que si tomás las hormonas dejarás de sudar. Te confieso que tengo mucha curiosidad por ver si es verdad.

—Voy donde Jeanina la próxima semana. Las sacan de yeguas preñadas, ¿sabías?

—Y los bistecs de animales muertos. *C'est la vie*, mi amiga.

Capítulo 24

A la semana siguiente, con la receta de hormonas en la bolsa, Emma sale del despacho de la Dra. Piñeiro. Jeanina le ha explicado los riesgos y ella aún no está convencida de que sea la mejor alternativa, pero prefiere vivir bien esos años a apostar por la longevidad. Se dice que descartar los avances que curan o mejoran la calidad de la vida es negar los beneficios de la civilización. ¿Quién se abstendría de tomar de la fuente de la eterna juventud? Las hormonas inducen al organismo a pensar que aún debe mantener funciones necesarias para la reproducción: huesos sin osteoporosis, el corazón sano. Pero las células engañadas también podían entender mal las señales y empezar a crecer desmesuradamente, convertirse en tumores, en cáncer. Jeanina está convencida de que los beneficios sobrepasan los riesgos y Emma que, valientemente, ha enfrentado los calores ya no quiere seguirlos soportando. Por mucho que Ernesto minimice el asunto, o que Fernando los acepte con indiferencia bizantina, es ella la que está harta de los fuegos fatuos que la hacen arder sin luz y descomponerse. Además quiere estar protegida contra resequedades, quiere que su libido siga incitándola al desparpajo. Nunca en su juventud sintió el vigor y alegría, la sensualidad con que en estos tiempos se desplaza por el mundo. La plenitud que experimenta en alma y cuerpo la protegerá, piensa. Eran las frustraciones y tristezas las que enfermaban. Desafiaría la amenaza biológica de los cronómetros de una especie que apenas empezaba a percatarse que las creaciones y descubrimientos de la modernidad duplicarían su esperanza de vida. Enciende el motor. Son casi las dos de la tarde. No suele ir donde Ernesto a esas horas, pero Jeanina tiene la virtud de recargarle la seguridad en sí misma con sus inflamados discursos celebrando lo femenino. La sensación de poder la pone eufórica y la euforia la hace desear al amante. Mientras conduce recuerda el pequeño tocadiscos naranja que tenía cuando era niña. Le gustaba jugar a cambiar las RPM de los discos; escuchar los de 45 en la velocidad más lenta de 38 RPM. Se distorsionaba la música, la voz sonaba espectral. Ella se reía. Se reían las amigas que llegaban a jugar a su casa. Los long-play de 38, sonaban absurdamente cómicos en 45. Se le antoja una metáfora. Así como cada melodía tenía su velocidad, cada época de la vida tenía la suya. Ella ya no era un acetato con una sola canción; era mucha música la que había acumulado y tanta música debía tocarse a su propia velocidad. Estuvo tentada de hablarle a Jeanina sobre Ernesto, pero se contuvo.

Mira el cielo, las nubes impecablemente blancas sobre el azul intenso. Terminaba el invierno y los vientos alisios empezaban a soplar, florecían los árboles amarillos que bordeaban la carretera. Por días no he mirado el paisaje, se recrimina, pensando tanto en la vida uno se pierde de vivirla. Se mira en el espejo. Ese día no ha puesto ningún esmero en su apariencia. No le importa. Algún día uno debe empezar a valer por simplemente ser, maquillaje o no.

Estaciona el coche. Le llama la atención ver abierta la puerta de entrada del taller. Entra y no ve a Ernesto. Se asoma en la habitación. Mefistófeles está echado sobre la cama. Maúlla cuando la ve sin moverse de sitio. En el área de trabajo hay señales de actividad. Gruesos trozos de madera virgen y cuartones están apilados en el suelo y las virutas bajo la mesa de trabajo dan testimonio de que Ernesto no ha estado desocupado. Emma se acerca curiosa. Sobre la mesa ve el metro amarillo, el cartabón y el gramil, instrumentos que Ernesto le mostró diciéndole que eran su manera de darle «rectitud» a la madera. La pieza que tiene en la prensa, sin embargo, está siendo trabajada con un cepillo curvado. Emma se pregunta si será el inicio de un respaldar de silla. Aspira mientras pasa la mano por la superficie todavía áspera. El olor a madera es fragante e intenso. Primitivo. Le gusta. Cierra los ojos para sumirse en el encanto esencial de estar allí, un sitio tan masculino. Huele a hombre, a sudor, a pegamento, estar allí es como tocar un arte antiguo, el esfuerzo de domar la naturaleza. En el principio era un árbol, musita. Evoca cuando hicieron el amor sobre la mesa de trabajo, esa mesa tosca, fuerte, que Ernesto le dijo era la base de cualquier taller de carpintería. Él mismo había cortado el pino en un pinar de las Segovias y lo había secado y curado con veneno para comején antes de aserrarlo para construir aquella mesa.

—¡Emma!

No lo ha sentido llegar y se asusta, pero allí está él acercándose a paso rápido.

—Gracias a Dios que viniste —dice él, pero su tono no es solamente de bienvenida porque se le ha acercado, le ha dado un rápido beso y del brazo la lleva caminando hacia la puerta mientras le explica que su vecina, Doña Beatriz, está muy mal y quiere que lo acompañe a verla.

—¿Qué es? ¿Qué le pasa? —pregunta Emma, obedeciéndole, contagiada por la urgencia del paso de él, la tensión que transmite, el modo imperativo, angustiado, con que la conduce hacia la acera.

—No sé. Está ardiendo en calentura y temblando toda. Vos estudiaste medicina. Podés decirnos qué se hace.

—Te dije que estudié sólo tres años. Ya no me acuerdo de nada —protesta Emma.

Han llegado a la puerta entreabierta de la casa contigua, una puerta roída, la pintura verde tierno deslavada.

—La pobre está sola con la nieta que cuida cuando la hija se va al trabajo.

Ernesto empuja y Emma resiste el asombro, el filo con que sus pupilas registran el interior de la casa pobrísima. La niña pulcra, sin embargo —tendrá seis años— con el pelo peinado en colitas, vestida de amarillo con sandalias de hule, está sentada en una silla plástica al lado del camastro donde yace la abuela en la única habitación de la casa. Emma camina despacio tras Ernesto. Se asoma a la cama. Huele a eucalipto, a VapoRub, a ropa vieja y frijoles. Doña Beatriz tiene un pañuelo rojo con arabescos amarillos amarrado como cintillo a la cabeza. Se queja y castañetea fuertemente los dientes. Se retuerce en la cama, doblada sobre el estómago. Emma ve la mata de pelo negro. No hay ventanas y la penumbra apenas le permite dilucidar la silueta rolliza, tapada con una sábana celeste. La enferma abre los ojos, mira a Ernesto.

—La colcha, hijo, ¿me trajiste la colcha? Tengo un frío espantoso.

—¡La colcha! —exclama Ernesto, y sale corriendo.

Emma se acerca a la cama. No sabe qué decir y dice buenas tardes, Doña Beatriz y le pone una mano en la frente. Calcula que tiene fiebre de más de cuarenta grados centígrados.

—¿Es doctora usted? No sabía —dice Doña Beatriz, entre dientes. Apenas puede hablar por el temblor que la sacude.

—Estudié medicina, un poquito, hace años —dice Emma. La niña la mira y sonríe. ¿Cómo te llamás? le pregunta Emma. Alicia dice la niña. Alichia Maradiaga. Muchu gusto —en su media lengua infantil.

—Dale lugar a la doctora, m'ija, dale lugar.

La niña se desliza de la silla. Emma se sienta al lado de la enferma que la ha llamado doctora. Emma se pregunta si habrá una luz en el cuarto y cuándo llegará Ernesto. Decide encarnar la doctora que no es, tan sólo para tranquilizar a Doña Beatriz y enterarse de lo esencial. Le hace preguntas, mientras le pasa la mano por el brazo tapado por la sábana, un gesto instintivo, maternal. La enferma cuenta que desde temprano se sintió mal, con escalofríos y el cuerpo quebrado, hasta había vomitado una vez. No quiso decirle nada a la hija cuando le dejó a la niña porque no quería que se retrasara y llegara tarde al trabajo. Doña Beatriz jadea, tiene la voz entrecortada. Ya como a mediodía no pudo más con el dolor de cuerpo y de cabeza. Se acostó y entonces sintió el frío ése que la tenía hecha un trapo.

Ernesto regresa con la colcha. La echa encima de la mujer.

—Lo primero es bajarle la fiebre —dice Emma—. Necesito un tazón con agua y una toalla para ponerle compresas en la frente.

Ernesto sale a buscarlas. Regresa con un cuenco azul plástico de borde irregular y una toalla demasiado grande que en su tiempo tendría colores vivos. Fue lo que encontró, le dice.

—Tendrías que ir a pedirle un antipirético a Margarita a la farmacia. Panadol, Motrin, Ibuprofeno, o mejor Tylenol. Que no sea aspirina. Este temblor me preocupa. Podría ser dengue o malaria, pero urge que le bajemos la fiebre. Que te dé un termómetro también. Yo le paso pagando más tarde.

Emma moja la toalla. La exprime. La pone en la frente de la enferma una y otra vez. Hace calor en la habitación. Hay una soga cruzada en una esquina de donde cuelgan algunos vestidos. En el suelo hay zapatos y desechos apilados de ropa.

—¿A qué se dedica, Doña Beatriz?

—Vendo ropa usada, m'ija. Viene en sacas de Estados Unidos. Los domingos voy al mercado y lo llevo a las vendedoras ambulantes. ¿Qué será esta calentura? Casi nunca me enfermo, ¿sabe?

—Vamos a averiguar. No se ponga nerviosa.

Ernesto regresa con las pastillas y un termómetro. Se lo ponen a la señora en la boca. La fiebre es muy alta, 43°.

—Quizás es viral, pero también podría ser malaria —susurra Emma a Ernesto.

Ernesto toma un taburete y se sienta. Emma mira su reloj. No queda más que esperar el efecto de los antipiréticos. Corre poco aire. ¿Por qué no abrís alguna ventana? —le dice a Ernesto. Cada detalle de la habitación es dilapidado. La pintura de las paredes descascarada, las esquinas con el polvo acumulado. Pobre gente. Piensa con culpa en la sala de su hogar, más grande que toda esa casa. Más limpia sin duda. Tendrían que empezar por sacar todo y lavar los pisos, las paredes. La higiene esencial protegería de las enfermedades. Se levanta, pregunta si hay patio. La niña le muestra un pequeño cuadrado detrás de la casa con unas cuantas maceteras, el lavadero, unos alambres de colgar ropa, un balde con agua, criadero de zancudos, sin duda, piensa Emma. Pasa un buen rato antes de que ceda la temperatura, pero al fin Doña Beatriz va lentamente apaciguándose y empieza a sudar, a quitarse las colchas, las cobijas. Emma recuerda que la ha visto alguna vez en el taller.

—¿Cómo se va sintiendo, Doña Beatriz?

—Acalorada. Mareada, pero menos mal me pasó la tembladera, el frío.

—Le estaba subiendo la fiebre —dice Emma—.

Me gustaría llevarla al Centro de Salud a que le saquen sangre y ver si tiene malaria. Descanse un poco. Vamos a darle agua. Cuando se sienta mejorcita, la llevo en mi carro.

—Tal vez es dengue —dice la señora—, siempre se desata el dengue por aquí, pero a mí nunca me había dado.

—Le llegó su sábado —bromea Ernesto.

—Menos mal que apareciste con la doctorcita —sonríe la señora—. No sabía yo que era doctora pero la recuerdo del día del accidente y sé que te ha cuidado muy bien —sonríe mirándolos, una chispa traviesa en los ojos.

—Me cuidó a mí y ahora a usted ¿se fija? Esta doña es de oro. Buena gente de verdad. Ya se lo he dicho varias veces.

—No soy doctora, Doña Beatriz. Gracias por la confianza, pero sólo estudié medicina unos años antes de que nacieran mis hijos, hace ya tiempo.

—Para mí eso cuenta —dice Doña Beatriz, que, un poco repuesta, se sienta en la cama y se abanica con un periódico—. Si a nosotros los pobres con costo nos atiende una enfermera. Lástima no terminó de estudiar, m'ija. Tiene pinta de doctora.

—Siempre leo cosas y mi marido es médico —dice Emma, sonriendo—. ¿Qué le parece si Ernesto la ayuda y vamos al Centro de Salud?

Doña Beatriz se cubre los hombros con una toalla, hace que la niña le saque las chinelas de debajo de la cama, se pasa las manos por el pelo. Ernesto la ayuda a ponerse de pie mientras Emma sale a buscar el coche.

El Centro de Salud es un galerón naranja con puertas y bordes amarillos, tras una reja verde con un guardia mal encarado que al ver a Emma se torna amistoso y los deja pasar sin hacer muchas preguntas. Hay mucha gente y a juzgar por el caos de personas yendo y viniendo, mala organización. A la gente la atienden a través de unas ventanas, funcionarios abúlicos y lentos. Hay un largo corredor frente a un patio con una sola palmera al centro y un césped mustio por falta de agua y atención. Frente a las ventanillas hay bancos de madera, donde los pacientes esperan que los llamen. Emma imagina con aprehensión cuánta angustia pasan quienes no cuentan con otra alternativa que asistir allí para tratarse sus dolencias; hay un abismo entre ese lugar y el consultorio que ella visitó esa mañana con aire acondicionado y revistas en la sala de espera. Busca en los rótulos la señal para el laboratorio. Lo encuentra al final del pasillo. Mientras camina frente a los bancos con Ernesto, Doña Beatriz y la niña, siente las miradas envolverla de pies a cabeza. Ella desentona como si llegara de otro planeta. Sabe que su porte y aspecto, sin embargo, serán una ventaja. Corta la fila y se planta frente al empleado del laboratorio. Decide seguir en su papel de doctora. Soy la doctora Emma Puente. Tengo una paciente que requiere un examen de dengue y malaria de inmediato. Es una paciente de la tercera edad, con fiebres convulsas, que no puede esperar —dice con autoridad—. Lo siento, explica dirigiéndose a los de la fila. Es una emergencia. En menos de diez minutos está con Ernesto y la señora dentro del laboratorio. Es el reino de la improvisación. Aunque está más limpio, sólo hay un mueble de madera con material médico: algodón, alcohol, jeringas descartables, probetas, vasos de plástico; una silla y una muchacha displicente vestida de blanco, que toma la muestra haciendo alarde de parsimonia. Al fondo de la habitación, Emma observa el microscopio y otro muchacho joven que analiza una muestra. Ella conoce lo suficiente para saber que ese tipo de pruebas no requiere mayor equipo. Cualquier microscopio de laboratorio puede detectar el plasmodio vivax, el tipo de parásito de la malaria que se encuentra en Nicaragua. En la clase de enfermedades infecciosas, una de sus preferidas, se estudiaba la malaria que era en ese entonces una enfermedad endémica en Centroamérica. La revolución había logrado controlarla con una campaña masiva, pero tras varios años de desatención al problema, otros focos activos se habían presentado y los casos de malaria volvían a ser noticia. Con la autoridad de que la investiera Doña Beatriz, llamándola doctora,

Emma se aproxima al chico que pone la muestra bajo el microscopio. Se asoma él, luego ella. Lo reconoce de inmediato.

—Plasmodio vivax. No hay duda. ¿Tendrán Aralen en el dispensario? —pregunta.

—Se nos terminó ayer.

—O sea que han tenido varios casos.

—Como diez en los últimos días.

—Diez es una epidemia. ¿Ya avisaron al Ministerio de Salud?

—Eso no nos toca a nosotros. Tiene que preguntarle al jefe.

—Y ¿dónde está?

—Anda en una reunión —interviene el chico del microscopio—. Regresa mañana.

—¿Ustedes se dan cuenta de que esto es serio? —pregunta Emma—. Háganme el favor de asegurarse de informarle. Déjenle una nota en el escritorio. ¡Por Dios! Esto se puede propagar como fuego si no se hace algo lo más pronto posible.

La chica y el chico se miran y sonríen con ironía.

—No les importa, doctora. No les importa —dice el muchacho. Tal vez si usted les dice hagan algo. A nosotros nos oyen como oír llover.

Capítulo 25

Emma deja a Ernesto con Doña Beatriz y se dirige a pie a la farmacia. Está exaltada. La escena en el centro de salud, el impacto de la casa misérrima la han dejado consternada. ¿En qué mundo vive? Ella que es, que podría ser médico, se pasa la vida ajena a todo aquello. Pero es ilusa, piensa, una golondrina no hace verano. Era lo peor de todo; la sensación de impotencia, la culpa sin ningún paliativo. Se nacía bien o mal. Absurda la vida, realmente. Quiere hacer algo. No sabe qué. Al cruzar la calle se siente súbitamente atacada por un fogonazo. Se le enciende la hoguera en el pecho y el calor se le esparce desde allí a la cara, los brazos, el cuello. Empieza a sudar a mares. Busca pañuelos desechables, el abanico en el bolso. No encuentra ni una cosa, ni la otra. Las olvidó. Menos mal que la receta de Jeanina está en el compartimiento con el zíper. Siente el sudor en la espalda, las gotas corriéndole. Apresura el paso. Ve por fin el mostrador iluminado, las cajitas de medicinas ordenadas en los anaqueles. La farmacia queda a un nivel más alto que la acera. Hay que subir dos escalones para entrar. Pero no quiere encontrarse con Margarita mientras está sudando, sofocada. Dará la vuelta a la manzana, esperará que le pase. Camina hasta la esquina. El sudor moja su blusa blanca de algodón. Su cuerpo es un tizón, un carbón. Le cuesta creer que todas las mujeres del mundo pasen por esto sin rebelarse, tan quietecitas y sin aspavientos. Ella no recuerda haber sido testigo de algún ataque de éstos en amigas mayores que ella o amigas de su madre. ¿Cómo harían para esconderlo?, se pregunta.

Son casi las cinco de la tarde. La luz dorada del crespúsculo crea un espectáculo sobre el cerro Motastepe, que se ve desde allí; una procesión de nubes púrpura y rosa desfila por el horizonte. Pasan por su mente fragmentos de la conversación que sostuvo con Jeanina, lo bien que se sintió esa tarde encarnando a la doctora que pudo haber sido, ejerciendo un poder más allá de ciclos menstruales, calores o apariencias. Reniega de la noción de estarse descubriendo justo cuando empiezan a aparecer en su organismo las señales que anuncian que el tiempo, tarde o temprano, le dará alcance, que vencerá su rebelión, su intelecto. Camina más despacio. La ola de calor empieza a ceder. Piensa en Doña Beatriz que espera que ella llegue con las medicinas. Sentarse a su lado, tocarle la frente, mirarla sacudirse con los escalofríos de la fiebre bastó para que aflorara su postergada vocación de intervenir, de sanar. La memoria de la pasión que significó para ella el estudio de la medicina emerge con nostalgia dejándole un sabor a desperdicio. ¡Qué extraño! Por años, la fuerza del llamado hipocrático dormitó en su interior, no despertó ni con las enfermedades de los hijos. ¿Sería la cercanía de Fernando el freno que difería su impulso y le concedía sólo a él la autoridad de ser «el médico»? Cuando Doña Beatriz la llamó doctora algo dentro de ella se deslizó para calzar en la muesca eternamente fuera de lugar dentro de sí misma. El rompecabezas de deseos e intenciones de su vida encontró el sitio para todas sus piezas. La eficacia de su cerebro al registrar los síntomas, analizarlos, generar hipótesis, le produjo un placer trascendente, una suerte de iluminación, un puro gozo. ¡Qué error el suyo de interrumpir sus estudios para casarse con Fernando! Cuando se es joven no se piensa en el tiempo, en que los hijos crecerán, se irán y se abrirá el vacío. Repasa el centro de salud con la colección de rostros desnutridos, desamparados, abatidos. Esa lucha por la sobrevivencia cotidiana se lleva a cabo, cruel y desalmada, mientras ella, su familia, su marido, se dan el lujo de mantenerse en la ignorancia e imaginar que el mundo es tan amable como el que ellos habitan. La pobreza, piensa, ¿cuándo lograría el mundo terminar con ella? Las personas de su clase, ella misma o Fernando optaban por la indiferencia. Se convencían que no eran ni responsables del problema, ni parte de la solución. Ella no sabría decir el porqué de ese esquema mental, pero no era maldad o indolencia, era más bien la incapacidad de tolerar los fracasos, de no admitir que resultados parciales, pequeños, eran preferibles a ningún resultado. Como si a falta de la varita mágica que terminara la miseria de un tajo no valiese la pena intentarlo. Se ponían esos parches que su hija Elena menospreciaba. Pero que eran preferibles a la apatía, la peor de todas las actitudes a su juicio. Esa tarde, ella había hecho algo por Doña Beatriz. Un parche ciertamente, pero si como pensaba, se cernía sobre el barrio el riesgo de una epidemia, podría alertar a las autoridades para que tomaran cartas en el asunto. El parche podría convertirse en venda, en cobija. Eso de las «grandes» soluciones era el producto romántico de la era de las revoluciones que, a fin de cuentas, no tuvieron más que admitir que a lo más que habían llegado era a poner parches, parches por los cuales tantos pagaron un altísimo precio. Camina despacio, tomándose el tiempo. El calor ha pasado. Emma da vuelta a la última esquina. Del extremo alto de la calle atina a ver una figura conocida salir de un coche junto a la acera de la farmacia. Duda un instante pero reconoce sin equivocación el vehículo de Fernando. ¿Qué hará estacionado allí? La coincidencia le sorprende. Va a aligerar el paso diciéndose que él podrá ayudarle con la posología del Aralen, cuando se detiene de sopetón y se oculta en la saliente de una casa. Fernando ha salido con Margarita de la farmacia, abre galante la puerta del pasajero para que ella suba. Ambos sonríen con mutua complicidad. Luego él entra al coche, toma su sitio al volante y arranca sin percatarse de que su mujer lo ha visto, de que, con la mano sobre la boca, Emma trata de contener el asombro de lo que acaba de presenciar.

Capítulo 26

¿Qué hace una persona cuando ve algo inverosímil? Derrotada por la evidencia, la incredulidad se resiste, insiste en el *no puede ser,* hasta que la imagen fresca en la retina lentamente hunde su ancla en la conciencia y se sumerge descendiendo a lo profundo, arrastrando a su paso la superficie del mar donde el barco sobre el que uno creía navegar naufraga en silencio. El paisaje conocido en el que el sitio propio y el de todos los personajes principales se asienta, sufre un retumbante cataclismo: Fernando deja de ser Fernando, el marido predecible y se convierte en el enigma, la Esfinge con patas de león, un monstruo irreconocible. ¿Habrá acaso una explicación distinta? se pregunta Emma, ¿estaré acaso haciendo deducciones falsas, proyectándome? Ha seguido andando despacio, acercándose a la farmacia donde Don Julio empieza a apagar las luces. El Aralen, se dice Emma. Tengo que comprar el Aralen para Doña Beatriz, regresar donde Ernesto. Hablaré con él. Él tiene que saber algo. Él me lo podrá explicar. Está agitada. El pensamiento desordenado salta sobre un tablero con un ruido de fichas derrumbadas. ¿Es esto, o es aquello? Emma sube las gradas. Espere. No cierre aún, le dice a Don Julio, necesito una caja de Aralen para Doña Beatriz. Tiene malaria. El viejo se vuelve y la mira.

—Usted es la señora del accidente de Ernesto, ¿no es cierto?

Emma se pregunta si sabrá que el hombre que salió con Margarita es su marido.

—¿No está Margarita? —pregunta.

—Se fue ya. Últimamente se va a las cinco en punto. ¡Esa muchacha!

—No la culpo —sonríe zalamera—. Tiene que tomar el bus. Vive lejos de aquí.

—Nada de bus —el viejo está detrás del mostrador. Pone la caja de pastillas sobre el vidrio—. Eso era antes. Ahora la vienen a recoger.

—¿Todos los días?

—Casi. Son cincuenta córdobas —Don Julio desliza la caja de pastillas hacia ella.

Emma quiere preguntar más. No se atreve. El viejo la mira fijo.

—¿Y a usted qué la trae por aquí?

—Vine al taller de Ernesto a encargarle un trabajo. Es buen ebanista.

—¿Y cómo se enteró de que Doña Beatriz tiene malaria?

No es asunto suyo, quiere decirle, pero se aguanta. Le explica que estudió medicina, que supo de los síntomas de la señora, lo supuso y la llevó al centro de salud. Tiene prisa y la conversación se ha alargado. Desiste de comprar sus hormonas. No quiere que el viejo se entere.

—Me tengo que ir, Don Julio. Muchas gracias por atenderme.

El viejo levanta la mano con un gesto de descarte y retorna a su oficio de apagar las luces, moviéndose torpe apoyado en el bastón.

Emma tiene el cuerpo descompuesto. Al bajar hacia la calle se percata de la flojera de las piernas, el cosquilleo en los brazos. Está atrapada en la sensación que producen las caídas, las bolsas de aire en los vuelos, los temblores. Lo sólido convertido en gelatina, Fernando cayendo en picada del cielo como un globo agujereado por un pájaro. Su casa, su noción de hogar, el futuro. Fernando podría estar enamorado, podría anunciarle cualquier día de éstos que ya no la quería y que se marcharía a vivir con esa mujer joven, modosa, no una belleza, pero agradable, dulce, desconocida además, ávida sin duda de ser descubierta, no como ella a quien él ya conoce quizás demasiado bien, con quien en veintiséis años ha traspasado cuanto límite existe en la intimidad de un hombre y una mujer. Lo espantaría la menopausia, los pijamas sudados. Pensará que ella se rendirá a esos signos del tiempo y se doblegará. ¡Ah, si supiera que está dispuesta a dar la guerra, a no dejar que la biología la engañe, a no confundir el fin de la fertilidad con el fin de los tiempos, si supiera que ella también ha hecho el amor con un hombre joven! Así es, piensa, ella también. Ella TAMBIÉN. El pensamiento en mayúsculas la asalta como una novedad. Ella TAMBIÉN está haciendo lo mismo. ¿Por qué lo de él le parece una traición mayor?

Se enciende la luz en el alero de las casas por donde camina. Apenas se ha percatado de la oscuridad que sube como un vaho y deshace los contornos de las cosas. Aquí y allá las ventanas se tornan amarillas, las luminarias que no están rotas emiten un zumbido cuando el neón las surca y empieza a despertarlas. Emma no sabe cómo ha logrado caminar, pero pisa fuerte, con rabia. No logra procesar la cascada de emociones anegándola, le falta el aire. La noche se acopla con su sangre, se le mete por los poros como un humo espeso, tóxico.

—¡Emma! —es Ernesto que sale a encontrarla—, pensé que te había pasado algo. Tardaste mucho. ¿Todo bien?

No le contesta. Está decidiendo no decirle nada.

—Estás pálida.

—La subida —sonríe ella—. Tengo días de no hacer ejercicios y me cansé. Tengo el Aralen.

—Doña Beatriz tuvo otro ataque de fiebre.

No entran al taller. Tocan la puerta de la casa vecina. Les abre la hija de Doña Beatriz, la madre de la niña, una mujer pequeña, de carnes apretadas y pelo largo crespo. Leila. Entran tras ella a la casa. Hay luces de neón adosadas a la pared. La luz blanca en la pared verde baña con un reflejo duro, sin sombras, el interior de la pequeña sala. La niña ve muñequitos animados en la televisión acostada en el suelo sobre una almohada. Huele a frijoles. Hay una olla en el fuego. La cocina de gas, de dos quemadores, está sobre una mesa junto a la pared, cerca de la niña.

—Cuidado con esa olla —dice Emma.

—La niña es cuidadosa —dice la mamá.

Leila ha ordenado la casa. Las dos mecedoras de madera están ahora acomodadas frente a la puerta del dormitorio. Emma se percata de dos colchonetas apoyadas sobre la pared. De seguro duermen en la sala la madre y la niña. La enferma está otra vez temblando. Ahora es Leila quien retorna a sentarse a su lado y le aplica los paños de agua fresca en la cabeza.

—Doña Beatriz, ya le vamos a dar la medicina —dice Emma—. Se sentirá mejor pronto.

La ve abrir los ojos, sonreír, asentir con la cabeza. Encarnar el papel de doctora la ayuda a concentrarse. No recuerda exactamente la posología más allá de las dos pastillas que deben tomarse al inicio del tratamiento, pero la caja tiene el vademécum dentro y mientras Leila le da la dosis inicial a la mamá, ella consulta y anota las indicaciones en un papel tomado de uno de los cuadernos de la niña: diez pastillas; dos más a las seis horas y dos tabletas más en los dos días siguientes; reposo y mucho líquido, dieta suave; no deben dejarla sola las próximas veinticuatro horas. Puede tener náuseas.

Al fin Ernesto y Emma se despiden. Regresan al taller. No bien cierran la puerta, ella lo abraza. Se pega a él. Cierra los ojos. Él la abraza pero está eufórico, no puede permanecer enlazado mucho tiempo. No cesa de celebrarla, de admirar su tino con Doña Beatriz, de decirle cuánto le impresionó verla transformada en doctora; tendría que terminar esa carrera, le dice, tendría que ejercer la medicina, nunca la vio así de hermosa, le lucía. Emma ríe con sus ocurrencias, sonríe. No puede hablar. Siente que se echará a llorar si abre la boca. Como un poseso, Ernesto la besa, la toca, la tienta, la desnuda, la lleva a la cama, le hace el amor. Y ella concienzudamente se lo hace a él. Le hace de todo. Se abandona a un sentimiento de anverso oscuro, vengativo, pensando en Fernando, en si Fernando la viera.

—Fernando se está acostando con Margarita —dice cuando yacen uno al lado del otro, quietos, recuperando el ritmo pausado de la respiración.

—No seas loca —dice Ernesto, sin moverse.

—No soy loca. Acabo de verlos. Él la pasó a buscar por la farmacia. Los vi entrar al carro juntos. Se reían. No me quedó duda. Las mujeres tenemos un radar para esas cosas.

Ernesto se sienta en la cama. Se levanta. Busca los cigarrillos. Enciende uno. Exhala una gruesa columna de humo.

—Nunca te lo dije. No le di importancia. Pero hace meses, cuando esto de nosotros empezó, me contó que tu esposo había pasado por la farmacia queriendo saber si vos venías a verme. ¿Será que se hicieron amigos? ¿Cómo se llamará esto? ¿Un cuadrilátero?

—Vos no tenías nada con Margarita. Eso me dijiste.

—No, claro que no, pero es mi amiga. Vos creías que estaba enamorada de mí… y bueno, creo que así era. Vos sabés lo irresistible que soy —ríe—. Perdoname, pero es insólito. ¿Qué vas a hacer? ¿Querés que hable con ella?

—Los vi. ¡Me dio un susto! Pero después me di cuenta de que si yo estoy haciendo lo mismo que Fernando, ¿qué puedo reclamarle en buena conciencia?

—¿Reclamarle? No creo que se trate de eso, pero evidentemente algo pasa en tu matrimonio. Algo te falta a vos y algo le falta a él. Eso es lo que me parece serio a mí, lo que me preocuparía si fuera vos.

Emma toma un cigarrillo y lo enciende.

—Recuerdo la descripción de una pareja en un

restaurante hecha por un escritor argentino. La pareja no habla mientras come, y él escribe que luce como «una pareja condenada a matrimonio perpetuo».

—¿Así te sentís?

—Nunca hasta hoy había pensado dejar a Fernando. Soy cómoda, y después de tantos años no sé si tiene sentido. Pero verlo con Margarita tambaleó todas mis convicciones. Es curioso, ¿no? Uno piensa que la fidelidad es una convención, que nadie espera realmente esa monogamia absoluta, pero no es lo mismo hacerlo uno a que se lo hagan a uno.

—Pero, amorcito, a estas alturas ¿para qué necesitás a Fernando?

—¿Vos me querés adoptar? —ríe Emma.

—Aquí mismito te pongo tu camita y te enseño a tapizar muebles —se burla Ernesto, fingiendo el tono machista de un campesino.

Emma se le acerca. Lo abraza. Se abrazan. Nunca han hablado de futuros o permanencias. Han vivido el día a día y no han siquiera cuestionado si lo que los mueve es amor o lujuria. Llegan a la encrucijada como si volaran en un aeroplano de papel que, súbitamente, pierde altura y debe ingeniárselas para aterrizar sin que los ocupantes perezcan en el intento. Emma mira a su alrededor: el gato que duerme, la manta guatemalteca tirada en el suelo, huele el polvillo de la madera, escucha los ruidos nocturnos del barrio, el rodar de los buses, la respiración cercana de Ernesto. No recuerda otro momento así de irreal en su vida. Estando allí el mundo de afuera queda entre paréntesis, pero esa noche tendrá que volver a enfrentarlo. Hasta ahora ha sido fácil saltar fuera de los muros de su cotidianeidad, dejar de lado obligaciones, permitirse ese desliz, flotar.

—¿Por qué decidiría Margarita seguirle la corriente a tu marido, o enamorarlo? No es muy de ella, aunque es coqueta y arrojada. Vino a dormir en mi cama cuando regresé del hospital. Pero claro con todos los clavos metidos, nada podía hacer yo ni que quisiera. Además, ya usted, señora, me rondaba en la mente, me tenía hechizado.

—Cada persona es un misterio, Ernesto, y tal parece que el accidente nos trastocó a todos.

Emma se levanta y se viste con parsimonia. No sabe qué hará. Ya se le ocurrirá en el camino, dice, pero debe irse.

Capítulo 27

Por esas ironías que parecen sólo suceder en las novelas, Fernando y Margarita han llegado esa tarde a la misma habitación del motel donde Ernesto y Emma hicieran el amor por primera vez. Igual que Emma él ha pasado por allí muchas veces en ruta hacia su casa. Hombre al fin, conoce cómo funcionan esas instituciones. Más de una vez, soltero iniciándose en amores furtivos, se refugió en sitios semejantes. De casado ha sido fiel. Una o dos excepciones acaso, aventuras pasajeras con enfermeras pizpiretas, todas ellas consumadas en su consultorio, sobre la mesa de exámenes. Medido con el rasero de las costumbres de los hombres de su generación, ha sido esposo ejemplar. De allí que apenas logre calmar su desasosiego al cerrar la puerta y mirar la palidez en el rostro de Margarita, la habitación sórdida, la cama obvia, el sitio claramente desprovisto de otro mobiliario que el necesario para cumplir la función de lugar de citas de amor clandestinas.

—Lo siento, Margarita. Te habría llevado a un hotel…—la pausa es clara para ambos. Es casado e ir a un hotel lo expondría—. Pero esto es más seguro que el carro— sonríe.

—Y más cómodo —sonríe ella. Se sienta en la cama, con las manos dobladas sobre el regazo. Se imaginó algo diferente. Tonta que era y romántica. Esperaba que los hoteles del amor, como les decían, fuesen más sutiles, que invitaran al romance y no sólo al sexo. Supuso que habría una sala, al menos un sofá mullido donde besarse. Tocan la puerta. Fernando paga, pide algo de tomar. Margarita en tanto se consuela. Inútil seguir vagando por la ciudad en búsqueda de sitios poco frecuentados, temiendo ser vistos. No puede negar el demonio del deseo y fantasía que le provoca Fernando. La mirada de él entra en ella y la hace crecer como el agua a una esponja, le endereza la espalda, la desinhibe y hace su coquetería más arrojada. Ha ido perdiendo la timidez porque él aprueba cuanto hace, cómo habla, cómo se mueve, cómo luce. Es una sensación nueva para ella. Se ha sentido querida por su mamá, halagada por otros a ratos por sus pies, o sus manos, por partes de ella, pero hasta ahora nadie la ha abarcado toda con la avidez de este hombre. No tiene miedo con él. Será porque es mayor y ella jamás tuvo amor de padre; o será que los hombres mayores tienen menos prisa, más experiencia. Fernando la trata como si fuera un jarrón, «dónde te pongo para que no te quiebres». Pero la pasión ha ido creciendo. El cuerpo de ella responde. Los hombres tendrían que saber que la ternura es lo más sensual para una mujer. El único novio que tuvo de joven, con el que perdió la virginidad, la montaba como perrito. Nada de caricias, nada de nada. Un bruto. Más bien la había dejado pensando que si eso era el sexo para qué molestarse, arriesgarse a una panza. Con Ernesto ella se habría atrevido, pero bueno, Ernesto se había desinteresado. ¡Qué cosas de la vida que terminaran él con la esposa y ella con el esposo! No quería ni pensar dónde iría a parar todo aquello. Ella podía imaginarse subiendo de categoría, viviendo con el doctor. Lo que no podía imaginar era a Emma viviendo en la carpintería.

Fernando se sienta a su lado, le pone el brazo sobre los hombros. Ella se anida contra él que le acaricia la espalda, el brazo, le levanta la barbilla y la besa, un beso que se extiende por su cuerpo como cuando se echa una piedra en el agua y el agua va haciendo círculos. Hace mucho que él quiere desvestirla. No se ha atrevido en el carro. Su mano sobre los botones de la blusa de ella son torpes. Logra soltar uno y mete la mano para reconocer la carne suave, el peso redondo y sedoso en las manos. Lo recorre un escalofrío al sentir los pechos menudos, enhiestos. Gradualmente, en la medida en que se adentra en su ropa, la va reclinando sobre la cama sin dejar de besarla deslizándose de la boca a la oreja, a los ojos, a la punta de la nariz. No debo apresurarme piensa recordando comentarios de Emma sobre su manera «mecánica» de hacer el amor. Ella tiene los ojos cerrados. Se abandona, dócil, callada. Él le abre la blusa y besa los pechos sobre el sostén. Ve los pezones grandes, redondos, oscuros asomados bajo el encaje de nylon, y besa su cintura y destraba el cierre del jean hasta encontrar el ombligo. Ella empieza a gemir, a suspirar, a respirar audiblemente excitada. Él se obliga a la calma. Le tiemblan las manos cuando ella alza las caderas para que él pueda deslizar el pantalón hacia abajo hasta dejarla expuesta, el calzoncito blanco, de algodón, sencillo y la sombra oscura del abundante vello del pubis sobre la que él pone apenas la mano atraído como si se tratara de un imán. El cuerpo de la muchacha es delgado, los huesos de las caderas se alzan y crean un valle redondo en la zona del vientre. Es un cuerpo casi púber, de ángulos y sombras óseas. Fernando cierra los ojos para evitar el disturbio de pensarla tan joven. Sin explorar más, sin atreverse a sentir la humedad del sexo con las manos, poseído de pronto por una urgencia angustiosa, cambia de ritmo, le baja la trusa apresurado, se destraba el pantalón, se coloca, agitado, el condón que lleva en la bolsa y arremete adentrándose todo en la muchacha, en el cálido y mojado orificio que lo hunde en un cielo que quisiera no terminara nunca. Sin embargo, le toma tiempo acercarse al clímax. Se obliga a desacelerar sus embates, a olvidarse de todo, abrazando a la muchacha que aún tiene puesta la blusa y el sostén, pero que se alza, viaja con él en arcos, en subidas y bajadas hasta que la siente sacudirse y siente el apretado puño de la vagina estrujándolo con los espasmos del orgasmo que al fin provocan en él el estallido en el que le parece que ha muerto.

Un rato después, acostados ambos en la cama, Margarita suspira.

—Quitate la blusa —dice él—. ¿Te fijás que me acostumbré a la prisa? —ríe.

Ella lo hace. Está tendida, desnuda sobre la cama y él la mira largamente, la examina como si se tratara de una bella estatua, contemplando sus brazos, sus piernas, el vientre, el ombligo.

—Te he soñado así —le dice—. Exactamente como sos, así de delicada.

—¿Qué vamos a hacer, Fernando? —pregunta ella—. Nos estamos enamorando, creo yo.

Él la abraza. No quiere mentirle. No sé, Margarita, le dice, no sé. Ella se pregunta si será el momento de decirle que Emma ha estado visitando a Ernesto. El problema es que ella lo negó enfática cuando Fernando empezó a indagar, a visitarla en la farmacia. Por proteger a Ernesto entonces, Margarita se empeñó en disuadirlo de sus dudas. ¿Cómo iba entonces ahora a decirle lo contrario? Tendría que pensar cómo hacerlo. No era el momento. No era buen momento. Se abraza a Fernando.

—Sé que no me podés contestar —susurra—. No te preocupés. No pensemos en eso ahora.

Margarita ha hecho la movida correcta. Fernando la mira con ternura. Agradecido. Ella lo siente relajarse, quedarse dormido. Verlo así, despojado de toda superioridad, la boca ligeramente abierta emitiendo leves ronquidos, le conmueve. Quizás fue solidaridad lo primero que sintió por él, piensa. No estaba segura pero sí enterada de la constancia con que Emma pasaba tiempo con Ernesto. Y gato encerrado sí que había entre ellos porque Luis le había contado que ella estacionaba el carro a veces en su garaje con el cuento de evitar que lo robaran. Menos mal que Fernando no siguió preguntando sobre eso, aunque ella pensaba que tarde o temprano se enteraría. Habría que ver cómo reaccionaba. Los hombres no solían tolerar las infidelidades de las esposas con la resignación propia de éstas. Margarita recuerda al tío mujeriego que, no obstante que le paseaba las amantes por la nariz a la esposa, la echó de un día para otro sin miramientos cuando se percató de que ella había buscado consuelo en un pintor que llegó a trabajarles. La sacó de patitas a la calle sin misericordia. No le importaron los años que ella había tolerado sus amoríos. Con lujo de crueldad, hasta le prohibió ver a los hijos. Era difícil suponer que Fernando haría lo mismo. Si se llegaba a dar el caso de que él dejara a Emma, ella prefería que fuera por amor, no por despecho.

Emma conduce por las calles donde el tráfico apenas empieza a aliviarse de la hora pico. Managua, oscura, apenas unas luces encendidas en las avenidas, es una ciudad fantasmagórica. Sólo sus habitantes se han acostumbrado al extraño entorno que se asentó tras la dislocación del terremoto que asoló la ciudad en 1972. Grandes espacios vacíos, calles anchas que se estrechan de repente, edificios rodeados de pasto, luces de neón y rótulos toscos. En la noche no se ven las lagunas, ni el lago con los volcanes al fondo; no se ve el cielo azul, ni la silueta del Momotombo aguda y plácida en la distancia. Nada hace contrapeso al desorden urbanístico de una capital de topografía privilegiada donde quien quiere mirar hermosura debe levantar los ojos y ver hacia el paisaje. La Naturaleza se ríe de los intentos del hombre por construirse un hábitat digno de mejor descripción. Y sin embargo, Emma navega por la ciudad con la naturalidad y holgura de quien la lleva impresa en la mente. Le gusta sentir su dominio sobre las calles confusas e intratables de los barrios. Desde joven, manejar le ha calmado los nervios. En ese pequeño enclaustro en que viaja solitaria su atención puede bifurcarse sin peligro; ir pendiente del camino, pero también expandirse dentro de sí misma. Desde el accidente, sin embargo, basta con que en su mente salte el recuerdo de Ernesto lanzado por el aire, el sonido de sus carnes y huesos contra el guardafangos, para que las manos se le pongan frías y se adhieran a la rueda como ventosas.

Cuando llega a su casa, el coche de Fernando no está. Mejor, piensa. Se calmará. Tomará unas copas de vino. O quizás algo más fuerte. ¿Cómo era que la gente hablaba con tanta tranquilidad de la infidelidad? «Si se encuentra alguien mejor que yo, mis respetos» solía decir Diana. Pero cuando el marido la dejó, se fue con una mujer-trofeo.

Fernando está por llegar a la casa. Se ha bañado en el motel. Un baño mal mantenido, las esquinas curtidas, pero él se ha quedado bajo la ducha mucho rato, se ha dado en todas partes con el jabón pequeño, duro, con olor a lejía. No quiere que Emma perciba nada. No quiere que note su confusión. Ha llevado a Margarita a su casa, a su barrio en la carretera Norte, casas al lado de andenes. Qué vidas más dispares viven, y sin embargo, la muchacha es delicada, no hay nada tosco, malsano en ella. Su ingenuidad lo conmueve, su falta de artificio, su cuerpo y su vida elementales le atraen. Él es así también. Emma siempre fue un reto. Si hubiese seguido la carrera, habría sido una médica estupenda, pero él la convenció de no seguir. Vinieron los hijos. La absorbieron. Él fue egoísta. Por celos. Sabía que Emma habría podido encontrar otro quizás más merecedor que él de su afecto, más guapo, mejor amante. Temió eso. Y le creó un castillo donde conservarla ocupada, y un oficio que le pareciera pleno. Y ella lo aceptó. Ahora que los hijos se han ido, odia verla rondar, enjaulada. Le molesta el dinero que gasta en tratamientos que borran la vida de las facciones de las mujeres. Pero no puede oponerse, sólo masculla a solas o se desahoga con Elena que también tiene su opinión —y no la esconde— sobre las ocupaciones de la madre. Él no tiene claro qué hace Emma con su tiempo. A veces la nota silenciosa, deprimida. Otras, percibe en ella una energía casi animal. El inicio de la menopausia la enfebreció sexualmente. Llegó a pensar que no era por él esa pasión que mostró, los súbitos orgasmos. Pero lo descartó. Consultó con colegas, con libros. Podía darse. Era un asunto hormonal. Luego él se interesó por Margarita y esa inquietud se esfumó. Ahora, como solía sucederle a las mujeres en esa época de cambios, Emma ha perdido el interés. A falta del tema de los hijos que por años los absorbió, conversan poco. Él le habla de sus casos y ella lo mira a veces con rabia. Sospecha que lo culpa por no haber seguido su vocación. ¿Cómo iría a ser el resto de sus vidas? ¿Envejecerían con la fraternidad de compañeros de cuarto en la universidad del tiempo transcurrido? Margarita es la promesa de un espacio suyo. Le remuerde la conciencia pero piensa en tantos de sus amigos que así resuelven las carencias hogareñas. No es un mal arreglo, pero él es posesivo, celoso. Ha debido controlarse para no ir sin anunciarse a la farmacia. Se preocupa de eso que ha crecido en él como una de esas explosiones vegetales repentinas que, en el invierno de lluvia del trópico, transforma una rama seca en florida de la noche a la mañana. No está seguro si se trata de amor o de obsesión y teme el ímpetu poderoso de su propio sentimiento. Entra a su calle, ve el auto de Emma en la vereda, se estaciona, respira profundo y mete la llave en la cerradura de la puerta de su casa.

Capítulo 28

Imaginemos por un instante la turbulencia en el corazón de este matrimonio. Fernando encuentra la casa en penumbra. Pasa por el recibidor y enciende la luz. Entonces ve a la esposa sentada en la silla de su madre, mirando fija la fuente del jardín.

—¿Qué hacés en lo oscuro? —pregunta al tiempo que se acerca a darle un beso en la mejilla.

—Nada —dice ella, recibiendo fríamente el beso que él le da.

—Vengo con un hambre tremendo —dice él, adoptando un tono liviano—. Voy a lavarme las manos y vuelvo.

Emma se levanta y va a decirle a Nora que ponga la comida. En el baño, Fernando se lava las manos más por nervios que por higiene. Aunque su intuición de varón no suele darle señales de alerta, su olfato de médico ha percibido la rigidez y distancia del cuerpo de Emma. Se tranquiliza pensando que es su sentimiento de culpa el responsable de que imagine lo que no tiene razón de ser. Regresa al corredor y sigue a Emma a la mesa donde ya está servida la cena.

El comedor está iluminado por la pequeña araña de cristales. La madera torneada y bruñida de los muebles refleja los diminutos racimos de rombos que cuelgan de la lámpara. Son seis las sillas alrededor de la mesa. Fernando está en la cabecera y ella a su derecha. Los muebles *art déco*, las pinturas de paisajes de estilo italiano nunca han sido del gusto de los comensales, pero se han acostumbrado a esos objetos heredados y sólo en momentos como éste el entorno contribuye a que noten el rastro de los ancestros y hasta huelan el pasado en las especias que usa Nora, discípula culinaria de la antigua dueña de casa. Es una noche húmeda y calurosa. Sobre la mesa que luce un mantel de esquinas bordadas, hay un pollo horneado, papas al vapor y una ensalada verde. Hay tenedores y cuchillos. Emma está poseída por las furias. Al llegar a su casa y entrar a su dormitorio ha sentido que cuanto la rodea es falso y estático. Con una sensación de asfixia, se ha dado una ducha y mientras el agua de la regadera caía empapándola, ha llorado silenciosa. Las palabras de Jeanina sobre la importancia de ver ese tiempo como suyo, de habitar su cuerpo de mujer por el puro placer de ser quien es, la experiencia de presumirse doctora en el dilapidado Centro de Salud, Ernesto y sus ternezas, la visión de Fernando con Margarita, se han arremolinado en su conciencia formando un tornado, un huracán que se enrosca en su garganta y le impide probar bocado. Fernando se sirve. Habla de su trabajo. Ella no ha dicho más que hola y qué tal tu día, las fórmulas civiles de siempre. Emma corta el pollo con fruición en pequeños trozos, incapaz, por más que se lo propone, de fingir que nada ha cambiado, de continuar el engaño (la suma de engaños, piensa) que es su matrimonio.

Fernando, en cambio, no cesa de hablar. Cuenta la historia del paciente cuyo hígado ha dejado de funcionar, habla del dilema de la familia, la imposibilidad de un trasplante.

Emma lo mira fijo. Toma el vino tinto de su copa en sorbos anchos y se sirve otra vez.

—¿Te has dado cuenta de que siempre escogés la cena para hablarme de enfermedades? —interrumpe Emma.

Él se queda con el tenedor en el aire.

—¿Te molesta?

—Siempre me ha molestado.

—Nunca me lo has dicho.

—Porque no se me ocurre qué otra conversación podríamos tener sino ésta.

Él sonríe incómodo. Muerde el pollo, las papas. Teme el rumbo beligerante de la conversación. No está de humor para disgustos. Querría terminar esa noche en paz y así dormir con las imágenes desnudas de Margarita que por instantes atraviesan su pupila como una película de fondo.

—Es mi vida, Emma, lo que hago a diario —sonríe irónico—. ¡De qué otra cosa querés que hable!

—¿Estás seguro de que eso es lo único que hacés en la vida, ir al hospital, ver pacientes?

Él la mira con aire de que le responderá porque ni modo, aburrido.

—Y estar con vos, con mis hijos. Si no querés hablar de mí ¿por qué no me hablás de tu día? —sonríe irónico—. De seguro tu día está lleno de historias.

Emma piensa en Mefistófeles, el gato. El aire cimbrea dentro de su cuerpo, se enrosca y recorre su espina dorsal. Alza la cabeza con despecho.

—Vamos a ver. Mi día podría narrarse de dos maneras. La primera: Esta mañana, cuando me levanté, ya te habías marchado. Silvia, la masajista llegó puntual a las 8. El masaje terminó a las 9. Leí el periódico. Hice cita con el salón de belleza para manicura y pedicura. Salí a juntarme con Diana para hacer ejercicios de 10 a 12. Regresé a la casa, me bañé. Vi con Nora la despensa. Hice la lista de lo que debo comprar. Discutimos esta cena que nos estamos comiendo; si hacer papas, o simplemente una ensalada, si el pollo debía ser en salsa o a la parrilla. Ella sabe tus gustos. «A la parrilla lo prefiere el señor.» Y así es, a la parrilla se hace. Vos ni te enterás que día a día yo debo decidir lo que comerás a la cena, pensar en lo que te gusta. Por la tarde, mis alternativas eran no hacer nada, o ir al supermercado, entretenerme o dormir la siesta haciendo tiempo para la cita en el salón de belleza. Gran día, ¿no? Un día de neuronas fritas, de matar tiempo hasta la noche. Pero mi día puede ser narrado de otra manera: Después que te despedí al desayuno, me vestí con mi ropa de gimnasia. No me bañé porque el amante a quien iba a visitar le gusta oler la noche entre mis piernas. Llegué a su casa. Hice el amor. ¿Cuántas veces? No lo recuerdo bien. Más de una, creo, pero una habría sido suficiente. Él es joven y a veces tiene ímpetus. Alguien llegó a tocar la puerta. La vecina estaba enferma y mi amante, sabiendo que estudié algunos años de medicina, me llevó como tabla de salvación a ver lo que le pasaba. La enferma estaba febril. Tenía frío. Temblaba de pies a cabeza y estaba con náuseas, dolor de cabeza. Sopesé si era dengue o malaria. Revisé la vivienda. Había agua en barriles. Le prescribí antipiréticos y cuando bajó la fiebre, la llevé al Centro de Salud, al espantoso Centro de Salud del barrio, descuidado, repleto de gente esperando ser mal atendida. Con esta cara mía, mi ropa de señora bien, logré entrar al laboratorio, ¿sabés? Dije que era doctora y me creyeron porque en ese momento yo era la doctora que debí ser y nadie osó cuestionar mi autoridad. Le tomaron la muestra. Era malaria. Plasmodio Vivax. Lo reconocí bajo el microscopio. (Fernando ha dejado de comer. La mira incrédulo. Quiere sonreír, pretender que está disfrutando su descabellada historia, pero la mueca en su cara delata el efecto desconcertante de las palabras de ella.) En el Centro de Salud no tenían Aralen. Han tenido diez casos de malaria en los últimos días y se les terminó. ¿Qué te parece? Riesgo obvio de epidemia pero no han dado la voz de alerta. Entonces llevé de regreso a la enferma a su casa y me fui caminando a la farmacia. ¡Ah! Pero estoy menopáusica. No he empezado a tomar las hormonas que apenas ayer me recetó Jeanina y en el camino tuve un ataque de los calores. Me estaba quemando y no quería entrar a la farmacia sudando. Caminé alrededor de la cuadra. (Fernando baja la cabeza. Se mira las manos que junta por las puntas de los dedos.) ¿Cuál no sería mi sorpresa, Fernando, imagínate, cuando vi a mi marido, muy sonriente y caballero, entrar a su automóvil y partir raudo a la par de Margarita, la muchacha que atiende en la farmacia? Curioso, ¿no? ¡Las cosas que uno le debe a los cambios de vida! De no ser por el sofoco, me habría perdido el encuentro ése.

Emma calla. Bebe hasta el fondo lo que queda en su copa de vino y se sirve más.

—Emma, por favor, casi has tomado media botella vos sola. No te alterés. Te lo puedo explicar. No necesitabas hacer esa historia de amantes para decirme lo que viste.

—Ajá —dice ella, con una ancha sonrisa perversa—. Soy toda oídos.

—Pasé por la farmacia comprando unas medicinas y le di a Margarita un aventón a su casa.

—¿Qué medicinas? ¿Dónde están? —Emma sigue sonriendo.

—Eran para un paciente que fui a visitar antes de venir a casa.

—No mientas, Fernando —el semblante de Emma es ahora casi compasivo—. No sabés mentir.

—Pero es cierto, Emma. No saqués esas conclusiones. Yo no voy a creerte esa historia que tejiste con Ernesto… ¿Eso querés que crea, que te estás acostando con Ernesto?

—Pero es cierto, Fernando —dice con una sonrisa superior, imitando su tono ligeramente cínico—, todo lo que dije es cierto. Aquí el único que ha mentido sos vos. Yo estoy con Ernesto, vos con Margarita. Es casi risible. ¡Ni siquiera un triángulo, un cuadrilátero!

—Ernesto nunca tuvo nada con Margarita.

—¿Te fijás? ¿Y cómo sabés que no tuvo nada con Margarita? ¿Te lo dijo ella?

Fernando se levanta. La sorpresa de sentirse descubierto es como la calma chicha que precede la tormenta. Se asoma al jardín. ¿Es que yo lo sabía y no quería verlo? —se pregunta. Regresa al comedor. Emma no se ha movido.

—Sí, me acosté con Margarita. Me gusta, me atrae. No sé si la quiero o no, pero pienso en ella todo el tiempo. Pero vos que te estás acostando con Ernesto, ¿qué derecho tenés de reclamarme nada?

—Estamos mal, Fernando, esto se acabó. No sé hace cuántos años se acabó y ni siquiera nos dimos cuenta.

—No entiendo cómo podés hablar así —dice él, aferrando el respaldo de la silla.

—Porque es la verdad.

El rostro de Fernando se ha transformado en un rictus de impotencia y rabia.

—¡Nunca te ha faltado nada, Emma! ¡Yo he cumplido siempre! ¿Cómo te atreviste? ¿Qué se te metió en la cabeza? ¿Qué van a decir tus hijos? Mirá que acostarte con el carpintero, podrías haber escogido mejor; al menos alguien de tu edad. ¡No puedo creerlo, Emma!

—Pues hacemos buena pareja por lo visto —dice Emma, apartándose, parapetada tras la silla. El corazón afanado y retumbante batiéndole el pecho—. Vos también estás fuera de tu liga, con una jovencita que bien podría ser tu hija.

—No es lo mismo. Lo sabés bien.

—No es lo mismo porque ustedes, los hombres,

ponen las reglas del juego y deciden qué está bien y qué no; pero los tiempos cambian, Fernando.

—¿Los tiempos cambian porque ahora ustedes pueden comportarse como putas? ¿Para eso les ha servido el pinche feminismo?

—No me insultés. Nunca he cobrado un peso —sonríe malévola—. Lo hice por gusto, porque me dio la gana, ¿estás claro? Igual que vos.

—¿Con que ésa es tu idea de la igualdad, ah?— grita Fernando, un grito impotente con los ojos cerrados y la cabeza alzada, al tiempo que se da con el puño derecho en la mano izquierda una y otra vez—. ¡No puedo creer esto! ¡No puedo creerlo! ¡Jamás habría esperado esto de vos!

—Todo esto sucedió por algo, Fernando. Vos y yo haciendo lo mismo, al mismo tiempo. ¿No creés que es una señal? Ya no nos queda nada que decirnos siquiera. Andamos huyendo, buscando sentido en otra parte porque ya no lo encontramos en esta relación. No es culpa tuya, ni mía; o si lo fue, ya es muy tarde para remediarlo.

—No digás una palabra más, ni una palabra más —dice Fernando—. Si lo que querés es que esto se acabe, ¡se acaba ya!— se dirige a la puerta de la casa y sale dando un portazo. Emma se deja caer sobre la silla de la suegra apabullada.

Nora aparece al poco rato. Casi en puntillas, quita los platos de la cena. Emma la ve sin decir nada.

Nora termina de levantar la mesa, desaparece tras la puerta de la cocina pero regresa. Se para frente a Emma.

—Ay, mi señora, mi señora —dice, mirándola compungida.

Emma se levanta. Abraza a Nora, que la estruja fuerte.

—No se acobarde, no se acobarde —le dice la mujer dándole palmaditas en la espalda—. Y si me necesita, no tiene más que llamarme.

—Gracias. Gracias, Nora —dice Emma. Querría llorar en sus brazos pero no lo logra—. Andá y dormí. Voy a acostarme en el cuarto de Elena.

Capítulo 29

Se aceptan tantas definiciones del amor, las garras de la soledad pueden parecer tan afiladas que en ese monasterio de a dos que es la interioridad de un matrimonio, aun la pasiva indiferencia se hace pasar por afecto. La relación llega a parecerse al incesto. El vínculo de tiempo sustituye al vínculo de sangre. Día a día se practica la benevolente tolerancia. La humana pareja labra escaleras de incendio, túneles para escape aunque nunca los use. Al cabo de los años ¿quién no ha pensado en dejar a la esposa o al marido?¿No es acaso la resistencia más que el amor lo que se celebra cuando se llega a los grandes aniversarios? Y sin embargo, la inercia es mayor que el impulso de desafiar la institución. Tan rotundo es el cerco de las convenciones y costumbres, tan enormes los cómplices de engaño: la Iglesia, el Estado, las leyes, los hijos, los amigos; que la pareja mal avenida sólo puede aspirar a agrandar la jaula que ocupa en el zoológico de parejas felices. A más grande el terreno, menos chance de pisarse los callos entre ambos. Así que subsisten los que a menudo deben separarse, viajar, darse su espacio. Los enclaustrados sufren, se flagelan de noche. La privacidad de los baños es santuario y celda sacrosanta de las parejas. Allí se llora, allí se masturban los esposos; allí cada quien murmura sus gritos.

El cuarto de Elena es un cuarto de joven adolescente. Hay un enorme póster de Los Beatles en la pared. Música clásica para su hija que no oye música clásica. Pero Emma también quiere a esos insignes peludos, padres de la mejor música del mundo, la de su juventud, la de los años setenta y ochenta. Hay un sofá tapizado naranja con altos tallos verdes de flores blancas y azules haciendo juego con el cubrecama, un escritorio ahora ordenado con algunas fotos de los amigos y la infancia. El cuarto inmóvil es como una cápsula espacial detenida en una galaxia antigua. Emma se acuesta vestida sobre la cama, se deja caer. Mira en el techo las estrellas fosforescentes que ella pegó cuando Elena de niña temía la oscuridad y aquel fulgor la hacía sentirse acompañada, o imaginar que dormía al aire libre. ¿Qué irían a pensar sus hijos? La separación de los padres les parecería absurda, imposible. Se imagina la escena en la sala. Ella y Fernando diciéndoles que tomarían cada cual su camino. ¡Qué súbitos podían ser los cambios! De un día para el otro el desplome de la casa de muñecas. Ella sabía cómo era eso. Había vivido el terremoto de Managua, la destrucción de su ciudad en menos de un minuto. No se arrepentía de lo dicho. Le salió del alma decirle a Fernando su propia verdad antes de requerir lo mismo de él. En eso sintió que fue justa, que puso las cartas sobre la mesa. Todavía no se repone del intento de él por mentir, negar, inventar torpes coartadas. Menos mal que al fin tuvo el coraje de admitirlo. No sabría cuál hubiese sido el desenlace si él hubiese perseverado en la mentira. Se levanta y se pone el pijama, se mete en la cama y apaga la luz. No quiere pensar más allá de mañana. El día ha sido largo y el agotamiento la domina.

Despierta de madrugada desasosegada. Recuerda la cena y se asombra de haber podido actuar con la frialdad con que lo hizo. ¿Será verdad? ¿Habrán terminado Fernando y ella? ¿Qué seguirá tras eso? ¿Qué hará con su vida? La huella más honda de esa noche es el odio que sintió por Fernando. De su memoria forzada al silencio, un cuaderno de apuntes minucioso ha salido a flote. Páginas y páginas con imágenes, dolores, su ausencia emocional: ella soportando soledades, sus olvidos, la saña con que destruyó sus intentos de continuar los estudios de medicina cuestionando sutilmente su capacidad, su entrega, manejando la maternidad como una espada. Tantas obligaciones se empeñó él en asignarle al rol de madre perfecta en que la hizo entrar que a veces ella deseó no tener hijos, soñó oculta entre sus almohadas con desaparecer sólo para a renglón seguido decirse que era un monstruo. Veintiséis años de resentimientos emergen como restos del barco que se hunde: miradas, desprecios, altanerías, un desfile de instantes, de heridas más y menos graves. Emma siente que el corazón va a estallarle de ganas de gritar, no sólo contra él, sino contra ella misma; ella que aceptó y vivió aquello, que tantas veces detuvo su propia estampida fuera de esas paredes, diciéndose discursos, desvalorizando sus propios argumentos, obligándose a la empatía, a la compresión, a ver el «lado bueno» de las cosas cuando su cuerpo entero le gritaba que huyera, que saliera de allí si quería sobrevivir. ¡Cuántas veces no pensó que moriría atragantada por la hiel que se le subía a los labios o por las palabras que él rehusaba escuchar o que le devolvía como boomerang exigiéndole que justificara dolores o sentimientos que él se confesaba incapaz de comprender por tratarse de sentimentalismos sin sustento! Piensa en el tinglado que ha armado para ocultar y hasta ocultarse a sí misma ese fondo oxidado, podrido del barco en el que ha flotado, en el que ha sido ella sola motor de conciliaciones, de negociaciones, de intentos repetidos por mantener en el cuenco de sus manos la pequeña llama del cariño, del romance, la dosis suficiente de sentido de ser de ese matrimonio que permitiera validar lo mucho de sí misma que lo mantenía alto y orondo sobre el mar. Y es que llegó un momento —y ella lo reconoce— en que no luchó más, en que claudicó y abandonó todo intento de fuga o ilusión de libertad. Eso había sucedido hacía varios años. Por eso lo de Ernesto jamás se le presentó como una ruta de escape. Por eso el embeleso de Fernando con Margarita, de no ser por lo inesperado y súbito de la revelación (pero eran siempre así estas revelaciones) empieza a perfilarse en el salado estallido de su mente como una oportunidad, como una puerta que ella debió abrir pero que, a través del hecho fortuito del accidente, a través de ese azar de atropellar a un transeúnte distraído, la vida le ha abierto de par en par, cómplice al fin. Sonríe pensando en la cooperación de la menopausia. Sin sofoco ella habría estado dentro de la farmacia comprando las medicinas y Fernando de seguro no se hubiese detenido.

Dedicarse a ser quien era había dicho Jeanina. Ésa era la apuesta: cincelar su camino fuera de la roca, fuera de la escultura engañosamente blanca y perfecta. Aparecer en alguna costa sonriendo, como esas estatuas recuperadas del olvido con los brazos o las piernas cortadas, incompletas, pero sobrevivientes, admiradas en museos magníficos, bellas a pesar de cuanto les arrebatara el tiempo.

Se levanta y baja a la cocina. ¿Seguirá viviendo en esa casa? Técnicamente es de Fernando. Mira los cuadros en las paredes. ¿Redecorará la casa o la dejará así? Fernando querrá llevarse sus muebles. La idea de ese traspaso la agobia. ¿Cómo será eso de separar dos vidas que se han fundido? ¿Podrá recuperar su independencia? Se calienta leche. Busca el chocolate en polvo y lo mezcla. El chocolate es bueno para las mujeres, piensa. Imagina una larga estación de chocolate, la sustitución del hombre por el chocolate. Ríe en la oscuridad. Se siente liviana, libre, pero también desconcertada. Nada de lo sucedido le parece real. ¿Qué acontecerá a la mañana siguiente? ¿Cómo la irán a atacar las dudas que a ratos le rodean la cabeza como moscardones necios y estridentes?; dudas sobre qué parte del edificio se le derrumbará primero, qué artificios o aparatos entrarán en su vida además de los anteojos que ya usa para leer; ¿audífonos para sordera? ¿bastón? Dios me libre, silla de ruedas, andarivel; qué pasa si se enferma. ¡Pinche naturaleza cruel y sin imaginación que fijaba el tiempo útil en tan pocos años! Pero sabido es, se dice pícara, el efecto benéfico de los hombres jóvenes. Recuerda a Edith Piaf con sus amantes menores que ella, a los que regalaba mancuernillas siempre iguales. Ella se reinventaría. Haría ejercicios, comería sano, bebería menos vino y haría más a menudo el amor. Eso sin duda. Estaba dispuesta a ser el mejor tipo del gimnasio. Auténtico era que oxigenaba el corazón. ¡Y cómo!

Capítulo 30

A la mañana siguiente, Ernesto se viste. Movido por un impulso que no alcanza a descifrar, antes de tomar café, va a la farmacia.

—Buenos días, Margarita de los Pies Bonitos.

Ella ríe. Ernesto no sabe si la nota cambiada por lo que recién sabe o porque ella luce más desparpajo.

—Buenos días, señor carpintero de los muebles lindos.

—¿Vos sabés que hay un romance antiguo, el romance de Tristán e Isolda, donde hay un personaje que se llama Isolda de las Manos Blancas? Desde que lo leí, no sé por qué, me quedó ese nombre en la cabeza. Por eso te bauticé de esa manera. ¿Qué has hecho?

—¿Qué he hecho desde que vos olvidaste que existo? —pregunta ella con una media sonrisa llena de ironía.

—Nunca he olvidado que existís. He estado ocu-

276

pado. Tenía que recuperar el tiempo perdido. Luis me consiguió buenos trabajos.

—Ajá —dice ella, maliciosa.

—Vos también has estado ocupada, ¿no es cierto?

—Pues sí. Yo también.

—¿Sabías que estamos en peligro de una epidemia de malaria en el barrio?

Margarita se pone seria.

—Doña Beatriz cayó con malaria. En el Centro de Salud dijeron que se les terminó el Aralen porque han tenido como diez casos.

—Me contó Don Julio que ayer vino Doña Emma a comprar Aralen. ¿Era para Doña Beatriz?

—Sí.

—¿Y cómo se dio cuenta ella? Estaba en tu casa, ¿no es cierto?

—Yo la llevé donde Doña Beatriz y fuimos los tres al Centro de Salud. La cosa es que Emma vino a comprar la medicina justo en el momento en que vos te montabas al carro del marido de ella. —Ernesto la mira fijo, interrogante.

Margarita se ruboriza intensamente.

—Nos hemos hecho amigos —dice—. El doctor está haciendo una investigación sobre antibióticos y yo le he estado ayudando.

—¿Qué? ¿Te hiciste doctora de pronto? —sonríe Ernesto.

—No, por supuesto. No estés bromeando así. Lo

que él necesitaba era información de cómo se automedica la gente.

—¿Y no siguió preguntando por Emma?

Margarita mira hacia dentro. Siente la mirada de Julián, el dueño, sobre ella. El interrogatorio de Ernesto le molesta. ¿Qué derecho tiene él de hacerle esas preguntas?

—No. ¿Sabés qué, Ernesto? Mejor te vas. Me va a regañar Don Julio.

—Ya me voy, pero cuidate, Margarita. No te vayas a enredar.

Ella lo mira largamente.

—Mirá quién me lo dice —responde.

Durante el resto del día, mientras hace compras de madera, clavos, pega, en el mercado y las ferreterías, Ernesto acarrea un sentimiento de desasosiego. Se ha comunicado con Emma para informarle que Doña Beatriz, a quien visitó después de almorzar, luce mejor. Ella queda de pasar hacia las cuatro de la tarde a visitar a la enferma. ¿Qué hubo con Fernando? le pregunta en un texto. Te lo contaré cuando te vea, responde ella.

Nora se levanta de madrugada a barrer el patio, arreglar la cocina y preparar el desayuno. La casa se le hace otra, muda, como si percibiera el vacío que ha empezado a crecer dentro de sus paredes. Ignora la hora a la que retornó el doctor tras su salida intempestiva. Apenas le dio los buenos días. Se tomó el café de pie en la cocina y se marchó apresurado. Desde el corredor donde barre el polvo, Nora escucha a Emma hablando con su amiga Diana. No distingue las palabras. Cuando sale de la habitación de Elena a tomar café luce tranquila, ensimismada. Le dice que no se angustie. Hacia las once, bañada y vestida, se despide. No volverá al almuerzo y le da instrucciones para que haga cualquiera de los menús de la semana para la cena. Cuando se queda sola Nora reza a Jesús Sacramentado. Desde varios meses atrás notaba cambiada a la señora. Pero era un cambio bueno. La veía contenta. Ese día es otro el ánimo. Se ocupa en limpiar las habitaciones y cada tanto se persigna. Es mujer y entre quitar el polvo y las manchas recuerda que a ella le pasó algo semejante. Cuando se le fue la regla le entró tal angustia de perderlo todo que se echó al primer hombre que la cortejó. Fermín se llamaba. Mandó todo el juicio al diablo por Fermín. Doña Emma ni se imagina las veces que lo metió clandestino a la casa. Los calores del cuerpo sólo se le aminoraban con Fermín y si a diario hubiese podido acostarse con él, bien que lo hubiera hecho. Se sintió como loca, como puta, sólo en eso pensaba. Hasta que le contó a Betania, su íntima, y ella la llevó a la iglesia. Tuvo necesidad de un Dios completo para que se le quitaran las ansias. Se sumergió en rezos, en la comunidad. Las hermanas le hicieron un rito para expulsarle los demonios y Fermín se le fue pasando. Menos mal. Todavía sentía aleteos en el corazón cuando se acordaba de él. ¿Dónde estaría el pobre? Se escapó de morir cuando ella lo cambió por el Hombre. Pero él supo que no podía competir con Jesucristo. ¡Qué va! Y ella salió ganando. Se calmó. Pero no había duda de que allí había terminado su juventud. No volvió a ser la misma. Se iría al cielo santa pero tristona. Ni modo. De seguro que a la señora Emma le pasaba lo mismo. Sería el hombre ese que atropelló el que la tenía loca. A ese era a quien le llevaba las ensaladas de pollo, los pancitos dulces, el café. Allí debían haber ido a parar los manteles individuales que habían desaparecido, los cubiertos que ella había buscado por todas partes. ¡Dios Santo! Ojalá no se le ocurriera dejar al pobre doctor. El hombre sería una papa sin sal, pero era bueno, noble y sobre todo, la quería. Doña Emma se había puesto linda con sus dietas y ejercicios y tratamientos de belleza. Nunca estuvo más bonita, pero no se encontraría otro como el doctor. Tantos años juntos, ¿cómo iba a echarlos al saco de la basura?

Es un día de desasosiego para todos los habitantes de estas páginas. Se han revelado los entuertos, los secretos pesares y anhelos, pero mientras los corazones y las mentes intentan dilucidar su próxima movida, hay un mosquito, dos, tres, que viajan de casa en casa haciendo sus desmanes. Doña Bea-

triz está mejor esa mañana. Aunque no tenga fuerzas de andar trastabillando como suele, limpiando
y preparando el arroz y los frijoles, y opte más bien
por quedarse en la cama, con un trapo sobre los
ojos, le ha dicho a la hija que se vaya al trabajo y
le deje a la niña. La pequeña Alicia, al regresar del
colegio, ha estado entretenida, mirando muñequitos en la televisión, pero por la tarde, se acurruca
con la abuela y ésta le siente el cuerpo enfebrecido
y la aprieta y cubre con las cobijas cuando la niña
empieza a temblar.

Por la tarde que llega Emma al menos tres personas se han presentado al taller de Ernesto a buscar
a la «doctora» para que les ayude con sus enfermos
febriles. Acompañada por Ernesto, Emma trata de
concentrarse mientras camina por la calle y le narra
a él la conversación de la noche anterior, la confesión
que Fernando y ella se hicieran mutuamente. Se lo
cuenta en fragmentos, dispersa, porque entre un pá-
rrafo y otro deben detenerse y entrar a las casas del
barrio donde la malaria empieza a hacer sus estragos.
De una casa donde una televisión en la sala y un
viejo asiento de jeep parecen ser los únicos muebles,
pasan a otra con una sala de mecedoras toscas con
una mesa al centro y un jarrón con flores de plástico.
Las condiciones de las habitaciones en ambas son
deplorables. El olor a VapoRub, a Cofal, a ungüentos
a base de eucalipto, remedio preferido de los humil-

des, se le mete a Emma hasta el fondo de la nariz mezclándose con el olor mustio de la ropa sudada, los cuerpos asediados por condiciones de vida poco conducentes a la higiene; en cada casa hay niños, tías, madres, abuelas, pocos hombres aparte de los viejos. Emma hace acopio de su noble disposición, de su deseo de ayudar, para sonreír y no echarse a llorar de ver lo que jamás ha visto y percatarse de lo que ha optado por ignorar. Frente a esas vidas que cada día deben aceptar la falta de futuro, la incertidumbre del suyo se le hace una broma irrelevante. Qué incongruente debe ser su aspecto para todos ellos, piensa. Y sin embargo se consuela porque sabe que verla llegar, entrar, tocarlos y explicarles lo que pasa, adquiere veracidad precisamente porque ella luce como luce, porque habla como una persona educada, alguien cuya compasión puede significar que habrá medicinas y esperanza. Pero, después de ver a los tres enfermos y oír de otros casos en distintas calles del barrio, sabe que su buena voluntad, sus básicos conocimientos, no son suficientes.

—El viejito de la primera casa necesita que lo hospitalicen —le dice a Ernesto—. Está deshidratado y sospecho que puede tener las plaquetas ya muy bajas y empezar a tener hemorragias.

¡Qué día aquel y qué situación la suya! Querría recurrir a Fernando, pero no se anima a llamarlo. Se le ocurre llamar a Jeanina, explicarle lo que sucede,

pedirle consejos, nombre de la persona en el Ministerio de Salud a quien debe recurrir para que manden
una brigada médica, personal que intervenga con lo
necesario. No se trata de repartir Aralen a diestra y
siniestra, le dice, ya hay personas en situación crítica:
una niña y un anciano por lo menos.

Regresan al taller y Emma hace llamadas en el
celular, intentando comunicarse con la ministra de
Salud.

—No puede ser —dice—. No paso de la secretaria que me promete informarle a la ministra. Voy
a ir al Centro de Salud del barrio, Ernesto. Tal vez ya
el jefe haya regresado y él pueda hacer algo.

—¿No será mejor que llevemos a la gente allá?
Los podemos llevar en tu carro. Uno por uno si es
necesario. O les das Aralen a todos —sonríe impotente.

—No les puedo dar Aralen a todos. Ancianos y
niños necesitan dosis diferentes. Es una droga muy
tóxica y no quiero matar a nadie. Y no quiero llevar-
los al Centro de Salud para que los hagan esperar en
esos bancos infames.

—Pero ¿qué vas a ganar yendo?

—No sé, Ernesto, no sé. Pero no me puedo quedar sin hacer nada. Puede que manden médicos a ver
a esta gente.

—Buena suerte —dice él, escéptico.

—Jeanina me prometió venir cuando cierre el

consultorio, pero alguien tiene que interceder ante las autoridades. Esto es inaudito. Ellos tendrían que saber que esto iba a suceder si se han reportado tantos casos en pocos días. ¿Qué estarán esperando? Tienen que mandar a desinfectar, a fumigar las casas. Mientras yo voy al Centro, vos andá a la farmacia y comprá dos cajas de Aralen. Vos y yo tenemos que tomar una pastilla a la semana como medida preventiva. Y decile a Margarita que tome también, y que le dé a su jefe.

Emma sube a su coche. Está frenética. El conflicto personal y el padecimiento ajeno son un espumarajo que borbotea en su mente. Respira hondo. Se llama a la calma.

El Centro de Salud es el mismo caos de la vez anterior. No sabe en qué ventanilla preguntar por el jefe y decide volver al laboratorio. Milagrosamente le informan que el responsable sí está. La llevan a su oficina. Tras el escritorio, el médico canoso, gordo, parece afable antes de que su semblante, mientras ella habla, adquiera un rictus de cinismo.

—¿En qué hospital trabaja usted, doctora? —le pregunta.

—No trabajo en ninguno. De hecho, soy ama de casa, pero estudié medicina. Sé lo suficiente.

—Mire, ya sabemos que hay una epidemia en San Judas y estamos procediendo a solicitar recursos para hacerle frente, pero esos recursos tienen que ser aprobados al nivel central ¿me entiende? Hasta que no llegue esa aprobación, yo tengo las manos atadas.

—Mire, doctor, si usted me presta un médico, uno solo, yo lo llevo a que vea a los pacientes, lo traigo de regreso y compro las medicinas que él indique. Considérelo una disposición de emergencia. Usted luego puede encargarse de tomar las medidas que ya no están a mi alcance. Yo vine hace tres días con un caso, ¿sabe? Y ya para entonces le habían detectado el plasmodio a diez personas. ¿Cómo es que no se han movilizado aún?

—Mire, señora, usted es muy guapa y simpática y admiro su interés, pero éste no es asunto suyo. Ya le dije que estamos en proceso de resolver este problema. No tengo por qué darle más explicaciones. Y asómese afuera. ¿Ya vio cuánta gente está esperando consulta? Usted dígame qué médico le voy a dar si sólo tenemos dos aquí y ambos están tapados de trabajo. Mándeme los enfermos para acá, si quiere. No puedo ofrecerle nada más.

El médico, con la bata ajada, se pone de pie y le extiende la mano para despedirse, dando por terminado el asunto. La mira de arriba abajo burlón, mientras pronuncia las buenas tardes.

Dejándolo con la mano extendida, las mejillas rojas con la rabia que se le sube como espuma y le hace cosquillas en los brazos, Emma da la vuelta y sale. No quiere llorar, que se le nublen los ojos, pero no logra evitarlo.

Se queda esa noche hasta tarde en el barrio. Acompaña a Jeanina de casa en casa. No regresa al taller de Ernesto, que ha preferido no estorbar e irse a terminar una mesa que debe entregar al otro día.

Cuando llega a su casa, muy cansada, Nora la está esperando sentada en la silla frente a la fuente, dormitando. Despierta asustada. Se pone de pie, junta las manos. Emma ruega silenciosa que no sea una mala noticia sobre sus hijos.

—Doña Emma, ¿sabe lo que pasó? Vino el doctor temprano y se llevó toda su ropa. Aquí la he estado esperando, rogándole a Dios que esto se arregle.

Capítulo 31

El mar es un azar. Por eso la vida se le compara tan a menudo. La ola levanta a Emma en su cresta de espuma y arena, la sume en su puño y la engulle en el agua salada y revuelta. Ella nada durante varios días sólo para mantenerse a flote, incierta de si logrará sobrevivir y arribar a la inexplorada costa. Los rostros angustiados en el barrio, los consuelos de Ernesto le sirven como maderos de los que se aferra en el mar agitado. Después de evaluar la situación, Jeanina ha puesto en movimiento sus contactos. Diana y su amiga Rosario, cuyo esposo es directivo de dos canales de televisión, se encargan de que los medios de comunicación divulguen la noticia de la epidemia y la desidia de las autoridades. Tras el escándalo, llegan del nivel central del Ministerio médicos y suministros de medicinas. Los camiones pasan fumigando. Brigadas de jóvenes visitan las casas para asegurar que no hay aguas estancadas y desinfectar recipientes para eliminar los criaderos de mosquitos. Emma se convierte en una presencia activa en las casas infestadas. Se asegura de que las autoridades realicen el censo de los enfermos y distribuyan el tratamiento preventivo entre los que aún están sanos. Se ocupa también de que los que se recuperan reciban la Primaquina para aniquilar el parásito que, tras la enfermedad, se aloja en el hígado de los pacientes. Infatigable de la mañana a la noche, evade pensar en la crisis de su matrimonio. Los hijos, Elena y Leopoldo, aún ignoran lo sucedido. Emma le ha puesto un correo a Leopoldo pidiéndole que llegue el siguiente fin de semana que es cuando Elena regresa de una misión en el campo. Su plan es que ella y Fernando, ya sea juntos, ya sea cada uno por su lado, les notifiquen de lo que sucede. Con zapatillas planas, vestida sencilla con vaqueros y camisetas, sin tiempo de aplicarse más que un leve brochazo de color en las mejillas, ha visitado un sinnúmero de casas del barrio. Ha laborado incesante asistiendo a los médicos jóvenes, internos y residentes, que llegan desorientados, acatando órdenes superiores vagas y displicentes. Las tareas que ha debido ejecutar en esos días son más perentorias que replantearse la existencia. Le impresionan las limitaciones, la ignorancia y las supersticiones que dificultan el trabajo de la ciencia, la resignación que deja en las manos de un

Dios invisible la vida o la muerte. Le tocan la piel las miradas desconfiadas y contiene el rechazo y lástima que le producen los trastos renegridos por el hollín, los olores a zapatos y comida, las camas con sábanas amarillentas o cobijas raídas, las gallinas paseándose a veces en la sala, los perros flacos alimentados de magras sobras, que le huelen los pantalones y le meten el hocico sin pudor entre las piernas. Le cuesta creer que aquella gente que carece de todo le ofrezca, sin dudar, el jugo de sus pocas naranjas, una ración de arroz y frijoles, una tortilla caliente. En pocos días ha aprendido a superar sus remilgos. Come de platos plásticos llenos de rayones, bebe de vasos que no son más que envases de vidrio de encurtidos o jalea, lavados y vueltos a relavar. Sabe que rechazar la comida de los pobres equivale a ofenderlos. De intentar sonar campechana cuando les habla pasa a oírlos y conocerlos por nombre. La gente le cuenta sus historias con el desparpajo y humor característicos de una idiosincrasia que rehúye el drama pero no omite detalle cuando se trata de narrar dolencias y recomendar remedios. Le sobrecoge oír de los trabajos que han pasado quienes del campo se mudaron a la ciudad, el empeño que deben utilizar para ganarse la vida contra viento y marea, contra hombres abusivos y patrones explotadores. Emma recuerda las novelas rusas que leyó en su adolescencia, las penurias de quienes sufrían un sistema feudal. Le apena comprobar que a pesar de mostrar valentía para la adversidad, parecen resignados a su destino, como si el fracaso de la revolución hubiese marcado para ellos el fin de toda esperanza. Apenas una mujer le habla con entusiasmo de perspectivas de negocios de ropa y comida, de la hija que estudia inglés y contabilidad y de cuánto despreciaba al gobierno que se olvidaba de ellos. Pero no todo es tristeza y miseria en el barrio. Las familias se ayudan; las abuelas como Doña Beatriz cuidan de los nietos, los jóvenes juegan béisbol o fútbol en las calles de tierra, se habla de las telenovelas, Violeta la del salón de belleza, que no ha enfermado, cuenta chismes de amoríos, Don Fermín narra historias de los cortes de café en el norte. Las sonrisas, el afecto, el aprecio que cada vez con mayor efusividad le prodigan, hace que Emma pierda el prurito de haberse tomado a pecho su papel de doctora empírica. Por las noches, no pierde tiempo en su casa: refresca sus conocimientos de primeros auxilios. Se imagina obteniendo recursos para abrir un centro de asistencia de primer nivel, con cursos sencillos sobre nutrición, primeros auxilios, cuidado de los bebés, lactancia materna.

Ernesto tiene mucho trabajo por entregar, pero cuando ella llega a tomarse un descanso al taller, la mima y atiende.

—¿Sabés, Ernesto, que vos tenés el poder de abrazar con los ojos? —le dice ella. La intensidad y luz con que la envuelve logra reconstruir en un instante cuanto edificio de sí misma ella siente vacilar o resquebrajarse.

—Me enamoré de vos —dice él, levantando la mirada de la tabla que cepilla. Se lo dice con una naturalidad que a ella la deja pasmada.

Y en esos días, a pesar de que no hacen el amor, él la sostiene, le habla, la tranquiliza y ella siente, por primera vez, la sensación de que otro ser humano le brinde un apoyo de igual a igual, sin paternalismo, sin arrogancia. Detrás de su permanente ánimo jovial, Ernesto alberga una persona cuya virtud, si ella pudiera resumirla en una palabra, es un auténtico y profundo respeto por los demás y una cortesía innata. Piensa que allí reside lo que les permite esa relación rara en que ambos se perciben iguales, adultos, desprovistos de artificios que los obliguen a falsificarse el uno frente al otro. Conmovida, Emma comparte con él su azoro constante ante los dictados de la vida que da a algunos todo y a otros nada. No es la vida la que lo hace, le dice él, somos responsables. Es un asunto de cucharaditas, le dice y le cuenta de Amos Oz, el escritor israelí y su Orden de la Cucharita.

—Amos Oz escribió un libro: *Cómo curar un fanático*. Lo saca de un estante en su habitación y lee:

Yo creo que si una persona está mirando una enorme calamidad, digamos que una

conflagración, un incendio, siempre hay tres
opciones principales.
1. Huir, tan lejos y tan rápido como sea po-
sible.
2. Exigir que los responsables sean removi-
dos de sus cargos.
3. Agarrar un balde de agua y tirarlo al fue-
go y si no hay balde, buscar un vaso y si no
hay vaso buscar una cuchara y si no una
cucharita. Todo el mundo tiene cucharas o
cucharitas. No importa qué tan grande sea
el fuego, hay millones de nosotros y cada uno
de nosotros que tiene una cucharita puede
usarla para apagar el fuego.

Y sigue diciendo Oz que a él le gustaría estable-
cer la Orden de la Cucharita.

Las personas que comparten mi actitud, no
la de huir o la de exigir que otros se hagan
responsables, sino la de la cucharita, querría
que llevaran prendida en el pecho una cu-
charita que los identifique como miembros
de la Orden de la Cucharita y así todos los
demás sepamos quiénes estamos en la mis-
ma hermandad, en el mismo movimiento de
hacer algo para apagar los fuegos del mundo.

Busca en la mesa de la cocina una cucharita y se la da.

—Yo te otorgo la Orden de la Cucharita —le dice.

Emma se emociona. Aún muchos años después recordará ese mediodía caluroso y la cucharita que tomó en sus manos sudorosas, como el preciso instante en que se enamoró de Ernesto.

Era de esperar que Fernando se marchara, le dice Ernesto cuando ella lo pone al tanto de lo sucedido. Ningún hombre acepta que la mujer le diga que tiene un amante. En Europa tal vez, pero en Nicaragua el sentido del honor masculino no tolera esas confesiones. Son casi las nueve de la noche cuando Emma regresa a su casa. Nora le ha pedido la noche libre para atender el matrimonio de una sobrina. Le ha dejado sobre la cocina el plato de la cena cubierto con papel de aluminio. Ella se sienta a la mesa y se sirve una copa de vino blanco. Se quita los zapatos. Se frota un pie con el otro. Ha encendido todas las luces, la pequeña araña de cristal sobre la mesa refulge. El viento es el único sonido. Se escucha afuera moviendo las frondas de la palmera. Emma contempla el salón comedor, los paisajes italianos de la suegra en las paredes. Sólo un cuadro le pertenece a ella, un paisaje lacustre de su pintor preferido: Alejandro Arostegui. Hasta ahora que ha compartido las vicisitudes del barrio lo descifra; descifra las latas que el pintor ha superpuesto sobre el óleo. La pobreza contra el azul magnífico ha dejado de ser simbólica, abstracta. Sentada en la silla de la cabecera de la mesa, recorre como si viera diapositivas imágenes de comidas familiares en ese lugar, Navidades, cumpleaños, cenas con amigos. En su vida matrimonial, la vida social sucedía en oleadas, había épocas en que tenía ánimo de meterse en la cocina y fraguar platos o probar recetas novedosas; pero otras la dominaba el aburrimiento de lo predecible, las conversaciones que se repetían, las formalidades de Fernando queriendo impresionar a sus amigos médicos. Desde que Leopoldo se fuera a la Universidad el año anterior, apenas había organizado comidas. Se deprimió y los días fueron pasando inadvertidos. Las amigas la llamaban a veces, la invitaban a sus fiestas o cenas. Y ella iba. Después sucedió el accidente y ella se ensimismó. Le sorprende pensar que si antes fue diestra en manejar varios oficios a la vez, se encontraba ahora reacia, incapaz incluso, de seguir haciéndolo. Huía de que se le agolparan las tareas en la mente. Necesitaba enfocar la atención. En esos días había sido una bendición que la epidemia la absorbiera totalmente. Llegar agotada impidió que el armario vacío de Fernando le hiciera mella. Además Nora, la buena de Nora, la seguía por la casa, le ofrecía té, café, vino. Era la primera noche que estaba sola, auténticamente sola en la casa.

Se levanta, lleva los platos a la cocina, los lava con parsimonia mirando por la ventana. Está cansada pero de una manera diferente. ¿Cómo calificarlo? Un cansancio dulce, piensa; un cansancio que reposa en sí mismo, que no tiene prisa por descansar, un calor placentero, el cuerpo contándose a sí mismo las horas transcurridas. Nadie la espera, nadie espera nada de ella, ni una sonrisa, ni una reacción, ni la frase feliz, o el contrapunto. Se seca las manos. Sale al pequeño jardín donde está la fuente. La luna es un sable desenvainado en el cielo, un alfanje, y el viento sigue corriendo por la noche con sus prisas. Las flores del arbusto están cerradas, pero la enredadera de jazmín brilla con sus flores blancas y pequeñas despidiendo un leve perfume. Emma se sienta en la mecedora de la suegra, ¿qué habrá pensado cuando por horas se quedaba quieta allí mismo?, ¿qué miraba dentro de sí? Ella misma podría ser un fantasma, el fantasma de una casa abandonada, un nido del que ya volaron uno a uno los pichones y luego el padre y la madre. Mira el entorno como si recién lo contemplara. Detiene la mente cuando ésta quiere obligarla a pensar en el futuro. Así está bien, se dice, ¿cuántas veces he sido solamente esto, un cuerpo respirando, siendo? ¿Qué otra cosa es más hermosa que el puro placer de estar simplemente suspendida, quieta en la noche, existiendo? Se siente bien, fuerte, con un contento plácido que no deja de parecerle inaudito.

Que ella, mujer de su casa, esposa abnegada, madre dedicada, contemple los años que vivió de esa manera como de lejos, como si los hubiese vivido otra y no ella, la deja pasmada. ¿Cuándo empezarían las concesiones?, se pregunta. ¿Cuándo fue que empezó a ceder y dejar de ser lo que era para capitanear el barco de la vida en común con Fernando, montada en la proa, pendiente de los escollos, las mareas, las posibles tormentas? Creyó siempre que era su misión, que eso la haría feliz. Por años no tuvo tiempo siquiera de preguntarse si lo era; no tuvo descanso, siempre vigilante, volcada fuera de ella misma. Entra a la habitación, enciende la luz, ve la cama ancha, el cobertor de damasco con dibujos blancos y ocres, las almohadas, el aire inmóvil sobre los retratos. Fernando está alojado temporariamente donde Enrique, el amigo recién divorciado. La ha llamado por teléfono, diciéndole que necesita estar solo para pensar, no tolera estar cerca de ella. Los hombres son más decididos sin duda, piensa. Acostumbrados a no depender de nadie, gozan de la confianza genética de su propio peso en el mundo. Desconocen la sensación de ser apéndices, complemento de alguien. Aun los dependientes actúan como si no lo fueran. Reconoce que en otro tiempo ella, sin profesión, con niños pequeños, habría entrado en pánico. Curiosamente, ahora siente alivio, hasta alegría ante la oportunidad de tomar la vida en sus manos, moldearla a su antojo y organizar sencillamente su entorno. Esos días atareada con la epidemia de malaria la han sacudido. Volver a estudiar, terminar la carrera es una tentación. Tiene dinero ahorrado y puede vender la casa que le heredó la madre. ¿Y Ernesto? Lo quiere. Ernesto es benéfico, como un té caliente, un baño de tina, un concierto en una plaza italiana. Quizás el miedo a la diferencia de edad le impide verlo de una manera más estable en su vida. Pero no quiere soltarse de una rama para aferrarse a otra, por mucho que se alegre de que la alternativa exista. Imaginarse con Ernesto la hace sonreír. ¿Sería capaz? Frente a su tocador, se limpia la cara con leche limpiadora. Tiene ojeras pero no le importa. Se cepilla el pelo para atrás, se pone el pijama. En la mesa de noche tiene las hormonas bioidénticas que le recetara Jeanina. Con ellas, los calores se han disminuido pero no han desaparecido. Toma la mezcla de hierbas: Black Cohosh, Evening Primrose, su vitamina E, el DHEA, un cóctel que, según Jeanina alimenta todas las necesidades del cuerpo de una mujer que ha llegado sana a la madurez. Oye el sonido de un texto que entra a su celular. Es Ernesto, deseándole buenas noches.

Despierta hacia las tres de la mañana. Se sienta en la cama. No sabe si es la menopausia lo que últimamente la hace despertar de madrugada y emprender la batalla por volver a dormir. Es la misma, pero ya no lo es. Hay cambios sin duda en su cuerpo. Pequeños cambios. Una cierta rigidez en la espalda al levantarse, las uñas quebradizas, súbitos arranques de ganas de llorar y esconderse. Pero también una vitalidad nueva, bríos, un no temerle a sus impulsos. Reconoce, sin embargo, que tiene miedo a lo que dirán sus hijos. ¿Cómo les explicará? Ni ella misma logra hilvanar una narrativa coherente de lo que ha sucedido. Elena ha sido su ocasional confidente. La hija hasta le ha preguntado si es feliz con el padre tan ausente, metido en su mundo del hospital, los amigos con los que sale de pesca. Emma jamás ha sentido que puede abrirle su corazón. Sólo a través de sus propias experiencias cuando sean madre y padre, Elena y Leopoldo sabrán lo inaccesible que es la intimidad plena dentro del núcleo cerrado de la familia. Ellos también ocultarán sus interioridades. Recubrirán la superficie con el barniz de las parejas aparentemente felices, se esforzarán en mantener la sensación de armonía queriendo evitarle a los hijos las angustias que a ellos no les será dado remediar.

No concibe siquiera insinuarles que Ernesto o incluso Margarita sean la causa de la separación. Que se enteren más tarde. Le daría vergüenza. Prefiere hablarles del cansancio, del amor extinguido por la rutina, el diario. Se imagina a Elena amonestándolos, diciéndoles que era lo natural en matrimonios longevos, que se fueran de vacaciones, se cambiaran de casa, que ya estaban mayores y era el tiempo para acompañarse no para quedarse solos. La juventud era cruel y desconocía el derecho de los mayores a seguir usufructuando la vida. Era un error repetido de generación en generación. Sólo cuando uno era adulto y se percataba de la eterna juventud de los sentimientos percibía la altanera falsedad de atribuirlos a la edad cronológica.

Por la ventana la luz de la luna ilumina los troncos de los árboles, las hojas violáceas del caucho, que se mueven agitadas por un viento que las hace sonar como el mar dentro de una caracola. El cansancio al fin le cierra los ojos y Emma se sumerge en sueños luminosos. Pasará la angustia. Pasarán los malos momentos, siempre pasan. Ahora, como nunca, su vida le pertenece.

Ernesto Arrola tampoco duerme. Recuerda la tarde, las heridas y vetas de la madera cepillada, y el impulso franco y efusivo que le hizo decirle a Emma que estaba enamorado de ella. La ha visto literalmente transformarse y le complace saberse parcialmente responsable de su metamorfosis. Era impresionante ver salir una mariposa de la crisálida. Emma merecía más que esa historia anodina y sin oficio que actuaba cuando apareció en su vida. Era una lástima que mujeres como ella terminaran aplastadas por la obligación de matrimonios áridos. Él la ha visto emerger de sí misma como emergía Venus de las aguas en el cuadro de Botticelli. Era una lástima que el Fernando no la hubiese cuidado como una joya, que la hubiese tratado como un animalito doméstico, como si una buena jaula y buena comida fueran suficientes para la felicidad. Esa mujer necesitaba que la acariciaran con palabras, que la celebraran y la hicieran reír. Tenía una risa que a él le parecía pop-corn, que le saltaba de adentro como motitas blancas y tostadas. Le encantaba ver lo profesional y decidida que se comportaba cuando era necesario. Tenía un espíritu de combate y a pesar de andar como pez fuera del agua por allí, trataba a todos con mucha dignidad y respeto y eso le había ganado aprecio entre la gente del barrio. Ernesto sabe que ella se preocupa porque él es menor que ella, pero eso le tiene sin cuidado. Si no se ha casado, ni emparejado con nadie es porque teme esas vidas chorreadas en cemento en un molde universal, vidas que apenas se distinguen unas de otras. Quizás era la manera en que debía funcionar la sociedad por aquello del orden, de la multiplicación de la especie, pero él no tiene el mandato de reproducirse. Al contrario, piensa que es egoísta contribuir a la explosión demográfica. Nicaragua duplicaba su población a una velocidad espeluznante. La gente tenía hijos sin pensar, ya fuera por descuido, ignorancia o porque les fascinaba el romanticismo del embarazo, las cunitas de bebé, los cochecitos, el olor a talco. Los hombres cedían siempre al mandato biológico de las mujeres, o al desafío de demostrar la virilidad engendrando. Les resultaba fácil después desentenderse, delegar el cuidado, sentirse muy buenos padres si jugaban con los hijos un rato. Pero él desde niño notó que las mujeres tenían que vérselas solas. Era una ventaja para él que Emma hubiese cumplido esa parte de su tarea. Él y ella podían simplemente dedicarse a la vida, a hacer lo que les satisficiera. Margarita solía llamarle egoísta cuando él mencionaba que no tenía intenciones de ser padre; ella podría tenerle hijos al doctor, si es que esa relación progresaba. Afortunadamente era ya tarde para Emma. No le podía ocurrir. Lo miraba con sospecha cuando él decía y repetía que no tenía que preocuparse por eso. A las mujeres les costaba la idea de ser menores que las parejas. Por alguna razón les daba hasta vergüenza. Un día de éstos él le hablaría de Doña Laura. No se lo ha contado por no echarse a llorar. Teme el llanto.

Fue con ella con quien hizo el amor por primera vez, él tendría diecisiete y ella más de treinta o cuarenta. Recién se iniciaba en su trabajo como carpintero. Changuitas, pequeñas reparaciones. Doña Laura tenía una casa preciosa, como de muñecas, de madera y en un lugar poco desarrollado en las sierras de Managua, rodeado de árboles. Era una mujer bastante ermitaña, daba clases en la universidad y era viuda. Guapa Doña Laura. Cuando él llegaba la encontraba recién levantada, con la cara

sin una gota de maquillaje, envuelta en unas batas
asedadas con estampados de flores y descalza (fue
por ella que se aficionó a los pies lindos). Doña Laura
trabajaba en las tardes y en las mañanas rondaba
por su casa y el jardín, arreglando y arreglándose.
Se hacía ella misma la pedicura sentada en un sofá
de la sala mientras él arreglaba los marcos de las
ventanas comidas de comején, las vigas, las puertas (la plaga era incontrolable) y la miraba de reojo
dedicarse absorta a pintarse las uñas. Ella le daba
conversación. Daba clases de filosofía y le gustaba
largarse en discusiones y reflexiones, preguntarle si
él creía que la bondad era innata en el ser humano,
si pensaba que la maldad la cargaba toda la especie,
que cuál era el impulso principal. Le leía párrafos de
Aristóteles sobre la vida virtuosa, le contó de los tres
sueños de Descartes y su idea de una teoría única del
conocimiento. De ella aprendió lo de Carpe Diem;
no dejar ir el tiempo, atrapar cada día. Hablaban de
eso y de todo. Un día de tantos, sin más, lo llamó a
su cuarto. Se había soltado el pelo que siempre usaba
apilado en lo alto de la cabeza, un pelo muy oscuro,
abundante. Ernesto recordaba el olor a limpio de la
habitación y el leve perfume a mujer, a sexo que ella
emanaba. Desnudame, le dijo, viéndolo fijo con una
mirada sin pudor pero diáfana, humedecida y ávida.
Él recuerda lo rápido que le respondió, el temblor
que sintió en las piernas y en las manos cuando le

empezó a quitar la bata y la vio magnífica, los pechos grandes, las anchas piernas, la barriguita. Fue rápido. Allí mismo, contra la puerta del armario hicieron el amor, frenéticos. Doña Laura tenía la misma calidad de Emma para hacerlo: un abandono desinhibido y a la vez el don de estar absolutamente presente, los ojos abiertos, las manos guiando caricias, dándolas y recibiéndolas, el cuerpo entero envuelto en una suerte de vibración, respondiendo a cada fricción como a una sed profunda, misteriosa. ¡Ah! y los orgasmos. Los orgasmos eran de locos. Hasta sin que él la tocara tenía orgasmos a veces. Relampagueantes, sin esfuerzo, como si los tuviera a flor de piel. Emma era igual. Debía ser cosa de la edad. Ya no temerían embarazos y la fuerza de la fertilidad se volcaba en un placer desaforado. Él se maravillaba. Buena conversación, buen sexo, un cuerpo suave, experimentado, rotundo. ¿Qué más podía un hombre como él pedirle a la vida?, se decía.

Doña Laura enfermó. Cáncer de pecho. Se lo encontraron tarde y se la llevó rapidísimo. Una hermana se mudó a la casa a cuidarla. Él la visitó a diario. La vio ir perdiendo la luz, el ánimo. Muy valiente pero incapaz de aceptar la muerte. Rabiaba, lloraba. Él estuvo allí el día que murió. Ya no estaba consciente. La hermana le pidió que abriera las ventanas. Puso música, la música que a Laura le gustaba y se sentaron los dos a esperar hasta que ya no respiró más, hasta que abrió los ojos muy grandes y suspiró por última vez.

Ernesto siente la nostalgia de las memorias confundirse con el dolor seco, el desgarre vertical que siempre le comprime los pulmones cuando los recuerdos lo llevan hasta ese desenlace. Piensa que quizás hace mucho que quiere volver a encontrar a esa mujer, que quizás ya la encontró.

Capítulo 32

El sábado, a media tarde, Emma recibe a sus hijos. Apenas han estado un rato en la casa cuando Fernando hace su aparición. En la cocina Nora se persigna y pone a calentar agua para el café. En la terraza del jardín, bajo la sombra del frondoso árbol de caucho, Elena y Leopoldo se enfrascan en una conversación sobre lo que cada uno está haciendo. Tras los besos y saludos y una leve y rígida inclinación de cabeza para Emma, Fernando se ha sentado en la única silla vacía de la mesa redonda. Los jóvenes conversan. Los padres los miran. Emma le ha pedido al marido, por teléfono, que sean discretos. Basta decirle a los muchachos que están reevaluando el matrimonio, que decidieron separarse un tiempo. Fernando se muestra irónico y agresivo. Pero ella sabe que él tampoco quiere revelarles que tiene una amante. Cada uno tiene su carta marcada bajo la manga y eso empareja el juego.

—¿Qué pasa? —dice Elena, al percatarse del silencio tenso de los padres—¿Qué es lo que quieren decirnos?

—Los queremos mucho —dice Emma—. No tiene nada que ver con ustedes pero su papá y yo nos vamos a separar. Eso es lo que queríamos decirles —Emma tiene el pecho encendido. Esta vez no sabe si por la pena de hacer sufrir a los hijos o por un sofoco. Saca el abanico y se sopla.

Nora llega con el café. Lo único que se escucha es el tintineo de las tazas, las cucharas que se sirven azúcar. Nadie habla hasta que la empleada regresa a la cocina.

—Ustedes están locos —dice Leopoldo, su rostro muy parecido al del padre, incongruente con la corta coleta, y el arete en la oreja, muestra una expresión de incredulidad, una media sonrisa que desmienten los ojos muy abiertos. —¿Cómo se van a separar?

—No hablés así, Leopoldo —dice Elena, la mirada fija e irónica sobre el hermano, las dos manos sosteniendo la taza de café a medio camino entre la mesa y sus labios. —Sucede en las mejores familias. —¿Qué pasó? Esto sí que no me lo veía venir yo —dice volviéndose hacia los padres.

—Algo tiene que haber pasado —dice Leopoldo.

—Tu mamá está menopáusica —dice Fernando, de quien la hija hereda el sarcasmo— y decidió que quiere vivir el resto de su vida de otra forma.

Emma se remueve en su silla. Acusa el golpe bajo con un gesto de disgusto, un cabeceo de censura.

—¿Es cierto, mamá? —pregunta Elena, ansiosa, como si le hubiesen comunicado que la madre está enferma.

—Sería como decir que las mujeres salimos corriendo a casarnos apenas nos viene la regla. El cuerpo se vuelve fértil a cierta edad y deja de serlo a otra. La menopausia, ni es una enfermedad, ni provoca que uno se descase. Todas las mujeres pasamos por eso. No es causal de separación o de divorcio que yo sepa —sonríe.

—Pero tal vez te alteró, mamá, ¿no creés? Yo he oído decir que altera bastante a las mujeres —dice Leopoldo.

—No estoy alterada, mi amor —Emma no quiere caer en la trampa que le ha puesto Fernando, pero sabe que le costará desmontarle el juego. El marido acaba de poner en su contra siglos de prejuicios. Se le ocurre que si no cae en la provocación, puede salir airosa del paso. —No estoy alterada —repite—. Lo que siento nada tiene que ver con las fases del cuerpo o de la luna. Es sencillo: con el paso de los años hay amores que se marchitan. El mío se marchitó. ¿Cuántos años me quedan por vivir? ¿Treinta, cuarenta? Los que sean, los quiero vivir bien, quiero ser feliz, no seguir viviendo en una situación que sólo sobrevive por la inercia de la costumbre. ¿Cuántas veces les he predicado que busquen la felicidad, que no se resignen, que no se conformen con ser menos de lo que pueden ser?

—¿Preferís quedarte sola, vos que siempre me estás reclamando porque yo prefiero estarlo? —interviene Elena.

—Te pido disculpas, Elena. No volveré a insistir, pero sí, prefiero quedarme sola.

—¿Y vos, papá? —habla Leopoldo.

Fernando se encoge de hombros. No sabe qué decir. Querría decirles que aquello nunca estuvo en sus planes. Pero aunque pudiese quizás olvidar a Margarita, estaba seguro de no olvidar a Ernesto. Por días ha batallado con el sentimiento, intentando perdonar a Emma en su corazón, pero no logra imaginar vivir más con ella, tocarla, dormir en la misma cama. La idea le inspira repugnancia física. No entiende cómo las mujeres logran perdonar las ofensas y vivir plácidas la infidelidad de los maridos. Él no posee la mentalidad sufrida y noble quizás que se requiere para hacerlo. Lanzado al camino extraño de una situación inesperada, se ha sumido desde la noche de las confesiones, en un ánimo fluido, de dejarse llevar por lo que resulte con Margarita, con quien aún no logra visualizar el futuro.

—Yo no puedo forzar a tu mamá a que se quede conmigo contra su voluntad.

—¿Por qué no se dan un tiempo antes de decidir algo definitivo? —dice Elena—. Tal vez necesitan una vacación el uno del otro.

—Precisamente eso hemos pensado—dice Emma.

Leopoldo mira a la madre con una mezcla de compasión y ternura. Elena le aprieta la mano que Emma tiene sobre la mesa.

—¡Nada de lástima, hijos, por favor! —dice ella, creciéndose, retirando la mano de la mesa, del apretón de Elena (los hijos recordarán lo bella que lució en ese momento). —La menopausia es quizás lo mejor que me ha pasado en la vida. Hay mujeres que viven la vida entera cerrando los ojos. Yo no los cerraré más. No me doblegaré. No lo haré por ustedes. No lo haré por mí misma. Algún día me lo agradecerán.

Los hijos se quedan quietos, respetuosamente en silencio. Hay un contraste que no se les escapa entre el padre y la madre. Criaturas de mujer perciben instintivamente, con el olfato antiguo de la especie, el íntimo poder de ella.

—Tu mamá se queda aquí en la casa. Yo me trasladé donde Enrique. Más adelante veremos qué hacer —dice Fernando.

—Increíble —dice Leopoldo y se levanta—. Perdonen pero me cuesta asimilar esto.

—No te va a faltar nada, Leopoldo —dice Fernando—. No debés preocuparte.

—No es eso —dice Elena—. Entiendo lo que pasa. Lo respeto. Pero es difícil acostumbrarse a la idea —se le quiebra la voz. Le brotan las lágrimas.

A Emma las puntas de los dedos le pulsan con un dolor agudo. Le ha sucedido antes. En lugares altos, cuando los hijos se acercaban mucho al borde de donde podían caer, las palmas enteras de las manos empezaban a arderle. De no ser por la bendita menopausia, el azar del accidente, Ernesto, Margarita y cuanto convertía en irrevocable aquella decisión, ella se echaría a llorar en ese mismo instante, pediría perdón sin sentir culpa, abrazaría a Fernando y juraría que haría otro esfuerzo. Por evitarles el sufrimiento, continuaría soportando la vida monótona de un matrimonio desgastado por el uso, se sacrificaría en el altar del amor en el que se consumen las mujeres que se niegan a sí mismas; una hoguera siempre ardiendo alimentada de sueños postergados, de resignación y miedo. Pero sus hijos ya eran un hombre y una mujer enteros, fuertes, capaces de asimilarlo. No la perderían. Tampoco al padre. Emma cierra los ojos, aspira.

—Seguiremos siendo su padre y su madre —dice—. No nos perderán.

—Siempre se pierde, mamá —dice Elena, mirándola fijo—. Lo que eran ustedes dos se perderá.

—No lo niego. Pero nos ganarán como personas.

—Nunca me voy a casar por eso —dice Elena, llorando—. Nunca, nunca.

—Hija, no todo puede ser inmortal —Emma se levanta y la abraza—. Ha sido bueno mientras duró. De eso nos debemos alegrar.

—Ya —dice Fernando, poniéndose de pie—. Así es la vida y no hay vuelta que darle. No nos pongamos sentimentales que no se gana nada.

—Yo me voy —dice Elena, secándose las lágrimas, buscando su bolso. Intenta la racionalidad, pero tiene el rostro enrojecido—. Tengo una reunión. La habría cancelado pero no imaginé que veníamos a esto. Mañana vengo, mamá.

Emma la ve partir. Así es su hija. Prefiere vivir sola sus dolores, pero es valiente. No teme por ella. Leopoldo se ha puesto a conversar con el padre. A él también se le pasará. La someterá a interrogatorios, sesiones de regaño, y se apaciguará.

Será así hasta que ambos se enteren de la existencia de Ernesto y Margarita. Y eso también pasará. Dejará secuelas, sin duda. Emma se percata de que aquélla será quizás la última vez que la familia exista. Del fondo del esternón le sube un intenso deseo de vomitar que controla tomando el agua fría que Nora ha dejado sobre la mesa. ¿Cuánto de esto es real?, se pregunta; ¿cuánto no viene desde mucho más allá de mí misma, toda una historia que nos condena a pensar que el amor es evitar lo difícil, que quiere convencernos de que la felicidad es un producto fácil y no el resultado del cincel, del corte, de aprender a serle fiel a lo que somos?

—Mamá, ¿estás bien? Te pusiste pálida —Leopoldo deja al padre y se inclina hacia ella solícito.

—Estoy bien, hijo —dice ella, y sonríe—. Estoy bien.

Poco después, Leopoldo se va con el padre a cenar. Emma se queda en la terraza. Oscurece. Las luciérnagas encienden sus luces intermitentes en el jardín. Las mira un rato, sentada a la mesa, hipnotizada por el resplandor verde apareciendo y desapareciendo entre los arbustos. ¿Cuántas son? Recuerda la infancia cuando las recogía y metía en un frasco de vidrio para verlas brillar incandescentes. La crueldad inocente de los niños, piensa. Las crueldades inocentes empiezan muy temprano. Uno busca la luz y trata de apresarla, poseerla. Poseer es tan humano, un instinto feroz. Fernando la ha poseído, sus hijos la han poseído. ¿Qué ha poseído ella? Ni siquiera esa casa es suya, pero tampoco se considera inocente. La familia es una comunión. No hay hostias, ni misa, pero sí un alimentarse los unos de los otros. Fácil caer en el canibalismo; el amor arrancando pedazos. Suspira. No quiere poseer ya. Siente un deseo enorme de soltar, desprenderse, encontrar esa luz generosa y pálida de las luciérnagas; querer porque sí, sin obligaciones, simplemente porque más allá de lo propio, el amor tiene la cualidad difusa de la luz, se difumina, se esparce y regresa, lo envuelve todo. La luna aparece por encima del seto. Es una luna llena, enorme, dorada.

Emma se levanta de la mesa. La terraza es amplia, de ladrillos de barro, rodeada de lirios bajos, plantas de hojas grandes, una agrupación de palmeras en la esquina y el árbol de caucho en su redondel al extremo como una enorme sombrilla. Cerca de la mesa hay una perezosa con un cojín un poco desteñido por el sol. Emma se sienta allí, se quita los zapatos, se destraba el sostén, se recuesta, no enciende las luces. En la oscuridad puede ver los cráteres realzados en la faz del astro imperfecto: una esfera rodando en el Universo, adherida a la atmósfera de la Tierra, desprovista de vida; un astro de queso, de plata, un reflejo de agua. Y sin embargo, ningún ser humano está exento de su magia. Nadie escapa de mirarla e imaginar su vida subordinada al sol pero misteriosamente autónoma y quieta. Y es que la Luna se deja mirar. Es en el cielo el único astro familiar, accesible; el que aminora el terror de la noche. Un satélite amable, femenino.

Es la hora de ser lunática, piensa y sonríe, de permitirse ser loca, tierna, falible, vulnerable; de gozarse por dentro y abrazar lo que llegará de aquí en adelante. Abre los brazos y se despereza sintiendo la sensualidad de la noche cálida inundarle los poros. La tarde y sus emociones, lo que vendrá después deja de inspirarle pesar, miedo de sí misma. Piensa que debe empezar esta nueva etapa con un rito, como una druida pagana. No en balde es una noche de luna llena. Se levanta descalza, juguetona, va al baño, saca las cajas de compresas, de tampones, busca en la cocina la caja de fósforos.

—Nora, Nora —llama.

Nora aparece, con cara de susto.

—Vení, Nora, ayudame a levantar esta maceta.

Mueven la maceta y Emma toma el plato de cerámica y sobre esa superficie va colocando los tampones que saca de sus envoltorios, las compresas, los papeles, las cajas. Luego raspa uno, dos, tres fósforos y va encendiendo aquí y allá el pequeño montículo. Titubeante primero, el algodón empieza a arder cada vez más intenso, las compresas llameantes se curvan sobre sí mismas, los tampones arden, prenden fuego los hilos, los plásticos aislantes; se incineran las memorias de períodos y placentas. La hoguera crece roja y flamea sobre las baldosas.

—¡Ay, señora, qué ocurrencia la suya!

—No vamos a llorar, Nora. Vamos a decirle adiós a todo esto y a bailar—dice Emma—. Corre al interior de la casa, pone música y mientras la pequeña hoguera arde y resplandece en la oscuridad, regresa, toma la mano a Nora y en un gesto que la otra instintivamente entiende, dan las dos vueltas alrededor del fuego, cada vez más de prisa, riendo primero por lo bajo y luego a carcajadas.

Mientras se mueve al ritmo de la música, Emma piensa en su cuerpo de mujer desprendiéndose de la luna, despidiéndose del influjo con que ésta ha marcado su vida de hembra de la especie; la sangre menstrual y el calendario de los partos. Ahora sólo brillará para ella como para Emma Bovary. Invocará sus dones para que alumbre noches como ésta, noches de ser solamente una mujer bajo su intenso reflejo, encendida con el calor de su plateado resplandor. Se dejará poseer por esa luz, por el misterio de tantas miradas que han querido adivinar qué hay en sus cráteres, en la arena suelta, en el lado oscuro donde no sonríe el hombre.

Los Ángeles - Managua, Abril 2014

MENOPAUSIA

Hasta ahora,
las mujeres del mundo la han sobrevivido.
Sería por estoicismo
o porque nadie les concediera entonces
el derecho a quejarse;
que nuestras abuelas
llegaron a la vejez
mustias de cuerpo
pero fuertes de alma.
En cambio ahora
se escriben tratados
y desde los treinta,
empieza el sufrimiento,
el presentimiento de la catástrofe.

El cuerpo es mucho más que las hormonas.
Menopáusica o no,
una mujer sigue siendo una mujer;
mucho más que una fábrica de humores
o de óvulos.
Perder la regla no es perder la medida,
ni las facultades;
no es para meterse cual caracol
en una concha
y echarse a morir.

Si hay depresión,
no será nada nuevo;
cada sangre menstrual ha traído sus lágrimas
y su dosis irracional de rabia.
No hay pues ninguna razón
para sentirse devaluada.
Tirá los tampones,
las toallas sanitarias.
Hacé una hoguera con ellas en el patio de tu casa.
Desnudate.
Bailá la danza ritual de la madurez.
Y sobreviví
como sobreviviremos todas.

GIOCONDA BELLI